독일문학과
독일문화 읽기

독일문학과
독일문화 읽기

사순옥 저

21세기를 '문화의 세기'라 한다. 하지만 이 디지털 시대의 문화 개념에는 문학이 주변부로 밀려나 있는 느낌이다. 그럼에도 필자는 문자의 가치와 문학의 힘을 믿으며 읽는 즐거움을 역설하고자 감히 '독일문학과 문화 읽기'를 내놓는다.

이 책은 필자가 독일문학과 문화를 공부하면서 발표한 다양한 논문들을 엮은 것이다. 그래서 주제와 장르를 넘어서, 그러나 시대를 대표할만한 작가의 작품을 다루었다. 즉 중세문학부터 현재 뿐만 아니라 앞으로도 지속적으로 논의가 될 생태문학까지.

이어서 문학과 영화의 관계를 논하였다. 주변부로 밀려난 문학의 위치 때문에 '문학이 위기'라고 맥 빠져할 때, 문학영역의 확장을 생각해 보았다. 다양한 소재로 영화의 이야기 폭을 확장시키고 풍요로운 양상을 가져다준 문학은 언제나 영화의 보물창고였다. 그리고 사실 문학도 매체의 발달, 즉 인쇄술의 발달 덕분에 대중화가 이루어지고 문화의 중심에 설 수 있었다. 따라서 시대의 흐름에 따른 문화 패러다임의 변화를 한탄하고, '읽기'보다 '보기'에 익숙한 영상세대에게 굳이 활자만을 고집하기보다는 장르의 확장을 통한 문학의 활성화 방안을 모색할 수 있으리라 생각한다. 그런 의미에서 여기에 덧붙였다.

가볍고 쉬운 것이 우선시 되는 시대에 문학을 사랑하는 사람들에게 한없는 애정을 느낀다. 그들이 글의 행간을 읽어낼 수 있는 힘을 키우는데 이 책이 독일문학의 경계를 넘어, 보탬이 됐으면 하는 큰 기대를 감히 가져본다.

2007년 2월 사순옥(사지원)

|목 차|

▌헤르만 헤세: 세기 전환기 사회의 가치관 혼란과 청소년의 방향상실 / 101

▌베르톨트 브레히트①: 덴마크 망명시절의 자연-정치시 / 127

▌베르톨트 브레히트②: 미국 망명초기의 브레히트와 시 / 153

●●● 다양한 장르의 문학읽기

중세적 가치관의 계승과 발전

I. 들어가는 말

중세문학의 한줄기는 기사의 모험담과 여성숭배에 대한 내용으로 되어 있는 기사도 문학이다. 도덕성이 뛰어나고 아름다운 미모의 귀부인은 기사들의 이상으로 숭배의 대상이고 교육의 장이다. 즉 기사는 시련과 모험을 통해 그녀에 대한 존경을 증명하고 귀부인은 그에 대해 단지 고매한 인격으로 응답한다. 그녀는 감정이나 에로틱은 억제하고 높은 정신성만을 표출해야 한다. 달리 표현하면 존경받는 여성은 생명력과 현실감이 있다기보다는 대상화되어 있는 것이다. 때문에 엄밀하게 말하면 숭배의 대상인 귀부인이란 "기사가 기사로서의 정체성을 찾고 이를 유지하기 위해서"[1] 문학적으로 형상화한 이상형이며 여성은 이 이상형에 맞는 인물이 되

---

1) Kellermann-Haaf: Frau und Politik im Mittelalter. Untersuchungen zur politischen Rolle der Frau in den höfischen Romanen des 12. 13. 14. Jahrhunderts, Göppingen 1986, S. 1.

도록 끊임없이 노력해야 한다. 그러니까 이러한 의미에서 여성숭배란 오히려 여성을 옭아매는 여성 적대감에 대한 또 다른 표현방식일 뿐이다. 따라서 중세문학에 나타난 "여성숭배는 곧 여성 적대감"2)인 셈이다. 작가란 한 시대의 인물이며 그의 문학 역시 그가 살던 시대의 산물이기 때문에 결국 이러한 현상은 그 사회의 가치관을 반영한다. 따라서 이 글에서는 중세문학에 나타난 여성상을 고찰해 보기 위해서 먼저 그 시대를 지배한 여성숭배와 여성 적대감에 대한 뿌리를 찾아보고, 그 양상이 문학작품에 어떻게 형상화되어 있는지를 개괄해 본 다음 전통적인 궁정의 여성상과는 달리 통치력이 뛰어나고 주체적인 여성들이 등장하는 볼프람 폰 에쉔바흐 Wolfram von Eschenbach의 『빌레할름 Willehalm』을 조명해 보겠다.3) 이 작품에 나타난 여성상에서 페미니즘의 발단을 엿볼 수 있기 때문이다

II. 중세의 가치관과 궁정문학에 나타난 여성상

중세를 지배했던 여성관은 기독교의 가치관에 근거하고 있다. 특히 중세의 전성기이자 궁정문학의 전성기인 13세기에는 성직자

---

2) Ebd.

3) 중세의 궁정소설에서 주체적이고 정치적 능력을 발휘하는 여성은 거의 등장하지 않는다. 혹 소설의 전반부에 그런 능력을 지닌 여성인물이 등장하더라도 이는 결혼하기 전까지이며 결혼 후에는 전적으로 남편에게 의존하고 그의 그늘에 머물고 만다. Vgl. Kellermann-Haaf: a.a.O., S. 338.

들이 창설한 스콜라 철학에 의해 형성되고 체계화된 가치관이 그 사회를 지배했으며 이는 인류의 기원에 대한 성서의 기록에 그 뿌리를 두고 있다.[4]

신의 계획에 따라 남성과 여성은 그 생성부터 차이가 있는데, 창세기 2장 21절-23절에 의하면 이브는 아담이 창조된 후에 창조되었기에 그 중요성에서 아담보다 못하다. 뿐만 아니라 아담을 위해서 이브가 만들어졌다는 것은[5] 여자가 남자의 보조물이라는 의미이고, 남성이 여성을 받아들였다는 것은 여성이 그에게 예속되어 있다는 뜻이다. 따라서 여성은 마치 소유물처럼 취급되어 있는 것이다. 예를 들어 구약의 십계 중 9계는 남의 아내, 남종, 여종, 소, 나귀 등 남의 소유인 모든 것을 탐내면 안 된다고 경고하고 있다.[6] 또한 원죄설은 여성을 욕망의 자제력이 부족한 감정적인 존재로 규정한다.[7] 그럼으로써 여성은 이성적인 존재로 규정되어 있는 남성보다 열등하고, 때문에 남성이 여성을 지배한다. 원죄설에 의하면 여성은 복종할 줄 모르고 욕망에 찬 부정한 자이며 죄악을 이 세상에 불러들이고 타락시킨 유혹자로 이성이 결여된 자이다.

또한 고린도 전서에 실려 있는 창조설에도 인류의 질서체계가 신으로부터 남성에게로, 남성으로부터 여성에게 주어져 있다.[8] 이

---

4) Vgl. Ukena-Best: Die Klugheit der Frauen in Wolframs von Eschenbach *Willehalm*. In: Christine Krause u.a.(Hrsg.): Zwischen Schrift und Bild, Heidelberg 1994, S. 6.
5) 창세기 2장 18절.
6) 출애굽기 20장 17절-18절
7) Vgl. Ukena-Best: a.a.O., S. 6.
8) 고린도 전서 11장 7절-11절.

는 예수가 교회의 구세주로서 그 교회의 머리이듯이 남성은 여성의 머리가 된다는 에페소의 구절과 유사하다.[9] 이처럼 남성과 여성이 동등하지 않다는 인류학적 모델은 결국 여성은 본능적으로 약하고 욕망에 저항할 오성의 힘이 충분치 않기 때문에 정신적으로 우월하게 태어난 남성에게 종속되어 남자의 지도를 받아야 한다는 이데올로기를 확립시킨다.[10] 그리고 이 논리에 따라 여성에게는 복종과 헌신의 의무가 주어진다. 이 이데올로기는 여러 전서에 반복되어 나타나 있으며 고린도 전서에도 이렇게 강조되어 있다: "여자는 교회의 집회에서 말할 권리가 없으니 말하지 말 것이며 율법에도 있듯이 여자들은 남자에게 복종해야 한다."[11] 따라서 이 성서들을 근거로 남성은 여성을 당당하게 교회의 직책이나 공적인 생활에서 밀어내고, 여성이 남성에게 복종하고 헌신하는 것을 자연스러운 인류의 질서로 여기고 기독교 사회론의 기본요소로 확고히 하였다.[12] 더구나 13세기의 스콜라 신학은 전수되어 온 기독교의 가치관을 새로이 수용한 아리스토텔레스의 자연론과 통합함으로써 여성의 무가치를 학문적으로 입증하였다.[13] 당대의 최고의 스콜라 철학자 토마스 아퀴나스는 다음과 같이 말하였다.

여성은 불완전한 인간으로 재빨리 성장하는 잡초와 같다. 여성의 육체가 매우 빨리 발육되는 것은 그녀의 몸이 보다 작은 가치를 지

---

9) Vgl. 에페소 5장 22절-24절

10) Vgl. Bumke: Höfische Kultur. Literatur und Gesellschaft im hohen Mittelalter. München 1986. S. 456f.

11) 고린도 전서 14장 34절-35절: Vgl. 에페소 5장 22절-23절.

12) Vgl. Bumke: a.a.O., S. 455f.

13) Vgl. ebd., S. 456.

니고 있으므로 몸을 완성시키는 일에 그다지 힘이 들지 않기 때문이다.14)

또한 중세문학의 3대 거장 중의 한 사람인 고트프리트 폰 슈트라스부르크는 이브의 불복종과 욕망을 빗대어 쓴 작품에서 여성은 위반하고자 하는 마음을 본성적으로 지니고 있기 때문에 여성을 감시하고 그들에게 무언가를 금한다는 것은 무의한 일이라고 하였으며15) 울리히 폰 튀르하임은 "여자는 옳은 행동을 하는 일이 거의 없다"16)고 적고 있다. 그리고 오테에게서는 더욱 심한 표현이 발견된다.

　　나는 마음과 몸이 나무랄 데가 없는 여성을 본 적이 없다. 그것은 처녀이건 기혼녀이건 마찬가지이다.17)

당시 작품에서 여성을 다룬 대부분의 작가들이 이처럼 부정적으로 서술하였다. 요컨대 집안에서도 사회에서도 기본지침은 남자는 지배하고 여자는 지배당한다로 요약될 수 있다. 이 지침을 스콜라 신학은 당대의 법에 적용시키고 보편화시켰으며18) 그럼으로써 여성이 본성적으로 하등하다는 것을 확고히 하여 사회적으로 종속적 존재라는 논리적 결과를 도출하였다. 이것이 중세의 사회적 현실

---

14) 이순예 (역): 여성론, 서울 (까치) 1993,. 69 쪽에서 재인용. Vgl. Bebel: Die Frau und Sozialismus.

15) Zit. nach Bumke: a.a.O., S. 462.

16) U. v. Türheim: Rennewart 3386. Zit nach Bumke: a.a.O., S. 462.

17) Otte: Eraclius 2110-13. Zit nach Bumke: a.a.O., S. 461.

18) Bumke: a.a.O., S. 457.

을 규정하고 이 현실이 그 시대의 의식 속에 자리 잡고 있는 여성의 위치에 다시 영향력을 발휘하였던 것이다.

그러나 긍정적인 여성상도 문학작품에 등장하는데, 이 여성들은 지혜롭고 강인하며 심덕이 깊은 완벽한 인물들이다. 이것 역시 성서에 근거하고 있다. 창세기는 여성을 아담의 일을 도와줄 짝이며 "지어미"라고 표현하고 있으며[19] 기독교의 사회교훈서에 해당하는 전서들에는 특히 부부 사이의 사랑과 의무에 대한 구절들이 들어 있다. 예를 들면 고린도 전서에는 아내는 남편과 헤어져서는 안 되며 남편은 자기 아내를 버리면 안 된다고 쓰여 있고[20] 에페소에는 부부는 서로를 제 몸과 같이 사랑하라고 계시하고 있다.[21] 또한 구약성서의 교훈서는 지혜롭고 강인하며 부덕을 갖춘 아내는 남편에게 기쁨이고 행운이라고 적고 있다.[22] 물론 이러한 표현들은 앞서 서술한 바와 같이 여성이 남성의 보조라는 의미를 포함하고 있지만 동시에 상호보완적인 역할로 필요한 존재라는 의미를 지니고 있다. "지혜와 능력은 신의 것"[23]이고 신의 특성인데 이를 여성이 지녔다는 것은 남성과 마찬가지로 여성도 신의 은총을 받고 있음을 말한다.[24] 그리고 이 신의 은총에 의해서 애초부터 정신적으로 약하게 태어났다는 여성의 하위성이 상향조정된다. 더구나 신약의 갈라디아서에는 "누구든지 세례를 받아서 그리스도 안으로 들어간

---

19) 창세기 2장 20절-23절.
20) 고린도 전서 7장 11절-13절.
21) 에페소 5장 25절-33절.
22) Vgl. 집회서 7장 19절: 26장 1절-3절.
23) 다니엘 2장 20절.
24) Vgl. 다니엘 2장 23절.

사람은 모두 그리스도로 옷을 입은 사람입니다. 유대인이나 그리스인이나 종이나 자유인이나 남자나 여자나 아무런 차별이 없습니다. 그리스도 예수 안에서 여러분은 모두 한 몸을 이루었기 때문입니다"[25]라고 남녀가 신 앞에서 동등함을 나타내고 있다. 상호보완적인 인간상은 교권적인 기본안과 마찬가지로 초기 스콜라철학의 신학으로 수용되었고 중세의 보편타당한 인류학적 개념에 속하였다.[26] 때문에 중세의 작품에 나타난 여성상은 작가의 가치관에 따라 다양한 형상으로 나타나서 장르들 사이에서도 차이가 있고 장르 내에서도 긍정적인 상과 부정적인 상이 서로 혼합되어 나타나기도 하며 한 작가의 작품에서조차 단일화되어 있지 않다.[27] 그러니까 중세문학에서 여성상이 긍정적이냐, 부정적이냐 하는 시각은 특히 여성의 외모와 내면의 미가 일치하는가 그렇지 않은가로 판단된다. 흔히 여인숭배의 노래로 알려진 연애가요(민네장)에 형상화되어 있는 여성은 현명하고 우아하고 고귀한 존재로서 그녀의 미모는 내면의 미와 이상적으로 결합되어 있다. 즉 그녀의 외적인 미란 내적인 순결과 순수함의 발현이며 그녀는 자신의 고매한 인격을 세속적인 남성에게 전하면서 남성의 윤리적 도덕적 인격형성에 영향을 끼친다. 반면에 내면의 아름다움 없이 단지 외적인 미만

---

25) 갈라디아 3장 28절-29절

26) Vgl. Ukena-Best: a.a.O., S. 8

27) 예를 들면 중세의 동정녀 마리아 숭배 이데올로기에 충실한 하르트만 폰 아우에조차도 『이바인 Iwein』에서 남편의 장례를 치르기도 전에 남편을 죽인 남자와 결혼하기로 결심한 라우디네 왕비의 마녀성과 변덕스러움을 여실히 드러낸다. 그러면서도 그는 그녀의 나쁜 행위는 변덕스럽고 추한 마음에서 나오는 것이 아니라 약한 마음 때문이라고 그녀를 변호한다. Vgl. Bumke: a.a.O., S. 459f.

지닌 여성들은 마녀성을 띠는데, 이들은 순종적이거나 수동적이지 않고 자신의 욕망을 거침없이 드러내는 여성들이다. 이럴 때면 으레 작품은 그들의 미모에 현혹되어 나락에 떨어지지 않도록 기사에게 경고하는 내용으로 되어 있다.[28] 외적인 미모와 내면의 아름다움이 일치하지 않는다는 것은 마치 원죄설에서 이브가 본능적으로 약점을 드러내듯이 여성에게 근본적으로 결함이 있음을 제시한다.[29] 내면의 미가 결여된 여성의 아름다움은 남성에게 위험의 요소가 되는 반면에 내면의 미가 밖으로 방사되어 있음을 느낄 수 있는 아름다움을 지닌 여성은 남성의 영웅적인 행위에 박차를 가하고 그의 인격을 완성하는 데 영향을 끼친다. 기사는 위험의 순간에도 이 이상적인 여성을 떠올리며 원기를 얻고 눈앞에 그려진 그녀와 정신적으로 화합함으로써 위험의 위기에서 벗어나거나 싸움에서 이기게 된다. 이를테면 하르트만 폰 아우에의 작품 『에레크 Erec』의 기사 에레크는 아내 에니테를 떠올림으로써 기사로서 시련과 마지막 모험에서 정신력과 육체적인 힘을 얻어 그때까지 이기지 못했던 마보나그린 기사와의 결투에서 승리한다.

요컨대 궁정서사문학에서 여성의 아름다움과 미덕은 그 자체로는 가치가 없고 남성을 기쁘게 하고 민네 봉사를 할 수 있는 영감을 불어넣을 때 가치를 발휘하고 여성의 존재는 남성을 구제하느냐 파괴시키느냐의 두 방향으로 작용한다.[30] 위에 서술한 가치관이 중세를 지배하였고 그에 따라 여성의 위치가 결정되었다.

---

28) Vgl. Ukena-Best: a.a.O., S. 11.
29) Vgl. ebd., S. 12.
30) Vgl. ebd., S. 13.

고트프리트와 하르트만에 필적했던 중세문학의 거장 볼프람 또한 이러한 전통적인 가치관을 따랐다. 하지만 그는 작품 『빌레할름』에서 기사와 궁정여성을 지배하고 있는 고정된 중세의 가치관을 넘어서서 좀더 폭넓게 인간의 면면을 보여준다. 『빌레할름』에 등장하는 기사는 기사로서의 면모를 충분히 지녔으면서도 여성에게 조언을 구하고 그녀 앞에서 눈물을 보이기도 하고 분노를 참지 못하고 칼을 빼어 드는 반면에 여성은 오히려 감정을 억제할 줄 알고 이성적이며 남성보다 더 강한 통치력과 판단력과 용기와 지혜를 보여준다. 이는 흔히 여성은 감정적이고 수동적이며 약하고, 남성은 이성적이고 강하다는 일반적인 통념을 부정하고 여성에게 씌어진 굴레가 편견임을 드러낸다. 그러니까 볼프람은 기존의 가치관에 진일보한 인물상, 즉 여성과 남성이 수직적이 아니라 수평적인 관계를 이루고 서로 의지하고 사랑하며 내적으로 깊이 연계되어 동등한 동반자 관계에 있는 한 모델을 제시한다. 그러면 볼프람이 『빌레할름』에서 문학적으로 형상화하고 있는 궁정인물들의 모습을 구체적으로 고찰해보자.

Ⅲ. 빌레할름의 전사前史와 그 배경

볼프람이 『빌레할름』의 서언에 적고 있듯이 이 작품은 튀링엔의 헤르만 영주의 요구에 의해서 만들어졌다.[31] 생성 시기는 1210년부터 1217년 사이로 추정되고, 원전은 십자군 원정을 그리고 있는 프랑스의 『알리스깡 전투』이다. 하지만 볼프람은 『빌레할름』에서 프랑스의 역사를 넘어서서 세계사적이고 구세사적으로 영역을 확대하였으며[32] 원전을 다소 변형시키고 여러 부분을 보충하고 있는데, 이는 특히 여주인공 귀부르크의 경우에 해당한다.[33]

전반적인 이해를 돕기 위해서 간단하게 사건의 전사前史를 살펴보면 이러하다.

『파르치팔』과 마찬가지로 이 작품도 상속권 폐제의 문제와 연관하고 있는데 사건의 발단은 몇 해 전으로 거슬러 올라간다. 백작 하임리히는 일곱 명의 아들 대신에, 자신을 위해 목숨을 바친 봉신의 아들인 가없은 대자에게 상속권 전부를 부여한다. 따라서 아들들은 각자의 기사도를 발휘하여 자신의 행운을 직접 만들어야만 한다. 즉 그들은 고귀한 여인들의 사랑을 얻어야 하고 칼 대왕과 나라에 봉사해야 한다. 이교도를 물리친 용맹의 기사로서 명성을 날리고 있는 하임리히 백작의 장남 빌레할름은 이교도의 왕 튀발트와의 전투에서 승리하였으나 타오르는 공명심으로 계속 추적하다가 사라젠의 포로가 되고 만다. 튀발트의 부인 아라벨이 감시를 맡았는데, 이 아름다운 왕비와 빌레할름은 서로 사랑에 빠지게 되고 결국 둘은 함께 기독교 나라로 도망친다. 아라벨 왕비는 세례

---

31) lantgraf von Dürngen Herman/ tet mir diz mr von im bekant.(3,8-9) 이하 작품의 인용은 Wolfram von Eschenbach. *Willehalm* Übersetzungen und Anmerkungen von Dieter Kartschoke. Berlin 1968에 의하고 본문의 괄호 안에 인용한 행을 표시한다.

32) Vgl. Ukena-Best: a.a.O.. S. 14.

33) 4. 귀부르크 참조.

를 받고 기독교의 이름 귀부르크를 얻으며 변경방백 빌레할름의 아내가 된다. 빌레할름과 귀부르크는 프로방스의 핵심이며 요새가 있는 도시 오랑쥬에 살고 있다. 빌레할름은 칼 대왕으로부터 봉토로서 프로방스를 받았는데, 이곳은 경계영지여서 특히 외침의 위험이 언제나 도사리고 있는 곳이다. 여기까지가 작품에 명쾌하게 드러나 있지 않는 전사이다.

위에서 나타난 바와 같이 이 작품은 중세의 다른 작품들과는 달리 사건의 목표가 여성의 사랑 Minne을 얻는 데 있지 않고 여성의 사랑이 이미 전제로 되어 있다. 그러니까 흔히 민네 봉사에서 감지될 수 있는 연애감정이나 결국은 파국으로 치닫고 마는 불륜은 아예 처음부터 배제되어 있다.[34] 또한 귀부르크가 남편 튀발트를 버리고 빌레할름과 기독교의 나라로 도망친 것도 문제가 되지 않는다. 왜냐하면 기독교의 기사 빌레할름과의 사랑에 빠져 기독교로의 개종했다는 것은 당시를 지배했던 기독교의 세계관으로서는 올바른 신에 대한 사랑으로 극히 당연하고 올바른 선택이기 때문이다. 하지만 귀부르크의 사랑은 이교도에 의해서 위협받고 기독교도에 의해서도 실험 당한다. 즉 귀부르크의 아버지이자 이교도의 우두머리인 테라머는 딸이 자신을 배반하였으며 그녀를 되찾겠다고 전투를 시작하였다. 하지만 1차전에서 승리한 후에는 로마의 정복, 즉 보복 전쟁이 아니라 종교전쟁을 목표로 하고 있다. 반면에 기독교도는 순전히 개인적인 사랑 때문에 많은 동족이 희생되었다고 여기며 귀부르크 스스로가 자신의 "죄 Schuld" 탓이라고

---

34) 이것이 볼프람 작품의 특성이다. 그의 작품에 나타나는 사랑은 대부분이 부부관계에서 이루어진다.

눈물로써 호소한다. 요컨대 귀부르크는 1차 전 중 방백이 없는 성을 방어하고 2차전이 있기까지의 과정에서 가장 핵심적인 역할을 한다. 이야기의 무대는 알리샨츠 (1차전)에서 시작해서 알리샨츠 (2차전)로 끝나고 두 전장 사이에 오랑쥬와 프랑스 왕의 성 문래운이 자리하고 있다.

Ⅳ. 귀부르크

궁정서사소설의 여성인물 중에서 볼프람의 『빌레할름』에 등장하는 귀부르크만큼 남성과 동등한 위치에 있으면서 파트너로서의 자의식이 강하고 정치적인 영향력을 발휘하는 인물은 없다.[35] 여성의 이러한 역할은 중세의 규범에서 벗어나는 일이기에 볼프람 역시 남성작가로서 자신이 원하는 이상적인 여성상을 만들어 내고 있으며 이는 남성우월주의의 한 표현방식이라고 볼 수 있다. 그러나 볼프람은 단순히 이에 그치지 않고 좀더 현실적이고 살아있는 여성상을 보여준다. 즉 남성과 똑같이 정치적 능력을 발휘하고, 이 여성의 지휘에 의해 군대가 움직이고, 성을 통치하는 능력을 보여주면서도 여성만이 지니는 특성을 나타내어 그 정체성을 잃지 않도록 배려한다. 볼프람은 특히 세 가지 면에서 원전에 들어 있지 않는 귀부르크의 활약을 첨가함으로써[36] 그녀의 능력을 최대로

---

35) Vgl. Kellermann-Haaf: a.a.O., S. 88

발휘시킨다. 이 점에 중점을 두어 그 면면을 조명해 보자.

Ⅳ.1. 2차전을 위한 귀부르크의 충고

알리샨츠의 전투에서 패배하고 귀환한 빌레할름으로부터 자신이 정성을 다해서 키운 어린 조카 비비안츠와 기독교 기사들의 죽음에 대하여 들은 귀부르크는 그 슬픔에도 불구하고 냉정하게 패전의 원인을 분석한다. 또한 자신의 아버지 테라머 왕이 또다시 이교도를 이끌고 쳐들어 올 것이라는 얘기를 듣고 이에 대한 대책을 세운다. 아버지 테라머 왕의 전략을 간파하고 있는 그녀는 빌레할름에게 프랑스의 왕에게 군사지원을 요청하라고 충고하며 그가 문래운으로 떠난 이후에는 자신이 직접 성을 방어하겠다고 한다. 이것이 1차전의 패배 후 열세에 있는 기독교군에게는 유일한 대책일 뿐이라고 귀부르크는 판단한 것이다. 이 장면에서 화자는 "여자가 남자처럼 말한다. 그녀는 정말로 남자 같고 남자의 가슴을 지닌 것 같다"(95.3-5)고 설명한다. 이는 전적으로 남성우월주의적이고 중세이데올로기에 충실한 표현이다. 그러나 시각을 달리하면 이러한 표현은 당시의 남성작가로서는 보기 드물게 여성이 지혜롭고 결단력이 있으며 그 능력을 발휘할 수 있음을 보여주는 장면이다. 빌레할름은 그녀의 충고에 감사하며 그에 따르겠다고 한다. 하지

---

36) Vgl. Schäufele: Normabweichen des Rollenverhalten; die kämpfende Frau in der deutschen Literatur des 12. und 13. Jahrhunderts, Göppingen 1979, S. 81.

만 언제 침략해 올지 모르는 이교도를 함께 막아내기를 원한다면 역시 그렇게 하겠다고 다시 한 번 말함으로써 전적으로 귀부르크의 결정에 내맡긴다. 빌레할름의 말에 대해 귀부르크는 다시 한 번 강력한 의지를 밝힌다.

나는 위험 속에 남아 있겠습니다.
프랑스군이 도착할 때까지
이교도로부터 오랑쥬를 막아내든지
아니면 죽음을 택하겠습니다.(103,16-20)[37]

귀부르크의 충고에 대한 빌레할름의 반응은 둘이 내적으로 결합되어 있을[38] 뿐만 아니라 둘의 관계가 수직적이 아니라 수평적인 상호보완 관계에 있음을 드러낸다. 그러면서 동시에 귀부르크의 통치력과 통찰력을 암시한다. 사실 귀부르크의 신분은 변경 방백 빌레할름보다 더 높다. 하지만 그녀는 군림하려 하지도 또 남편에게 종속되어 있지도 않다.

이교도의 침략에 대항하여 앞장서서 성을 지키겠다는 발상과 발언은 당시를 지배하고 있는 궁중의 여성상이나 흔히 생각하는 여성상과는 부합하지 않는다. 따라서 볼프람은 귀부르크를 단순히 문학적으로 이상화된 인물이 아닌, 현실감을 주기 위해서 그 반면의 부드러운 모습을 늘 다음 장면에 그려준다.[39] 이럴 때면 그녀

---

37) ich belîb in disen pînen/ sô daz ich halde wol ze wer/ Oransch vor der heiden her/ unz an der Franzoysære komm./ oder daz ich hân den tôt genomn.

38) Vgl. Ukena-Best: a.a.O., S. 18.

39) Vgl. Schäufele: a.a.O., S. 44.

의 모습은 앞서서 보았던 모습과는 완전히 대조를 이룬다. 이를테
면 남편을 자상하게 돌보고 그를 사랑해주며 그를 위해 기도를 한
다. 또는 남편의 말에 의해 위로받고 힘과 용기를 얻기도 하며 극
히 일반적인 부부간의 사랑이 그려지기도 한다. 이때에도 그녀는
결코 남편을 민네의 노예로 만든다거나 남편에게 완전히 예속되어
있는 자세를 취하지 않고 서로가 조화를 이루며 마음과 몸이 일치
됨을 보인다.

그는 그녀에게 속하고 그녀는 그에게 속한다.(100,7)

부부는 완전한 사랑을 확인하고 서로가 제 몸처럼 아끼는 모습
을 보여주는데, 특히 빌레할름이 어려움을 겪을 때마다 등장하는
이러한 장면은 귀부르크가 빌레할름의 정신적인 지주가 되어 주고
위로가 되어 준다는 의미이다.[40)

작품의 곳곳에 묘사되어 있는 귀부르크의 아름다움이란 내면의
순결함의 발현으로 미와 덕망의 합일체이다.

그녀는 신 자신 외에는
아무에게도 어울리지 않는
아름다운 상이다.
(……)
그녀가 가끔 외투를 젖히면

---

40) 프랑스 왕으로부터 어렵게 군사지원을 받아서 돌아온 이후에도 유사한 사랑
   의 장면이 있다. 이때 빌레할름은 문래운에서 받았던 모욕감이나 잃었던 모
   든 것에 대한 보상으로서 귀부르크를 얻었다는 느낌을 받는다.(280, 3-12)

천국의 빛이 방사함을 느낀다.(249,3-15)[41]

귀부르크의 완벽함은 바로 "신의 예술품 gotes kunst"(249,5)인 것이다. 눈으로 직접 확인되는 그녀의 완벽한 인격과 외모는 주변의 인물들에게 대단한 영향력을 발휘한다.(249,6-7) 그래서 그녀의 외적인 아름다움은 덕망과 조화를 이룬 신의 은총에 의한 것으로 결코 남성을 위협하거나 나락으로 떨어뜨리는 요소가 아니다. 이 점에서는 볼프람은 기독교 이데올로기의 한 중심에 서 있다.

Ⅳ.2. 이교도로부터 성의 방어 및 종교에 대한 대화

이교도와 2차전을 벌이기 전에 빌레할름은 문래운으로 군사원조를 받기 위해 떠나고 방백이 없는 성 주변을 이교도가 에워싸고 있다. 귀부르크는 빌레할름이 군사들을 이끌고 돌아올 때까지 최대한으로 시간을 끌면서 이교도의 침략을 막아야 한다. 이를 위해서 그녀는 두 가지의 전략을 세운다.

먼저 그녀는 스스로 무장을 하고 성벽 위에 무장한 여인들을 배치시켜 이리저리 분주하게 움직이게 한다. 그런 다음 첫 번째 전략으로 죽은 전사자에게 갑옷을 입혀 흉벽에 세워 놓는다. 군사수가 많은 것처럼 눈속임을 시도한 것이다. 두 번째 전략은 아버지

---

41) Si trouc geschickede unt gelâz, /ich wæn deis iemen kunde baz/ erdenken n die gotes kunst./ (……)/ ze etlîchen zîten/ des mantels si ein teil ûf swanc:/ swes ouge denne drunder dranc,/ der sah den blic von pardîs.

이자 이교도의 왕인 테라머와 직접 대화를 나누는 일이다. 성벽을
사이에 두고 귀부르크는 아버지에게 종교적인 대화를 요구한다.

귀부르크는 아버지에게 기독교의 진리를 알리고 자신이 개종하
게 된 상황과 전 남편인 튀발트의 부당한 요구를 설명한다. 즉 자
신이 신에게로 귀의함으로써 이교도의 왕 튀발트와의 부부관계는
파기되었으며 지참금, 소유물, 아이들, 사랑 등 모든 것을 튀발트
에게 두고 왔고, 그녀가 당연히 요구할 수 있는 결혼지참금까지
튀발트에게 넘겨줌으로써 그와의 관계는 완전히 끝나고 당당히 기
독교인이 된 것이라고 아버지를 설득한다. 테라머 왕은 튀발트의
부탁에 의한 보복전쟁을 하고 있는 것이 아니라 정치적 중심지인
아헨과 종교의 중심지인 로마의 정복을 목표로 하고 있다. 그러니
까 그의 목표는 기독교를 말살시키는 것이다. 귀부르크는 기독교
의 우위성을 여러 예를 들어 설명하나 아버지는 기독교의 삼위일
체설을 인정할 수 없으며 예수의 부활이나 구원의 가능성도 속임
수라고 반박한다. 귀부르크는 이런 아버지의 몰이해와 단순함을
탓한다. 반면에 아버지는 귀부르크를 협박하기도 하고 딸의 배반
을 가슴에 품고 사는 아버지의 비통한 심정을 토로하기도 한다.
결국 귀부르크의 설득 작전은 실패로 끝나고 더 나은 종교를 위해
혈족들끼리의 전쟁은 불가피해진다.

이교도의 공격을 막아내고 빌레할름이 군사를 이끌고 돌아올 때
까지 시간을 벌려고 했던 귀부르크의 전략은 성공한다. 귀부르크
는 오랑쥬 성뿐만 아니라 기독교를 방어해냈으며, 이로써 자신의
지혜와 담력을 입증하였다. 빌레할름과 함께 프랑스군을 이끌고
온 시아버지 하임리히 나르본은 오랑쥬 성을 지켜낸 귀부르크의

용기를 기사들 앞에서 크게 칭찬하며 그들에게 귀부르크와 제국의 이름을 외치도록 한다. 이 장면에서 볼프람은 귀부르크의 뛰어난 능력에 찬사와 경탄을 보내면서도 그녀가 결코 여성의 한계를 넘어서지 않았다는 것을 강조하는데, 이는 그녀가 어떠한 능력을 발휘하더라도 결국은 남성보다 하등한 존재라는 것을 확인시켜주려는 것이라기보다는 두 성은 생물학적으로 차이가 있다는 것을 말하려는 것이다.[42] 좀더 설명하면 볼프람은 여성이 정체성을 잃거나 왜곡시키지 않고도 정치적 능력을 발휘할 수 있음을 제시하고 있는 것이다.[43] 때문에 그는 남녀의 신체적인 차이를 곳곳에서 강조하면서도 귀부르크의 지혜를 최대한으로 발휘시키고 계속하여 그녀에게 우세적인 역할을 맡긴다.

Ⅳ.3. 관용[44]에 대한 요구

서로 이해가 불가능한 이교도와 기독교 간의 2차 전쟁은 불가피해지고 귀부르크는 이제 기독교 측에 호소할 수밖에 없는 처지에

---

42) "당신의 헌신적인 투쟁에 인해 우리의 명예가 드높아졌습니다./ 우리는 당신의 충성을 영원히 칭송할 것입니다./ 왜냐하면 오늘 당신이/아주 용감하다는 것을 확인했기 때문입니다./ 올리비어와 롤란트도/ 이보다는 용감하지 않았습니다./ 그럼에도 당신은 틀림없이 여자입니다."(250, 13-19)

43) Vgl. Ukena-Best: a.a.O., S. 24.

44) 이는 13세기의 용어로는 부적절하다. 여기서 관용Toleranz이란 기독교와 신학의 절대적 권위로부터의 해방을 부르짖는 이성 중시의 18세기의 계몽주의적 사고를 뜻하지 않는다. 앞으로 전개과정에서 나타나겠지만 볼프람은 기독교를 보호하기 위해서 이교도를 물리쳐야함을 피력하면서도 이교도에 대한 관용과 관대Schonung를 강조한다.

놓이게 된다. 2차 전투의 출정 전에 제후들이 회담을 갖는데, 그들의 담론은 모든 이교도들에 대한 증오를 야기하며 십자군 원정의 이데올로기가 주변을 압도한다. 여기에 귀부르크가 참석하여 작품에서 가장 길고 핵심이 되는 발언을 한다. 그녀는 제후와 기사들만 참석하는 정치적 중대사에 함께 자리를 하여 거침없이 자신의 의견을 피력하고 그들의 마음을 움직인다.

귀부르크는 먼저 가슴에 지니고 있는 과도한 고통을 신은 알고 있을 것이라고 자신의 심정을 토로하며 볼프람에 의해서 "학살"로써 표현된 1차 전쟁을 양쪽 모두에게 "엄청난 죽음"을 가져왔다고 분석하고 다음의 세 가지를 요구한다. 기독교적 명예를 높일 것(306,19), 그래서 어린 비비안츠의 죽음에 대하여 복수할 것(306,20-23), 그러니까 이것은 기독교가 승전해야 함을 뜻하는 것이다 그런 다음에, 즉 이교도를 패배시킨 후에 "신의 손이 창조한 것 gotes hantgetât"을 보호해주기를 부탁한다.(306,28-30) 이때 그녀는 이 요구에 대한 근거를 조목조목 밝힌다. 첫째, 기독교적 이해에 의하면 신이 창조한 최초의 인간은[45] 이교도였지만[46] 저주받지 않았고, 신약성서의 세 인물도[47] 역시 이교도였지만 저주받지 않았다. 둘째, 어머니의 몸 안에 있는 모든 아이는 이교도이다. 기독교 부인들의 몸 안에 있는 아직 태어나지 않은 아이를 세례가 감싸고 있을지라도, 이 부인들은 언제나 몸 안에 먼저 이교도의 아이를 지니고 있는 것이다. 셋째, 신이 만든 최초의 인간이 이교

---

45) 엘리아스Elias, 에노흐Enoch, 노아Noah, 히욥Hiob과 같은 구약성서의 인물.

46) 여기서 이교도라 함은 세례받지 않은 자를 말한다.

47) 예수가 최초로 선물을 받은 동방의 세왕 카스파르Kaspar, 멜히오르Melchior, 발타자르Balthasar.

도였다는 것은 이교도들 역시 "신이 직접 창조한" 신의 자녀이다. 그녀는 이 생각을 인류 전체와 관련시키고 구전문학에서 전해져 오는 열 번째 천사무리의 이론을 도입하여 신의 구원계획에 있는 인간창조의 해석을 시도한다.[48] 요약하면 모든 인간은 신에 의해 창조되었으므로 모두가 형제이며 신의 자녀인 까닭에 적을 사랑하라는 계명은 이교도에게도 유효해야 한다는 것이다.

기독교도이건 이교도이건 다같이 신의 자녀라는 개념으로부터 나오는 이 생각은 기독교와 이교도 사이에 깊게 뿌리박고 있는 대립을 중재하려는[49] 획기적인 사고로 당대에는 전혀 생각할 수 없는 혁명적인 내용이다. 이전의 복수 윤리의 자리에 관용에 대한 새로운 성찰이 등장한 것이다. 이 숙고는 작품의 곳곳에 반복되어 나타나 있을 뿐 아니라 프롤로그에 있는 머리기도에 광범위하고 종합적으로 제시되어 있으며 5권에 위치한 귀부르크와 그녀의 아버지 테라머 왕이 나눈 종교에 대한 대화에도 내포되어 있다. 그

---

48) 신은 인간을 천사의 타락 이후에 창조하였다. 열 번째 천사합창단의 천사장인 루시퍼가 신의 전지전능함에 화가 나서 그를 배반한다. 그러나 신은 공동체의 완전함 (10이라는 숫자가 이를 상징하며, 숫자 10은 중세적 세계관에서도 마찬가지로 완성을 의미한다)을 기하기 위해서 그들의 자리에 인간을 받아들일 것을 결정하였다. 그러나 인간은 루시퍼와 그의 무리들에 의해 유혹당해 신을 배반함으로써 이 과제를 해낼 수 없게 되었다. 하지만 타락한 열 번째 천사합창단이 자유의사로 신을 배반한 것과는 달리 인간은 꾐에 넘어간 것이어서 신은 그들이 열 번째 천사합창단을 실행할 수 있도록 인간을 구원했다. 열 번째 합창단을 충족시키기 위한 것이 인간구원사의 과제인 것이다. 신이 인간에게 구원계획에 있는 일정한 과제를 부여한다면 이교도들 역시 거기서 제외될 수 없다는 것이 귀부르크의 주장이다.(Vgl. Babilas: Untersuchungen zu den Sermoni Subalpini. Mit einem Exkurs über die Zehn-Engelchor-Lehre, München 1968, S. 174.)

49) Vgl. Bumke: Wolframs *Willehalm*, Heidelberg 1959, S. 153.

리고 기독교의 제후들 앞에서 종교적이고 신학적으로 상세히 증명해 나가는 귀부르크의 이 발언에서 정점에 달해 있다. 또한 이것이 작가가 작품에서 귀부르크와 1인칭 화자를 통하여 고시하고 있는 종교적 사고의 핵심이기도 하다.[50] 요컨대 볼프람은 여성의 입을 통해 평화와 관용을 요구하고 있다.

V. 궁정의 다른 여성들

V.1. 프랑스의 왕비

작품에는 귀부르크 외에도 막강한 정치적 영향력을 발휘하는 여성들이 등장한다.

먼저 프랑스의 왕비인 빌레할름의 여동생이 언급될 수 있다. 빌레할름은 이 왕비의 남편인 로이스 왕의 기사이고 봉신이다. 그는 여동생이 당연히 왕에게 군사지원을 하도록 자기편이 되어줄 것이라고 믿고 문래운 성으로 달려왔다. 혈족이 위험에 처하면 서로 도와주는 것이 당대의 관습이었기 때문이다. 그러나 동생의 반응은 기대와는 전혀 다르다. 왕비는 순전히 귀부르크와의 사랑 때문에, 귀부르크를 이교도로부터 보호하기 위해서 이미 수많은 프랑

---

50) Vgl. Ehrismann: Über Wolframs Ethik. *Willehalm*. In: ZfdA. 49 (1908), S. 459.

스 군사를 희생시켰으니 이번에는 이러한 희생을 막겠다고 빌레할름을 성안으로 들어오지 못하게 한다. 게다가 왕은 왕비의 말에 전적으로 의존한다. 사실 왕비의 이러한 태도는 기독교의 상황에 대한 통찰력 부족에서 온 것이다. 그녀는 귀부르크, 즉 이교도 왕비의 기독교로의 개종은 종교적이고 정치적인 사건이며, 이교도의 침략은 제국과 왕 그리고 곧 자기 자신에게 위험의 신호라는 것을 깨닫지 못한 것이다. 다시 말하면 신의 기사인 빌레할름의 부탁을 거절한다는 것은 기독교를 방어하기 위한 원조를 거부하는 것이고, 이는 곧 이교도를 도와주는 셈이 된다. 따라서 그녀의 태도는 비기독교적일 뿐만 아니라 구세사적인 면에서도 반기독교적이다.[51]

빌레할름의 모욕감과 분노는 다음날 축제를 위해서 모인 손님들 앞에서 극에 달한다. 왕과 왕비는 축제에 초대받아 온 빌레할름의 부모와 형제들과 반갑게 인사를 나누며 극진히 대접한다. 하지만 빌레할름은 여전히 냉대를 받는다. 이러한 분위기에 그동안 참고 있었던 모욕감과 분노가 폭발하여 빌레할름은 왕을 비난하며 의무를 다하고 있는 봉신으로서 왕으로부터 도움을 받을 수 있는 정당한 권리를 주장한다. 사실 로이스 왕과 빌레할름은 "약한 군주와 강한 봉신"[52]의 관계를 맺고 있다. 왜냐하면 앞서 작품의 전사前史에서 서술한 바와 같이 빌레할름은 이미 칼 대왕을 도와 이교도를 물리치는 데 가장 큰 공로를 세운 바 있어서 그의 후계자로 여겨졌기 때문이다. 그러나 빌레할름 자신이 대왕의 아들인 로이스

---

51) Vgl. Ukena-Best: a.a.O., S. 26.

52) Zit. nach Ukena-Best: a.a.O., S. 25. Vgl. Karl-Heinz Bender: König und Vasall, Heidelberg 1967.

를 적극적으로 왕으로 추대하였었다. 또한 이미 여러 전투에서 로이스 왕을 위해서 싸웠으며 제국을 위기에서 구하였다. 때문에 왕은 마땅히 빌레할름에게 군사를 지원해 주어야 한다. 하지만 왕은 빌레할름이 봉신으로서의 의무를 다했으며 권리를 주장할 수 있다고 극히 의례적인 말을 할 뿐, 적극적인 자세를 보이지 않는다. 그와 반대로 동생인 왕비는 빌레할름은 순전히 개인을 위해 군사지원을 받으려 하는 것이고 이는 나라의 군사를 오용하는 것이라고 강력히 반박하고 나선다. 화자는 이 부분에서 왕비의 판단이 잘못되었다는 것을 암시하면서도 그녀의 태도가 개인적인 반감에서 나온 것이 아니고 정치성을 띤다는 것을 제시한다.[53] 즉 빌레할름은 이미 프랑스군에 상당한 손실을 입혔으니 왕의 봉신으로서 당연히 더 봉사해야 한다는 것이다. 이는 빌레할름과의 가족관계를 생각하기에 앞서 프랑스 왕의 이익과 제후들의 관심을 대변하는 것이다.[54] 제후들은 빌레할름이 치르고 있는 전쟁으로 인하여 이미 오래전부터 어려움을 겪고 있기 때문이다. 따라서 왕비는 여기서 단순히 개인으로 말하고 있는 것이 아니라 전체를 대표하여 발언하고 있다.[55] 이에 분노한 빌레할름은 왕비의 머리에서 왕관을 낚아채고 목을 치겠다는 듯이 검을 뽑아 든다. 왕비는 두려움에 떨며 방으로 사라진다.

이후 왕비는 어머니 이름샤르트와 딸 알리체의 중재로 자신의 판단이 잘못되었다는 것을 깨닫고서 카마르치를 통치하는 동생 부

---

53) Vgl. Kellermann-Haaf: a.a.O., S. 98.

54) Vgl. ebd.

55) Vgl. ebd.

오베를 제국군의 징집자로 명하고 사비로 지원할 것을 약속한다.
그리고는 빌레할름의 과도한 고통에 대해서 언급하고 그 자리에
모인 혈족들에게 결속을 호소한다.

> 여기 모인 나의 형제들이여,
> 우리는 한 몸이란 것을 잊지 마시오.
> 당신들은 남자이고 나는 여자입니다.
> 하지만 그 외에 무슨 차이가 있습니까?
> 우리 모두의 가슴 속에는 하나의 심장이 두근거립니다. (168,12-16)[56]

왕비의 이 발언은 이교도에 대한 관용을 요구하는 귀부르크의
발언과 관점은 다르지만 그 발언만큼 혁명적이다. 여성의 입에서
터져 나온 이런 힘찬 발언을 중세의 작품에서 만나는 일은 흔치
않기 때문이다. 볼프람은 『빌레할름』에 등장하는 궁정의 여성을
단순히 대상화시키지 않고 있는 것이다. 즉 정숙하고 우아하게 남
성의 뒤에 한 발짝 물러서 있으면서 단순히 부수적인 역할을 하게
하는 것이 아니라, 현실적으로 사고하는 지도자급의 여성에 맞는
인물을 보여줌으로써 궁정의 전통적인 여성상을 거부하고 있다.

V.2. 이름샤르트 백작비

다음으로 언급될 수 있는 인물이 빌레할름의 어머니인 이름샤르

---

56) mîne bruoder die hie sîn,/ gedenket daz wir sîn ein îip./ ir heizet man, ich
   pin ein wîp:/ dan ist niht underscheiden,/ niht wan ein verch uns beiden.

트 백작비이다. 빌레할름의 분노로 파티장이 공포의 분위기에 휩싸여 있고 왕비의 목숨이 위험한데도 이를 중재하고 나서는 기사는 한 명도 없다. 이때 목숨을 걸고 둘 사이로 뛰어든 사람이 이름샤르트 백작비이다. 그녀는 아들과 딸 사이에 끼어들어 둘을 위기에서 모면시킨다. 즉 딸이자 왕비의 목숨을 구하고 아들 빌레할름이 살해를 범하는 일을 막은 것이다. 그럼으로써 왕비의 죽음으로 인한 군주와 봉신 간의 불신과 제국의 혼란과 보복의 악순환을 막은 것이다.

소란으로 인해 빌레할름은 주목을 받게 되고 궁정에 모인 혈족과 기사들에게 이교도와의 전투에서 패배했으며 그로 인해 수많은 친척과 병사가 희생되었음을 알린다. 비참한 패배와 수많은 희생자에 대해 전해들은 기사들은 차오르는 슬픔을 억누르지 못하고 울음을 터트리거나 어찌할 바를 모르고 멍하니 있을 뿐이다. 이때 빌레할름의 어머니 이름샤르트 백작비가 또다시 침체의 분위기를 수습하고 대책을 강구하고 나선다. 그녀는 넋을 잃고 있는 남편을 비롯한 아들과 기사들에게 호소한다.

> 당신들은 남자입니다.
> 여자들처럼 흐느끼고 있거나
> 어린 아이처럼 깨져 버린 달걀을 쳐다보고 울고 있겠습니까? (152,13-15)[57]

그녀는 알리샨츠 전투에서 희생된 기독교 군사들과 위협하고 있는 이교도들을 상기시키며 빌레할름에게 군사지원을 해 줄 것을 강

---

57) ir tragt doch manlîchen lîp:/ sult ir nu weinen sô diu wîp/ oder als ein kint
    nâch dem ei.

력히 주장한다. 빌레할름으로부터 비난의 소리를 듣고 모욕감을 느 낀 로이스 왕이 군사지원에 대한 적극적인 태도를 보이지 않기 때문 에 왕의 눈치만 보고 있는 제후들에게 그녀는 단호하게 말한다.

> 겁을 내고 있는 사람은
> 차라리 죽음을 택해야 합니다.(152,26-27)[58]

이름샤르트는 귀부르크가 오랑쥬에서 지혜를 발휘하듯이 문래운 에서 위기의 사태를 진정시키고 상황을 바꾸어 놓는 지혜를 발휘 한다. 그녀는 감정에 사로잡혀서 제대로 상황판단을 못하고 있는 기사들보다 더 큰 담력을 보이며 이성적인 태도와 논거로 그들에 게 강한 영향을 미친다. 그녀의 지혜와 올바른 판단이 제국의 운 명을 바꾸어 놓는 순간이다.[59] 더욱 적극적인 태도로 그녀는 제후 와 기사 앞에서 그동안 간직하고 있었던 지참금으로 군대를 무장 시켜 오랑쥬로 보내겠다고 빌레할름에게 약속하며 자신도 직접 전 투에 참여하겠다고 정열적으로 목소리를 높인다. 이에 대해 빌레 할름은 어머니께 감사하나 병력을 지휘한 경험이 많은 아버지께 군사들을 보내달라고 부탁한다. 이후 아버지 하임리히는 혈족의 대표자로서 군사지원을 승인한다. 그럼으로써 하임리히는 로마제 국의 막강한 제후로서 프랑스 왕에게 결여된 지혜와 깊은 사고와 책임감을 지닌 인물로 아내가 내린 단호한 판단을 행동으로 보여 준다. 뿐만 아니라 백작비는 나르본네 성에서 데리고 유대인을 자

---

58) swen zageheit des irret./ der möht sanfter wesen tôt
59) Vgl. Ukena-Best: a.a.O., S. 28.

신이 보내고자 하는 군대의 재정담당으로 명하는 조직력까지 내보인다. 이 대목에서도 볼프람은 신체적으로는 남성이 우월함을 제시하지만 순종적이고 고상한 품위만을 과시하는 궁정의 여성이 아니라 판단력과 조직력 및 전체를 조망해 볼 줄 아는 능력까지 겸비한 현실적인 여성을 보여줌으로써 새로운 여성상을 형상화한다.

V.3. 알리체 공주

이어서 등장한 인물이 왕비의 딸이자 이름샤르트의 손녀 알리체이다. 아직 "어리지만 순수하고 현명한" 왕비의 딸은 궁정소설의 전형적인 인물이다. 즉 그녀는 내적인 아름다움과 외적인 미를 지닌 구원자이다. 그녀의 순수한 내면을 반영하는 선한 시선과 품위 있는 행동은 보고 있기만 해도 위안을 받고 마음의 상처를 치료할 수 있을 정도이다.(154,20-22) 알리체는 분노하고 있는 빌레할름 앞에 무릎을 꿇고 어머니의 태도를 "우매"하였다고 탓하면서 용서를 빈다. 하지만 빌레할름의 행동 또한 기사답지 않게 감정적이었다고 비판함으로써 상황에 대한 올바른 판단력과 현명함을 보인다. 조카 알리체의 겸손하고도 사랑스러운 행동에 빌레할름은 분노를 삭이고 이성을 찾는다. 결국 알리체의 중재로 로이스 왕이 군사지원을 허락하고 빌레할름이 왕비를 용서한다. 이 모든 일이 내면의 미와 외적인 미가 조화를 이루는 알리체의 덕망 때문에 일어난다.

VI. 맺는말

빌레할름은 승전 후에 귀부르크가 요구했던 관용 이상을 실행한다. 그는 스칸디나비아의 왕 마트리브이츠를 석방시켜 주면서 전사자들을 함께 데려가서 이교도의 의식에 따라 안장시킬 것을 허락한다. 게다가 빌레할름은 그에게 귀부르크의 혈족인 테라머의 가문과 그의 방식을 존중한다는 말까지 전하게 한다. 그는 이교도의 포로들을 정치적 자본으로 이용할 수 있는, 그가 당연히 취할 수 있는 요구들을 포기하고 이를 그 어떤 조건도 없이 행한다. 빌레할름이 귀부르크의 민네Minne에 힘입어 평화롭게 일을 처리함으로써 귀부르크의 덕망이 실현된 것이다. 또한 이는 귀부르크가 행했던 것처럼 자유 의지에 의한 소유와 권력에 대한 단념이다. 볼프람은 이교도와의 전쟁은 기독교를 보호하기 위해서 불가피함을, 또한 이교도들에게 복수하고 그들을 물리쳐야 함을 분명하게 피력하면서도 결코 공격적이지 않고 선교하려는 의도도 담고 있지 않으며 단지 나라를 이교도들의 침략으로부터 지켜내려는 목적만을 서술하고 있다. 이러한 결론은 당시의 다른 작품에서는 찾아볼 수 없다. 볼프람은 콘란트의 작품 『롤란트의 노래』(1172)에서 제시하고 있는 이교도와 기독교 사이의 위기의 타개책, 즉 세례를 받지 않은 이들을 악마의 자녀로 여겨서 가차 없이 처단해버리는 것에 대해 문제를 제기한다. 그는 에브로 전장에서 승리하고 이교도의 왕과의 두 번의 전투에서 승리함으로써 롤란트의 죽음에 복

수하며 이교도 나라로의 확장을 달성시킨 칼 대왕의 정책이 진정
한 해결책인지 의문을 갖는 것이다. 때문에 볼프람은 지배 야욕을
지닌 남성이 아니라 여성을 내세워 복수의 악순환을 피하기 위한
대안을 제시하고 있다. 또한 그는 이교도의 기사를 서술할 때에도
저주받을 대상으로 여겨 비방하기보다는 기독교 기사와 마찬가지
로 그들도 민네에 봉사하고 용감한 전투자임을 나타낸다. 다만 그
들은 무지 때문에 아직 올바른 신을 모르고 있을 뿐임을 강조하고
이교도에 대한 무조건적인 비난은 삼간다. 볼프람의 이러한 태도
에 대하여 마이스부르거는 볼프람은 기사로서 당대의 문제를 학자
들과는 다르게 이해했고 현실의 삶 속에서 해결하고자 했던 작가
였다고 말하며 이런 작가의 권리를 빼앗을 수 없는 것이고 특히
스콜라학파의 우월함과 의도와 목표를 암암리에 그의 작품에 전제
로 하거나 1200년경의 문학과 그의 작품을 동일시해서는 안 된다
고 덧붙이고 있다.[60]

　교권적인 가치판단은 흔히 남성을 강함, 이성, 용기, 결단력이라
는 개념과 관련시키고 여성은 연약하고 감정적이며 객관성이 부족
하고 두려움이 강하다는 개념과 연관시킨다. 그러나 이 작품에 등
장하는 기사와 궁정여성들은 이러한 한계를 넘어서서 남성과 여성
이라는 이분법적 대립보다는 상호보완적인 관계를 맺고 있다. 궁
정의 여성들은 분명히 남성의 울타리 안에 있지만 이들은 교권적
인 모델에 따라 남자보다 하등하여 그들에게 종속되어 있는 것이
아니다.[61] 이러한 여성상은 프랑스의 원전에는 나타나지 않았기

---

60) Vgl. Meissburger: Gyburg. In: ZfdPh 83 (2), S. 86.
61) Vgl. Ukena-Best: a.a.O., S. 38.

때문에 볼프람은 영웅서사시를 궁정소설로 장르를 변형시키면서 부정적인 여성에 대하여 의식적으로 그 반대되는 상을 문학을 통해 형상화하고 있다.[62] 볼프람은 여성을 단순한 궁중의 꽃이 아니라 사고하고 행동하며 남성과 상호보완적인 역할을 하게 함으로써 페미니즘의 발단을 제시하고 있는 것이다. 뿐만 아니라 이로써 인간성 해방을 실천하고 있는 13세기의 작가에게서 "페미니즘은 휴머니즘"[63]이라는 사고의 뿌리를 찾아볼 수도 있다.

---

62) Vgl. ebd. S. 39.

63) 하응백 엮음/해설: 그 살벌했던 날의 할미꽃, 서울 (도서출판 이레) 1997, 7 쪽.

참 고 문 헌

1차 문헌

Wolfram von Eschenbach: *Willehalm*, Text der 6. Ausgabe von Karl Lachmann, Übersetzung und Anmerkung von Dieter Kartschoke, Berlin 1968.

------: *Parzival*, Text nach der Angabe von Karl Lachmann, Übersetzung und Nachwort von Wolfgang Spiewok, Stuttgart 1981.

공동성서번역, 대한성서공회, 1992.

2차 문헌

이순예 (역): 여성론 (Bebel, August: Die Frau und der Sozialismus), 도서출판 까치, 1993.

하응백 엮음/해설: 그 살벌했던 날의 할미꽃, 도서출판 이레, 1997.

Babilas, Wolfgang: Untersuchungen zu den Sermoni Subalpini. Mit einem Exkurs über die Zehn-Engelchor-Lehre, München 1968.

Bumke, Joachim: Höfische Kultur. Literatur und Gesellschaft im hohen Mittelalter, München 1986.

Ders.: Wolframs *Willehalm*, Heidelberg 1959.

Ehrismann, Gustav: Über Wolframs Ethik. *Willehalm*. In: ZfdA. 49 (1908).

Jens, Walter (Hrsg.): Kindlers Neues Literatur Lexikon, München 1992.

Kellermann-Haaf, Petra: Frau und Politik im Mittelalter. Untersuchungen zur politischen Rolle der Frau in den höfischen Romanen des 12. 13. 14. Jahrhunderts, Göppingen 1986.

Meissburger, Gerhardt: Gyburg. In: ZfdPh 83 (2, 1964).

Schäufele, Eva: Normabweichen des Rollenverhalten; die kämpfende
    Frau in der deutschen Literatur des 12. und 13. Jahrhunderts,
    Göppingen 1979.
Ukena-Best, Elke: Die Klugheit der Frauen in Wolframs von Eschenbach
    Willehalm. In: Christine Krause u.a.(Hrsg.): Zwischen Schrift und
    Bild, Heidelberg 1994.

반유대주의 Antisemitismus에 대한 레싱의 견해

I. 들어가는 말

제1차 성전 멸망 (586 B.C.E.) 이래로 유대인의 삶은 총체적으로 "떠돌이 생활" 그 자체였다.[64] 이때부터 시작된 유랑생활로 유대인의 운명은 점점 더 불리하게 되었으며, 중세 기독교 국가 내에서는 더욱 악화되어 갔다. 그들은 근본적으로 소수의 종교인들로서 인내해야 했으며, 계속적이고 격렬한 종교적 신학적 공격에 의해서 배척당하고 억압받으며 유럽 곳곳에서 추방되기에 이른다.[65] 이러한 상황은 레싱Gotthold Ephraim Lessing (1729-1781년)이 생존하던 18세기에도 여전했으며 압도적 지배의 위치에 있

---

64) Vgl. 최창모:『이스라엘사』, 대한교과서주식회사, 서울 1994, S. 205.

65) 1290년 영국에서, 1306/1311/1394년 프랑스에서, 스페인에서는 1391년 이후부터, 14C에는 독일지역에서, 15C 말에는 러시아의 리타우엔에서 쫓겨났다. Vgl. Fohrer: Geschichte Israels, Wiesbaden/Heidelberg 1990, S. 256.

던 기독교인들의 유대인에 대한 탄압과 멸시는 극도로 심하였다. 당시 유대인들은 한편으로 그들의 종교를 완고히 고집함으로써 고립을 자초했고, 다른 한편으로는 기독교인과 다른 민족의 편견으로 인하여 소외당했다.[66] 이들은 교양 없고 야만적인 관습에 사로잡혀 있다고 취급되었던 것이다. 이즈음 천부인권에 입각한 휴머니즘을 부르짖는 계몽주의가 태동하게 되며, 계몽주의자들은 당시 사회에서 지배적인 위치에 있던 교회의 권위에 저항하며 개개인의 인격을 중시하고 인간의 이성을 강조하였다. 이 계몽주의의 개념에 있어서는 당시뿐만 아니라 오늘날까지도 칸트Immanuel Kant의 계몽주의에 대한 정의가 지배하고 있다. 칸트는 "계몽주의란 자기 자신에게 책임이 있는 미성숙상태에서 벗어나려는 인간으로서의 출발이다"라고 『계몽주의란 무엇인가?Was ist Aufklärung?』에서 정의하고 있다.[67] 그는 이어서 "미성숙이란 다른 사람의 인도 없이는 자신의 오성을 이용하지 못하는 무능력이다. 미성숙의 원인이 오성의 결함에 있는 것이 아니라, 다른 사람의 인도 없이 자신을 이용하겠다는 결심과 용기의 부족에 있다면, 이 미성숙은 자신의 과오이다. 너 자신의 이성을 이용하는 용기를 가져라"[68]고 적고 있다. 레싱의 유대인 친구 멘델스존Moses Mendelssohn은 칸트보다 앞서 계몽주의를 이론적인 이성의 실천으로서, 인간생활

---

66) Vgl. Barner [u.a.]: Lessing. Epoche-Werk-Wirkung. München 1977, S. 280.

67) Kant: Beantwortung der Frage: Was ist Aufklärung? S. 9. In: Was ist Aufklärung? Thesen und Definitionen. Stuttgart (Reclam 9714) 1990, S. 9-17.

68) Ebd.

속에서의 사건들에 대한 이성적인 숙고로서 또는 인식으로서 정의
했다.[69] 요컨대 계몽주의자들은 의식의 자각을 요구했던 것이다.
인간이 민족과 종교에 의해 차별대우를 받아서는 안 되며, 자신의
이성에 의해 판단하고 행동해야 한다는 주장이었다. 당시의 주요
논점은 한 사회 내에서 여러 종교 그룹간의 관용과 인정이었고,
이에 대한 레싱의 요구는 특히 유대인에 대한 관용이었다.

　레싱이 이러한 견해를 갖게 된 배경에는 그의 개인적인 환경이
지대한 영향을 끼쳤다. 독실한 루터파 목사 집안 출신인 레싱은
어렸을 때부터 인도주의적 사고와 열린 마음을 키워가면서 자랐
다. 명망 있는 아버지 요한 고트프리트 레싱 Johann Gottfried
Lessing은 성가를 짓고, 비평서를 쓰고, 번역을 하였으며, 시대에
흔치않게 영국작가들에 대한 관심을 보였다.[70] 또한 그는 1717년
종교개혁의 200주기를 맞아 개혁을 옹호하는 글을 썼다. 그 외에
도 할아버지 테오필 레싱Theophil Lessing은 라이프치히에서 "종
교의 관용-De Religionum Tolerantia"에 대해 공개적인 논쟁을 벌
이기도 했다. 어린 레싱은 이런 가정환경 속에서 개방적인 사고와
관용을 자연스럽게 익혀갔던 것이다. 또한 당시의 주요 상업 도시
이면서 대학 도시인 라이프치히에서의 시절은 그의 인도주의적이
고 진취적인 사상에 더욱 박차를 가해준다. 저널리스트이면서 작
가인 사촌 형 크리스토프 밀리우스Christoph Mylius는 레싱에게
새롭고 진보적인 생활방식의 한 표본이었다. 게다가 계몽주의의

---

69) Vgl. Mendelssohn: Über die Frage: Was heißt aufklären?. In: Was ist
　　Aufklärung. Thesen und Definitionen, S. 3-8.
70) Vgl. Barner: a.a.O., S. 96.

본거지였던 베를린에서 사귀게 된 교양 있고 학식이 높은 유대인 친구 멘델스존Moses Mendelssohn과의 깊은 우정이 레싱에게 열린 사고방식을 갖게 하는 데 적지 않은 영향을 미쳤다. 이러한 개인적인 성장 배경 없이는 『현자 나탄Nathan der Weise』을 쓰게 된 직접적인 동기인 함부르크의 주임 목사 괴쩨 Johann Melchoir Goeze와의 논쟁은 생각할 수 없다. 레싱은 각계각층 대표들의 합의 하에서 암암리에 숨겨져 있는 유대인에 대한 편견에 맞서 싸우는 것을 자신의 과제로 삼았으며 진정한 개선은 먼저 이 편견을 타파하는 데서부터 출발해야 한다고 생각하였다. 왜냐하면 이러한 편견들은 근본적으로 지금까지 아무도 사고의 변화를 시도하지 않았다는 데 책임이 있기 때문이다. 작가로서 더욱이 희극작가로서 활동하고 있는 아들을 못마땅해 하고, 그의 신앙심을 염려하는 부모님께 보내는 편지에서 레싱은 바로 이 점을 강조한다.[71] 당시 연극은 교육적 효과를 위한 가장 큰 대중 매체였기 때문에 레싱은 다른 민족과 다른 종교인에 대한 편견에 사로 잡혀있는 동족을 연극을 통해 계몽시키고자 결심한다. 그는 자신의 1막짜리 희극『유대인der Jude』에 대해서 다음과 같이 말한다.

그것은 모욕적인 억압 속에서 신음해야만 하는 한 민족에 대한 매우 진지한 고찰의 결과이었다. 기독교인은 그 민족을 존경심 없이는 고찰할 수 없다고 나는 생각한다. 예컨대, 그 민족으로부터 수많은 영웅들과 예언자들이 배출되었다.(……) 당시 연극에 대한 나의 의욕은 대단하여서 나에게 떠올랐던 모든 것이 희극으로 변했

---

71) Vgl. Lessing: Brief an Johann Gottfried Lessing vom 28.04.1749 und vom 30.05.1749.

다. 그래서 나는 곧 전혀 예측하지 못하는 그 민족의 미덕을 무대 위에 올리게 된다면 어떤 영향을 미칠 것인가를 시도해 볼 생각을 했다.

Es war das Resultat einer sehr ernsthaften Betrachtung über die schimpfliche Unterdrückung, in welcher ein Volk seufzen muß, das ein Christ, sollte ich meinen, nicht ohne eine Art von Ehrerbietung betrachten kann. Aus ihm, dachte ich, sind ehedem soviel Helden und Propheten aufgestanden, (……) Meine Lust zum Theater war damals so groß, daß sich alles, was mir in den Kopf kam, in eine Komödie verwandelte. Ich bekam also gar bald den Einfall, zu versuchen, was es für eine Wirkung auf der Bühne haben werde, wenn man dem Volke die Tugend da zeigte, wo es sie ganz und gar nicht vermutet.(755)[72]

1749년 작품인 『유대인』은 독일 문학사에서 최초로 유대인을 연극의 주인공으로 내세웠을 뿐만 아니라, 독일사회에서 유대인의 해방 문제를 대두시킨 작품이다.[73] 레싱은 전통극과는 상반되게 무대 위에 악한 유대인 대신 숭고한 유대인을 올린다. 레싱은 이 극을 통하여 유대인에 대한 선입견을 버리고 그들을 억압하는 사회의 규범들을 수정할 것을 요구한 것이다. 이 희극에 대해서 많은 비평이 있었지만, 그 중 특히 괴팅엔의 신학자 미하엘리스 J. D. Michaelis는 그렇게 완전히 선량하고 숭고하며 교양 있는 유대

---

72) Lessing. Dramen, Hrsg. v. Kurt Wölfel, Frankfurt a. M. 1984.(이하 레싱 의 발언과 그의 작품의 인용은 이 작품집에 따르며 본문의 괄호 안에 쪽 수만을 표시한다.)

73) Vgl. Guthke: Lessing und das Judentum, S. 239. In: Wolfenbüttler Studien zur Aufklärung IV (1977).

인이 있을 수도 있겠지만 실제로 유대인과 같은 민족에게 그러한 인물은 전혀 있을 법하지 않는 하나의 문학적 창작물인 허구의 인물일 뿐이라고 비난했다.[74] 이것이 18세기의 계몽주의 시대에 독일에서 유대인이 처해있던 상황이다. 그들의 운명은 계몽주의 시대에도 여전히 비참하였으며 이러한 비인간적인 상황은 18세기 후반에서부터야 비로소 나아지는 기미가 보이기 시작하는데, 이에 공헌한 자가 바로 레싱이다.[75] 레싱은 30년 후에 다시 독일 사회에 이러한 문제를 거론시킨다. 그러니까 1779년 『현자 나탄』이 나오기까지 독일에서 그 어떤 작품도 이 테마를 다루지 않았던 것이다.[76] 『현자 나탄』은 바로 이 점에서만도 큰 의미가 있는 작품이라 하겠다.

이 글에서는 유대인의 탄압과 박해에 대하여 작가 레싱이 가졌던 견해와 그 의미를 『현자 나탄』을 통해서 파악해보겠다. 특히 레싱의 핵심의도가 녹아있는 '반지비유설화'의 분석에 이 글의 중점이 있으며, 작품이 발표된 이후의 유대인의 반응을 살펴보는 것도 의미 있는 일이라 생각하여 첨부하였다.

---

74) Vgl. ebd. S. 756ff.

75) Vgl. Allerhand: Das Judentum in der Aufklärung. Stuttgart-Bad Cannstatt 1980, S. 28.

76) Vgl. Guthke: a.a.O., S. 239.

Ⅱ. 작품의 창작 동기

이 드라마가 쓰이게 된 직접적인 동기는 레싱이 함부르크의 고등학교 교사인 라이마루스Hermann Samuel Reimarus의 유고를 발표함으로써 생기게 된 레싱과 함부르크 주임 목사 괴쩨Johann Melchoir Goeze와의 논쟁이다. 1770년부터 레싱은 볼펜뷔텔에 있는 브라운 슈바이크 공작령의 도서관 관장으로 있으면서 도서관에 소장되어 있는 귀중한 자료들을 『볼펜뷔텔의 공작령 도서관의 재화들에서 발굴한 역사와 문학에 대한 기고Beiträge zur Geschichte und Literautur aus den Schätzen der herzoglichen Bibliothek zu Wolfenbüttel』에 발표한다. 레싱은 여기에 동양어학자인 라이마루스가 1768년에 세상을 떠나면서 남긴 필서「신의 이성적인 숭배자를 위한 변호서 Apologie oder Schutzschrift der vernünftigen Verehrer Gottes」를 "볼펜뷔텔의 익명의 단편들Wolfenbüttler Fragmenten eines Ungenannten"이라는 제목으로 3년(1774-1777)에 걸쳐 싣는다. 이 단편은 신이 창조한 우주 안에서 물질적, 정신적, 도덕적인 삶은 변화될 수 없는 법칙에 따라 규정되며, 모든 초자연적인 이해와 모든 경이감을 배제한다는 결정적인 내용을 담고 있다. 따라서 일반적이고 믿을 만한 계시성의 가능성이 부정되고, 구약성서의 계시성이 부인된다. 또한 기독교인의 이야기들에 담고 있는 모순들 때문에 그리스도의 부활이 부정된다. 기독교계는 당연히 정통기독교의 교리를 공격하는 이 단편들에 반박하고 나선다. 그리하여 레싱은 무엇보다도 함부르크의 주임목사 괴쩨와 가장 심각한 대립을 하게 되고, 둘은 격렬한 논쟁을 벌이게 된다. 괴쩨는 기독교 교리의 절대적 권위를 주장하였으며, 레싱은 교리의 권위를 비판적으로 검증하고 토론해야 한다는 입장이었다. 논쟁의 과정에서 레싱은 「예수와 그의 제자의 목적에 대하여 Von dem Zwecke Jesu und seiner Jünger」라는 매우 비판적인 단편을 발표하였는데, 그 단편에는 예수 그리스도가 모반자로서 등장하며 부활에 대한 일화는 그 제자들이 그리스도의 시체를 비밀리에 무덤으로부터 꺼내옴으로써 생기게 된 것이라는 주장이 실려 있다. 그로 인하여 레싱은 그 때까지 누렸던 검열 면제의 자유를 빼앗기고 단편들을 더 이상 출판하지 말 것과 브라운슈바이크의 밖에서도 그와 관련된 글의 발표를 금지 당한다. 이때 주임 목사 괴쩨는 교회와 한편인 브라운슈바이크의 정부에 레싱을 비종교적이고 국가에도 위험한 인물이라고 사주함으로써 출판 금지 조치에 한 몫을 했다. 이에 대해 직위를 해제 당할지라도 괴쩨와의 논쟁을 계속하기로 결심한 레싱은 괴쩨에 대항하는 글의 인쇄를 브라운슈바이크 밖에서 끝낸다. 그러나 레싱은 어느 글에서도 신의 존재나 종교의 진리를 부정한 적이 없으며, 단지 기독교의 독단을 거부하고 다양한 체계의 인정을 요구했던[77] 것이다. 1778년 8월 10일 밤에 레싱은 그가 오래전부터 가지고 있던 한 구상에 생각이 미치게 되고, 이러한 내용을 즉시 동생 칼Karl에게 편지로 알린다.

나는 수년 전에 당시에는 전혀 생각할 수 없었던 현재의 나의 논쟁과 유사한 내용을 담은 극본을 계획했었다. … 모든 것이 아주

---

77) Vgl. Mann: Lessing. Sein und Leistung. S. 299f.

재미있게 읽혀질 매우 흥미 있는 에피소드를 고안해냈다고 생각한
다. 그리고 나는 확실히 열 개의 단편들로 신학자들을 화나게 할
익살극을 공연할 것이다.

> Ich habe vor vielen Jahren einmal ein Schauspiel entworfen,
> dessen Inhalt eine Art von Analogie mit meinen gegenwärtigen
> Streitigkeiten hat, die ich mir damals wohl nicht träumen ließ. ···
> Ich glaube eine sehr interessante Episode dazu erfunden zu
> haben, daß sich alles sehr gut soll lesen lassen, und ich gewiß
> den Theologen einen ärgern Possen damit spielen will, als noch
> mit zehn Fragmenten.(809)

뿐만 아니라 9월 6일에는 고인 라이마루스의 딸 엘리제에게게도
"옛 연단인 무대에서 최소한 방해받지 않고 설교하도록 나를 내버
려 둘 것인지 아닌지 시험해 보아야 한다"는 편지를 보내 "문학적
복수"를 가하겠다는 의지를 더욱 확고히 한다.[78]

이것이 레싱이 "드라마적인 시ein dramatisches Gedicht" 『현자
나탄』을 쓰게 된 직접적인 동기이다.

---

78) "Ich muß versuchen, ob man mich auf meiner alten Kanzel, auf dem
Theater wenigstens, noch ungestört will predigen lassen."(810)

Ⅲ. 작품의 분석

극의 무대는 중세의 기독교, 유대교, 이슬람교의 세 종교와 세 문화가 함께 존재하는 예루살렘이다. 레싱은 종교의 문제를 좀더 분명히 하기 위해서 의도적으로 십자군 시대(3차 원정)로 거슬러 올라가 무대를 설정한다. 이에 대해 레싱은 『현자 나탄』의 초고에 대한 한 언급에서 역사상에 있어서 모든 연대기적인 것은 무시했으며 실제의 역사적 사건에 대한 풍자는 단지 작품의 진행을 도울 뿐이다[79]고 말한다.

본고에서는 유일한 유대인 나탄과 그를 둘러싸고 있는 기독교와 이슬람교의 대표자, 이 세 인물의 분석을 통하여 레싱이 드라마에서 나타내고자 했던 의도에 접근해 보겠다.

Ⅲ.1. 기독교의 대주교der Patriarch

드라마에서 "악의 화신"으로 나타나 있는 대주교는 종교라는 가면을 쓰고 기독교의 허위를 대변하고 있다. 대주교는 이슬람교의 술탄 살라딘의 관대한 보호하에 살고 있으면서 몰래 배신과 암살을 궁리하고 있다. 그에게는 살라딘은 기독교의 적수일 뿐이다. 그는 신의 대리인으로서의 목자라기보다는 권모술수에 능한 정치가적인

---

79) Zit. nach D. F. Strauß : Über Lessings *Nathan*, S. 30. In: Klaus Bohnen (Hrsg.): Lessings *Nathan der Weise*, Darmstadt 1984, S. 11-45.

면모를 지녔으며 실제로 여러 정치적인 일에 관여하고 있다. 요컨대 대주교는 목적을 이루기 위해서는 수단과 방법을 가리지 않으며 기독교의 청빈정신과는 거리가 먼 호화로운 외모를 과시하는 인물이다. 대주교가 직접 등장하기 전에, 이미 1막 5장에서 신전기사 Tempelherr와 수사Klosterbruder는 대주교의 인간 됨됨이를 암시하는 대화를 나눈다. 즉 대주교는 살라딘의 특별한 배려로 죽음을 면하게 된 신전기사를 살라딘의 요새를 염탐하는 첩자와 살인자로 이용하려는 계획을 구상하고 있으며, 이 일은 프랑스의 필립 아우구스트 왕에게 정보를 주기 위해서 꾸며지고 있다는 것이다. 뿐만 아니라 그는 이 음모를 위해서 수사를 중재자로서 이용하고 있는데, 이러한 일을 수사가 얼마나 혐오스러워한지에 대해서는 전혀 아랑곳하지 않는다. 신전기사는 뚱뚱하고 혈색이 좋으며 친절한 대주교를 보자마자 "내 타입은 아니다"고 거부감을 느낀다. 대주교는 "인간들에게는 비열한 행위Bubenstück vor Menschen"라 할지라도 교회에 이로운 일이 된다면 "하나님 앞에서는 죄일 수 없는 것nicht auch Bubenstück vor Gott"(620)이라고 생각한다. 이러한 대주교의 속성을 알아챈 신전기사는 차라리 중재의 임무를 받고 찾아온 이 수사에게 자문을 구하고자 한다. 즉, 그는 기독교라는 종교의 탈을 쓰고 있는 권력자가 아니라 낮은 신분 때문에 어쩔 수 없이 주어진 역할을 수행하고 있기는 하지만, 해결점을 찾기 위해서 상황을 솔직하게 고백한 진정한 신앙인에게 개인적인 충고를 구하려고 한다.

대주교는 신전기사로부터 기독교 출신의 고아가 한 유대인에 의해 성장하게 된 것을 알았을 때, 그것은 일종의 영혼을 도둑질한 것이라고 여기며, 그 유대인은 차라리 그 아이를 죽도록 내버려두었으면 훨씬 나았을 것이라는 말을 내뱉는다. 다음의 말은 그의 독선적이고 비인간적인 본성을 단숨에 드러낸다.

> 상관없소! 그 유대인은 화형에 처해질 것이오!Tut nichts! der Jude wird verbrannt! (690).

그에게는 아이의 성장과정이나 그 인간됨이 문제가 아니라 그의 관심은 오로지 교리의 위반 여부에만 있다. 뿐만 아니라 그의 말에서 당시 기독교인에게 유대인들은 어떠한 존재였는가가 여실히 드러난다. 오만불손한 인간의 이성이 종교문제에 있어서 커다란 오류를 범할 수 있다는 것을 강조하면서 대주교는 신전기사에게 교리를 이성 위에 놓기를 요구한다. 대주교에게는 인간보다 교리와 교회의 권위가 우선이다. 그는 자신의 이성을 포기한 미성숙한 인간인 것이다. 여기에 계몽주의자 레싱과 함부르크 주임목사 괴쩨와의 논쟁이 반영되어 있음이 분명해진다. 종교라는 미명하에 자신의 직책을 이용해서 정치적 권력을 얻는 데 진력하고 있는 대주교에게 국가와 교회는 일치한다. "아무 것도 믿지 않는다면 국가 자체를 위해서 얼마나 위험한가! 모든 백성의 유대는 풀어지고 끊어지게 될 것"(691)[80]이라고 말하는 대주교는 교회를 마치 국가를 대표하는 어느 권력 기구처럼 여긴다. 대주교는 그것의 충실한 대변자이고 그에게 종교란 인간을 분류하는 잣대 역할을 할 뿐이다. 정체성을 잃어버린 대주교는 자아와 역할을 완전히 일치시

---

80) wie / Gefährlich selber für den Staat es ist, / Nichts glauben! Alle bürgerliche Bande / Sind aufgelöset, sind zerrissen, wenn / Der Mensch nichts glauben darf.

키고 있으며 그 일체감 속에서 만족과 자부심을 갖는다. 때문에 "설사 야수의 사랑일지라도 그러한 연령[＝나탄의 수양딸 레햐]에는 기독교보다도 필요한 것"이 사랑이라는 것을 전혀 느끼지 못하는 대주교는 자신의 모든 능력을 인간 자체를 위해서 노력하는 나탄에 대비되는 인물로 나타난다. 레싱은 대주교를 통해 당시의 정통 기독교의 편협성, 냉정함, 비인도적인 처사를 비판하고자 한다. 괴째 또한 이 대주교에 못지않게 교회의 충실한 대변자였다. 왜냐하면 그는 그래야만 했던 무조건적인 정통신학자였기 때문이다.[81] 레싱은 예루살렘의 대주교 헤라클리우스Heraklius라는 역사적 인물을 원래 대주교의 모델로 삼았는데, 드라마의 마지막 교정본에서 신학적인 적수인 괴째의 특징들을 더 짙게 가미시켰다.(815)

Ⅲ.2. 이슬람교의 술탄 살라딘 Saladin

이슬람교의 술탄인 살라딘 (1187-1193)은 십자군 원정 시의 역사적인 인물로 예루살렘의 군주였다. 여러 전기들에 나타나 있듯이, 그는 계몽된 군주로 이성적이고 편견을 지니고 있지 않았으며 용감하였다. 뿐만 아니라 관대한 인물이어서 그가 예루살렘을 통치할 때에는 많은 유대인들이 예루살렘으로 입주를 하였다.[82]

레싱은 이 드라마에서 살라딘을 냉정하고 결단력이 강한 통치자

---

19) Vgl. Woyte: Erläuterung zu Lessings "Nathan der Weise", Neu bearb., 11.Aufl., Hollenfeld/ Obfr. 1955, S. 58.

20) Vgl. Fohrer: a.a.O., S. 251.

라기보다는 아주 품위 있는 군주로 그리고 있으며, 사적인 면에
더 치중하고 있다.

살라딘은 자아를 지배할 줄 알고, 아량이 넓으며, 인정이 있어서
남을 잘 돕는다. 그러나 소유욕이 없는 그 자신은 언제나 경제적인
어려움에 처해 있다. 때문에 살라딘은 가지고 있으면 별 필요 없는
것이나, 없으면 필요한 것 같은 "저주받을 돈das leidige verwünschte
Geld"이라고 투덜거린다. 그는 단지 "옷 한 벌, 검 하나, 말 한 필-
그리고 유일신ein Kleid, ein Schwert, ein Pferd – und Einen Gott"
만 있으면 만족스러운 삶을 영위할 수 있다고 생각한다. 또한 살라
딘은 형제애가 각별하여 그의 적이 되기도 하는 신전기사를 동생 아
사드 Assad에 대한 그리움 때문에 석방해 주었다. 관대한 살라딘은
신전기사에게서 서방으로 가서 일찍이 죽은 동생 아사드의 모습을
본 것이다. 드라마의 결말에 나타나듯이 신전기사는 바로 그의 조카
이다. 또한 세계에서 최고의 가문을 만들기 위해서 동생들이 종교를
초월하여 영국의 리처드가 Richards와 혼인하길 바라고 있다. 한편
이것은 종교분쟁을 평화적으로 해결하려는 그의 의도이기도 하
다.83) 왜냐하면 살라딘은 기독교인과 전쟁을 하나 종교 때문이 아니
라, 기독교인들로부터 나라를 지키기 위해서이다. 대주교도 말하고
있듯이, 그는 기독교를 보호하겠다는 조약에 서약했으며 기독교인을
박해하거나 성지를 황폐화시키지 않았다. 그리고 사실 유대인을 경
멸하나 유대교 때문이 아니라, 유대인의 소유욕과 비겁함 때문이다.
반면에 그의 여동생 지타Sittah는 오히려 정치적이며 현실을 직시하
는 인물로 기독교인을 다음과 같이 특징짓는다.

---

21) Vgl. Barner: a.a.O., S. 284.

그들의 긍지는 기독교라는 데 있지, 그들이 인간이라는 데 있지
않아요.(……) 그들은 그리스도의 미덕이 아니라 그의 이름이 세상
에 퍼져 나가야 한다는 거예요.(……) 그들에게는 그의 이름, 이름
만이 소중한 것이니까요.

Ihr Stolz ist: Christen sein; nicht Menschen.(……) – Seine
Tugend nicht; sein Name. Soll überall verbreitet werden; (……)
Um den Namen, um den Namen . Ist ihnen nur zu tun.(627)

기독교인들은 상대편이 단순히 인간이기 때문에 사랑하는 것이
아니라, 그가 기독교인인지 아닌지를 더 중히 여기며, 그를 자기편
으로 만들려는 데에만 목적을 둔다는 것이다. 뿐만 아니라 그들의
소유욕과 비겁함이 지타에게 거부감을 갖게 한다.

살라딘 자신은 전형적인 이슬람교도이다. 그러나 실제로 상대방
이 기독교도이든, 이슬람교도이든 별 관심이 없으며, 마음속으로
은근히 끌리고 있는 신전기사에게 다른 종교인을 인정할 것을 요
구한다.

유대인이나 회교인에 반항하지 않는 기독교인이 되어 주시오!
Sei keinem Juden, keinem Muselmanne / Zum Trotz ein Christ!
(699)

살라딘은 이미 종교의 다양함을 인정하고 있는 것이다.

나는 모든 나무들이 한 줄기에서 자라기를 바라는 일은 한 번도 없소.
Ich habe nie verlangt, / Daß allen Bäumen eine Rinde wachse.(695)

이것은 또한 레싱 자신의 진술이기도 할 것이다. 살라딘은 "사랑하는 신의 정원사Der Herr, der liebe Gottes Gärtner wäre"(695)이다. 즉, 그는 성지의 수호자인 것이다. 레싱은 살라딘을 정형화된 종교관으로부터 벗어난 이상적인 군주이자 철학자로 이상화시키고 있다. 그러면서 또한 극히 인간적인 면을 가미시켜 호감적인 인물로 만들고 있다. 요컨대 살라딘은 반지비유설화의 메시지를 이미 내면화한 인물로 유대인 나탄만큼이나 현인이며 선인이다.

Ⅲ.3. 나 탄Nathan

레싱이 무대의 주인공으로 내세워 열정적으로 묘사하고 있는 유대인 나탄은 부유한 상인이다. 그러나 그는 인색하지 않고 성품이 온화하고 명석하여 동족으로부터 "현인der Weise"으로서 존경받으며 당시의 인간 사회를 지배했던 종교에 관계없이 자신의 도움을 필요로 하는 자는 누구든지 기꺼이 돕는다. 때문에 하녀 다야는 오히려 그를 "선인 der Gute"으로 칭한다. 유대인으로서의 운명이 그를 이런 인물로 만든 것이다. 좀더 설명하면 기독교인들이 여자와 아이들을 포함한 모든 유대인을 죽일 때 나탄도 자신만을 제외한 전 가족을 잃었다. 아내와 일곱 아들이 불에 타 죽은 것이다. 그는 3일 간의 낮과 밤을 잿더미 속에서 신에 대한 분노와 반항으로 오열하였다. 그것은 그의 믿음이 불타기 시작하는 순간이었다. 그러나 나탄은 다시 이성적으로 해결점을 찾는다. 그는 한 기독교 마부가 데리고 온 레햐라는 여자아이를 받아들인다. 나탄은 이것을 기적으로 여기고 일곱 아들에게 나누어 주었을 사랑을 이 한 아이에게 쏟는다. 나탄은 유대인이지만 이제 더 이상 전형적인 유대인der Stockjude이 아니라 종교적 감정을 초월해서 인간적이고 이성적이며 종교의 근본에 도달한 것이다. 즉 그는 깨달음으로 인하여 다양한 인간적인 자질을 갖추게 되고 또 그 자질들을 서로 조화시키는 능력까지 얻게 된다.[84] 따라서 나탄은 유대인, 기독교인, 이슬람인, 페르시아인 등 모두를 하나로 여기고서[85] 낯선 소녀를 딸로 받아 들여 유대교의 정신도, 기독교의 정신도 불어넣지 않고 자연스럽고 자유롭게 키운다.[86] 단순히 사랑 그 자체를 실천하는 나탄에게 수사Klosterbruder [이전에 레하를 나탄에게 데려다 준 마부]는 말한다.

> 나탄씨 당신은 기독교인이오. 하느님께 맹세코 당신은 기독교인이오. 더 나은 기독교인은 결코 없을 것이오.
> Nathan! / Ihr seid ein Christ! – Bei Gott, Ihr seid ein Christ! / Ein beßrer Christ war nie! (709)

나탄은 정신을 혼란시키는 모든 광신적인 것을 멀리해서, 심오한 감정을 소유하고 순수한 본성을 지닌 인간으로서 딸 레하를 키운 것이다. 나탄의 경우에 유대교는 그의 민족 Nationalität을 말하

---

84) Vgl. Bizet: Die Weisheit Nathans, S. 310. In: G. E. Lessing, Darmstadt 1984.

85) "Jud', und Christ / Und Muselmann und Parsi, alles ist / Ihm eins."(635)

86) 그녀는 어느 집안, 어느 신앙에도 맞도록 태어났고 그렇게 자랐습니다. Sie[Recha]./ Die jedes Hauses, jedes Glaubens Zierde / Zu sein erschaffen und erzogen ward.(710)

기 보다는 그의 종교를 뜻한다.[87] 그는 이 종교를 우연히, 즉 우연히 유대인으로 태어나게 됨으로써 갖게 되었지만, 그에게 있어서 이 종교는 결코 다른 종교와 바꿀 수 없는 것이다. 유대교가 완전한 진리일 수는 없듯이, 기독교와 이슬람교도 마찬가지로 완전한 진리일 수 없는 것이다. 따라서 그는 태어나면서 이미 속해 있었던 종교에 그냥 머물러 있으려고 한다.

나탄은 사랑으로 키운 딸 레햐를 한 신전기사가 불 속으로부터 구조해 주었다는 것을 알았을 때 그를 자신의 집으로 초대하려 한다. 그러나 아직 혈기 왕성한 젊은 기사는 유대인의 초대에 대해 조소로써 반응하고 이를 단호히 거절한다. 유대인은 유대인일 뿐이오.Jud' ist Jude."(623) 그리고는 나탄에게 "부자 유대인이 보다 나은 유대인은 아니며Der reichre Jude war / Mir nie der beßre Jude"(641), 인간들 사이의 흠을 잡고 까다롭게 구는 짓을 맨 먼저 시작한 민족이 유대인 (643)이라며 유대인의 금전욕, 간교함, 자존심 등을 경멸한다. 그러나 사실 그의 편견은 유대인과의 직접적인 관계에서 얻어진 것이 아니다. 『유대인』에서 온갖 미덕을 갖춘 남작이 유대인에 대해서만큼은 당시 누구나 가지고 있었던 일반적인 편견에 빠져 있었듯이, 이 신전기사도 유대인에 대한 일반적인 편견을 가지고 있는 것이다. 그러나 어떤 편견에도 사로잡히지 않는 나탄의 진실을 깨달은 그는 곧 자신의 실수와 오해를 인정한다. 모든 권력자들과 관계를 맺으려고 노력하는 대주교를 몸소 체험한 그는 나탄의 인간됨을 절실히 깨닫는다. 이 신전기사는 서양의 기독

---

87) Vgl. Mayer: Der weise Nathan und der Räuber Spiegelberg, S. 364. In: Lessing *Nathan der Weise*, Darmstadt 1984, Hrsg. v. Klaus Bohnen.

교인들 속에서 자랐으나 그 자신이 직접 말하고 있는 것처럼 이미 많은 편견들을 버렸다. 왜냐하면 그는 종교전쟁에 직접 참가하여서 자신의 두 눈으로 그 비참함을 확인하였으며, 그것은 단지 그들의 신을 이 지상에서 가장 우수한 신으로 여기려는 경건함이라는 미명 아래 행한 미치광이 짓이라는 것을 깨달았기 때문이다. 신전기사가 기독교 출신 레햐가 유대인에게서 키워진 것에 분노하는 것은 그녀가 기독교적 영혼을 잃었기 때문이라기보다는 나탄이 그녀에게 진실을 말하지 않았다는 데 있다. 그는 "세례의 소리Stimme der Taufe"가 아니라, "자연의 소리Stimme der Natur"[88]를 요구하는 것이다. 그러나 "종교 또한 당파이다 Religion ist auch Partei"라는 종교의 본성을 이미 파악하고 있는 신전기사는 "모든 나라에 착한 사람이 있다Daß alle Länder gute Menschen tragen"는 나탄의 말에 공감하며, 흥분으로 잃었던 자신의 순수한 인간성을 되찾는다.

레싱은 계몽주의자들이 강조하고 중시했던 이성을 지닌 존재 모두를 화합시킬 수 있는 힘을 나탄에게 부여한 것이다. 그러면 레싱은 다양한 인간적 자질과 능력을 왜 하필이면 유대인에게 부여했을까? 그 이유는 이러하다. 만약에 그가 기독교에게 이런 도덕성과 다양한 능력을 부여하였다면 그들은 이미 갖추고 있는 도덕성을 우리 기독교인에게 설교하고 있다고 레싱을 비난했을 것이다. 레싱의 목적은 인간에 대한 편견의 타파와 부당하게 탄압과 박해를 받고 있는 유대인의 구제였던 만큼 종교와 민족을 초월하여 형제애와 이웃사랑을 실천하고 있는 유대인을 인간성의 모범으

---

88) Heydemann: Gesinnung und Tat, S. 87. In: Lessing Yearbook 7 (1975), S. 69-104.

로 삼은 것이다. 나탄의 진정한 인간성, 가치관, 지혜는 다음의 반
지비유설화에서 더욱 여실히 드러난다.

III.4. 반지비유설화 Ringparabel

3막 7장에 위치한 이 설화는 레싱 자신의 종교관과 타 종교인에
대한 그의 기본적 태도를 담고 있다. 여기에 담긴 의미가 바로 레
싱의 계몽주의의 개념이고 드라마의 주제이다. 『현자 나탄』에 대
한 서언에서 적고 있듯이 레싱은 이 설화를 보카치오의 데카메론
에서 빌려 왔다.(812)[89] 그러나 그는 그것을 단순히 차용해 온 것
이 아니라 자신의 철학관과 종교관에 맞게 보완하였는데[90], 이는
먼저 반지의 가치문제에서 나타난다.

보카치오와는 달리 레싱은 값진 보석의 단순한 외적인 가치보다
반지의 신비스러운 힘을 강조하고 있다. 이 반지를 끼는 자는 신
과 인간으로부터 사랑받도록 하는 신통력을 얻게 되는 것이다. 그
러나 이 힘은 무조건 주어진 것이 아니라 인간이 이 신비스러운
힘을 내면화시키려고 노력할 때만이 비로소 주어진다. 부연하면,
이 힘은 신의 힘이다. 따라서 신에게 순종하고 남에게 먼저 사랑
을 베풀 때에만 이 신통력이 발휘되어 신과 인간으로부터 사랑받
게 된다는 것이다. 다음은 누가 진짜 반지를 소유했느냐 하는 문

---

89) 그 외에도 1778.8.11 동생 칼에게 보내는 편지와 1778.9.6 엘리제에게 보낸
    편지에도 같은 내용이 쓰여 있다.
90) Vgl. Woyte: a.a.O., S. 79f.

제이다. 세 아들 모두를 사랑하는 아버지는 똑같은 반지를 두 개 더 만들게 하여 자신이 운명하기 전에 세 아들 모두에게 나누어 줌으로써 이 문제가 발생한다. 세 아들은 어느 반지가 진짜인지를 알기 위해 법정에 소송을 제기하고, 그에 대해 재판관은 판결을 내리는 대신에 다음과 같은 충고를 한다. 각자는 자신의 반지를 진짜로 여기고, 반지에 있는 보석의 신통력이 백일하에 드러나도록 청렴하고 선입견에서 벗어나 진정한 사랑과 믿음을 키워나가도록 노력하라. 그러면 반지의 효력은 자손 대대로 전달될 것이고 수천 년이 지난 후에 한 현자가 개인의 도덕성을 근거로 어느 반지가 진짜인지 판단을 내릴 것이다.

보카치오의 경우 문제가 해결되지 않은 채 이야기가 끝남으로써, 어느 반지가 진짜인지를 증명할 수 없듯이 종교도 마찬가지로 증명 불가한 것이라는 교훈을 담고 있는 반면에, 레싱은 재판관을 도입하여 더욱 분명하게 인간 사회가 지향해야 할 방향을 제시하고 있다.

나탄이 이 설화를 얘기하게 된 동기는 술탄 살라딘 때문이다. 원래 돈 때문에 나탄을 궁전으로 불러들인 살라딘은 나탄이 예상했던 돈이나 여행에 대한 보고를 요구하는 것이 아니라, 느닷없이 '믿음'에 대한 문제를 거론한다. 그는 나탄에게 세 종교 중 하나만이 진짜일 텐데, 어떤 것을 진정한 종교로 여기는 지를 묻는다. 왜냐하면 나탄과 같은 사람은 출생의 우연이 놓아준 자리에만 머무르지 않을 것이기 때문이다. 만약 그가 그 자리에 머물러 있다면 그것은 '통찰력, 근거, 보다 나은 선택'에서 그러할 것이라는 것이다. 나탄은 살라딘 앞에서 전형적인 유대인이 되어서도, 그렇다고 전혀 유대인이 아닌 것처럼 보여서도 안 된다는 것을 감지한다. 좀더 설명하면, 그가 유대교를 가장 나은 종교로 여긴다고 말한다면, 이슬람교를 멸시하는 것이 되어 돈을 내야 할 것이며, 이슬람교를 다른 종교보다 우선으로 여긴다면, 당연히 이슬람교로 개종을 하거나, 아니면 그 대신에 돈을 지불해야 한다. 기독교의 경우도 마찬가지다. 이러한 살라딘의 술책을 파악한 나탄은 궁리 끝에 이 반지비유설화를 들려준다. 기독교, 이슬람교, 유대교, 이 세 종교는 단지 외적인 생활습관에 의해서만 구별될 수 있을 뿐이지, 그 "근거Gründe"면에서는 동일한 평면 위에 있는 것으로 똑같이 진정한 종교일 수도, 똑같이 가짜일 수도 있다. 각자 자신의 반지만을 진짜로 여기는 세 아들 중 그 누구도 다른 두 형제의 사랑을 얻고 있다는 것을 재판관 앞에서 증명하지 못하듯이, 세 종교 역시 이론적으로는 모두 진짜이며 진리를 지녔으나 실천성이 부족하다는 점에서 모두 가짜인 것이다. 문제는 반지의 소유에 있는 것이 아니라 그것을 지닌 자들의 마음에, 사랑을 실천하려는 마음과 노력에 있다. 따라서 재판관은 종파적인 논쟁을 피하고 관용과 박애를 인간 사회의 지속적인 과제로 요구했던 것이다[91]

나탄의 지혜와 인간성에 감동한 살라딘은 자신의 잘못을 시인하며 나탄에게 우정을 제의한다. 따라서 그들은 서로 민족과 종교가 다름에도 불구하고 신뢰와 이해를 바탕으로 친분을 맺게 된다. 나탄은 자신이 가지고 있는 기본적인 가치관을 이미 드라마의 처음에 그리고 신전기사와의 대화에서 명백하게 밝힌 바 있다.

---

91) Vgl. Barner: a.a.O., S. 288f.

인간에게는 천사보다 인간이 훨씬 더 낫죠.
Ein Mensch noch immer lieber, / als ein Engel (600);
기독교인, 유대인은 인간이기 이전에 먼저 기독교인이고 유대인
인가요? (……) 인간 그 자체로서 충분합니다.
Sind Christ und Jude eher Christ und Jude / Als Mensch?
(……) es genügt, ein Mensch / Zu heißen! (643)

이것이 바로 레싱의 근본 사고이면서, 동시에 당시 인간중심의
사회를 주장하던 계몽주의 시대의 기본지침인 것이다. "모든 기성
종교positive Religion에 항의하는 나탄의 신념은 원래 자신의 것이
었다"(812)고 말하는 레싱의 말은 이를 충분히 입증한다. 이것이
야말로 계몽주의의 시대에 유럽 전체에서 각각의 언어로 다양하게
반복되었던 것이며, 레싱 자신이 초기 드라마『유대인』부터 마지
막 작품『현자 나탄』까지, 그리고 그의 수많은 글들에서 강조했던
것이다. 진정한 종교의 여부는 각각의 종교인들의 믿음과 그들의
사고에 있는 것이라고 믿는 레싱은 다른 종교인을 내 가족으로 받
아들이라고 요구하는 것이 아니라, 자연 그대로, 있는 그대로를 인
정하고 수용할 것을 주장하는 것이다.

Ⅳ. 작품의 수용태도

『현자 나탄』이 발표되었을 때 다양한 평가가 있었지만 가장 눈

에 띄는 반응은 유대인들의 태도이다. 많은 유대인들이 레싱을 그들의 변호자로, 화합을 위한 보호자로 여겼으며,[92] 유대인들의 권리를 찾아주기 위해서 애쓴 레싱에게 감사의 표시로 프로이센, 하노버, 바이에른에서는 이름을 레싱으로 바꾸는 사람들도 있었다.[93] 극본 『현자 나탄』이 발간되었을 때, 멘델스존이나 글라임Gleim같은 친구들은 레싱을 극찬했다. 출판인 포스Voß는 그의 작품을 가정의 경전으로 여겼으며, 헤르더Herder 또한 그의 드라마를 거장의 작품이라고 칭찬했다.[94] 라이마루스의 딸 엘리제와 라이제비츠Leisewitz도 찬사를 보냈다.[95] 그러나 이러한 찬사는 유대인과 레싱 주변의 가까운 친구들에게서만 있었고, 그의 생존시에 이 드라마에 대한 반응은 냉랭한 편이었다. 예를 들면 드레스덴에서는 작품 발간이 금지되었고, 오스트리아에서도 드라마의 발간 직후에 즉시 금지되었다. 심지어 칸트조차도 『나탄』을 단순히 『유대인』의 2부라고 평하면서 이 민족의 그 누구도 작품의 주인공이 되는 것을 허용할 수 없다고 했다.[96]

1779년 6월 18일의 「Kaiserlich-privilegierte Hamburgische Neue Zeitung」에 실린 한 비평은 드라마로서 간주되는 『나탄』은 레싱과 그의 명성의 진가를 인정하게 하는 작품이라고 찬사를 보내면서도 무대 위에 올려서는 안 된다고 결론을 맺고 있다.[97] 또

---

92) Vgl. Barner: a.a.O., S. 367.

93) Vgl. Theodor Lessing: Einmal und nie wieder, Gütersloh 1969, S. 34.

94) Vgl. Woyte: a.a.O., S. 5.

95) Vgl. ebd., S. 6.

96) Vgl. Erläuterungen und Dokumente. G. E. Lessing. *Nathan der Weise*, Reclam 8118 [2], S. 115.

한 1780년의 「Kielisches Litteratur-Journal」에 실린 비평도 유사한 평가를 내리고 있다.98) 물론 레싱은 이러한 혹평을 씁쓸하게 여겼을 것이다. 대부분의 사람들이 『나탄』을 충분히 이해할 만큼 계몽되지 않았으며, 당시의 상황에 비추어 극이 긍정적인 평가를 받지 못할 것이라는 것을 레싱 자신도 잘 알고 있었다. 그는 이런 안타까운 마음을 동생 칼 Karl에게 보내는 1779년 4월 18일자 편지에 피력하고 있다.

나의 나탄이 결코 무대 위에 오르지 못하겠지만, 설사 오른다 해도 전체적으로 별로 영향을 미치지는 못할 것이다. 나탄이 단지 관심 있게 읽히고 이로부터 수많은 독자 중에 단지 한 명만이라도 자신의 종교의 명백함과 보편성에 대하여 의심을 품을 줄 안다면 그것으로 족하다.

Es kann wohl seyn, daß mein Nathan im ganzen wenig Wirkung thun würde, wenn er auf das Theater käme, welches wohl nie geschehen wird. Genung, wenn er sich mit Interesse nur liest, und unter tausend Lesern nur Einer daraus an der Evidenz und Allgemeinheit seiner Religion zweifeln lernt.(813)

레싱은 죽기 바로 전 친구 멘델스존에게 편지를 쓴다.

당시 나는 가늘지만 건강한 작은 나무였네. 그런데 이제는 보잘 것 없으며 마디진 한 줄기일 뿐이네! 아, 사랑하는 친구여, 이제 끝났네!

---

97) Vgl. ebd., S. 115f.
98) Vgl. ebd., S. 116.

> Auch ich war damals ein gesundes, schlankes Bäumchen und jetzt ein so fauler, knorrichter Stamm! Ach, lieber Freund, die Szene ist aus![99]

레싱은 결국 생전에 드라마의 상연을 경험하지 못하고, 그가 아꼈던 친구 멘델스존은 1783년 베를린에서 『현자 나탄』의 초연을 체험한다. 그가 죽었을 때 멘델스존은 레싱에 대해서 이렇게 쓴다. "나에게 그는 사랑하는 이의 그림자처럼 언제나 현존하고 있다. 나는 그와 함께 잠들며 그에 대해서 꿈꾸고 그와 함께 잠에서 깬다. 그리고 일찍이 그를 사귀게 해주신 신의 섭리에 감사한다." 『유대인』이 발표된 후 다시 『현자 나탄』이 나오기까지 30년 동안 유대인에 대한 대우는 눈에 띄게 향상되었다. 물론 이에는 레싱이 크게 공헌했으며, 그와 멘델스존의 깊은 우정이 그 뿌리에 자리잡고 있었으리라는 것은 의심할 여지가 없다.[100]

V. 맺는말8

드라마에 등장하는 인물들은 모두 열린 마음을 지녔으며, 무엇보다 인간 자체를 중요시하는 자들이다. 나탄, 살라딘, 신전기사는 사

---

99) Brief an Moses Mendelssohn vom 19.12.1780.
100) Vgl. Altmann: Moses Mendelssohn. a biographical study. London 1973,
　　　S. 569.

고와 행위에 있어서 결코 자신들이 속하는 종교의 굴레에 속박되어 있지 않다. 이것은 인류의 연대감과 인간사랑은 단지 인간의 자유로운 사고를 토대로 발전할 수 있다는 의미일 것이다. 드라마의 마지막 장면에서 레햐와 신전기사는 친남매이며, 살라딘은 그들의 삼촌임이 밝혀진다. 그리고 이들은 나탄과는 혈연이 아닌, 정신적인 친족관계 Geistesverwandtschaft를 형성한다.[101] 이러한 결말은 유토피아적이라는 비판을 받을 수도 있겠지만, 레싱은 이처럼 민족과 종교를 초월하여 화합한 공동체를 보여줌으로써 앞으로 우리가 나아갈 방향을 제시하고 있는 것이다. 레싱은 1749년의 드라마『유대인』에서 유대인과 기독교인을 결합시키지 않음으로써 결코 사회의 규범을 뛰어넘지 않고 현실적으로 결말을 맺은 반면에, 30년이 지난 후, 1779년의『현자 나탄』에서는 커다란 의식의 발전을 보여주고 있다. 그러나 이러한 모델이 제시되고 무려 200년 이상이 흐른 지금도 여전히 유대인에 대한 증오는 계속되고 있으며, 다문화 사회 multikulturelle Gesellschaft를 부르짖으면서도 외국인에 대한 적대감 Ausländerfeindlichkeit으로 인한 잔인한 행위와 종교분쟁은 그치지 않고 있다. 이런 관점에서 볼 때 18세기에 집필된 레싱의『현자 나탄』은 오늘날까지도 살아있는 작품이라 할 수 있겠다.

---

101) Vgl. Barner: a.a.O., S. 281.

참 고 문 헌

1차 문헌

Erläuterungen und Dokumente. Gotthold Ephraim Lessing. *Nathan der Weise*, Hrsg. v. Peter Düffel, Stuttgart 1985 (Reclam 8118).

Lessing, Gotthold Ephraim: Dramen, Hrsg. v. Kurt Wölfel, Frankfurt a. M. 1984.

-------: Briefe von und an Gotthold Ephraim Lessing, In fünf Bände, Hrsg. v. Karl Lachmann, Leipzig 1904.

2차 문헌

최창모:『이스라엘사』, 대한교과서주식회사, 서울 1994.

Allerhand, Jakob: Das Judentum in der Aufklärung, Stuttgart-Bad Cannstatt 1980.

Altmann, Alexander: Moses Mendelssohn. a biographical study, London 1973.

Bahr, Ehrhard (Hrsg.): Was ist Aufklärung? Thesen und Definiton, Stuttgart 1977 (Reclam 9714).

Barner, Wilfried [u.a.] (Hrsg.): Lessing. Epoche-Werk-Wirkung, München 1977.

Bohnen, Klaus (Hrsg.): Lessings *Nathan der Weise*, Darmstadt 1984.

Demetz, Peter: Gotthold Ephraim Lessing. *Nathan der Weise*, Frankfurt a. M. 1966.

Fohrer, Georg: Geschichte Israels, 5. Aufl., Wiesbaden/Heidelberg 1990.

Guthke, Karl S.: Lessing und das Judentum. In: Wolfenbüttler Studien zur Aufklärung IV (1977), S. 229-271.

Heydemann, Klaus: Gesinnung und Tat. Zu Lessings *Nathan der Weise*. In: Lessing Yearbook VII (1975), S. 69-104.

Mann, Otto: Lessing. Sein und Leistung, Hamburg 1961.

Mayer, Hans: Die Weise Nathan und der Räuber Spiegelberg. In: Lessings *Nathan der Weise*, Hrsg. v. Klaus Bohnen, Darmstadt 1984, S. 350-373.

Sebald, W.G.: Die Zweideutigkeit der Toleranz. Anmerkungen zum Interesse der Aufklärung an der Emanzipation der Juden. In: Der Deutschunterricht 36 (1984) H.4, S. 27-47.

Steinmetz, Horst (Hrsg.): Lessing – ein unpoetischer Dichter. Dokumente aus drei Jahrhunderten zur Wirkungsgeschichte Lessings in Deutschland, Frankfurt a.M./Bonn 1969.

Woyte, Oswald: Erläuterung zu Lessings *Nathan der Weise*, 11.Aufl. Hollenfeld/Obfr. 1955.

시민비극의 전통을 이은 『간계와 사랑』

Ⅰ. 들어가는 말

독일에서의 시민비극은 1755년 레싱 Gotthold. E. Lessing이 『사라 삼프손 양Miß Sara Sampson』을 시민비극이라는 부제를 달아 발표함으로써 시작되었다. 그리고 이로써 독일 드라마의 역사에 새로운 획이 그어졌다. 레싱이 말하는 독일 시민비극은 무엇보다 풍부한 감성을 드러내는 장르로 특징지을 수 있다.[102] 그의 『사라 삼프손 양』의 주인공은 미덕을 추구하는 감성적인 인물로 모든 계층의 관객에게 감동을 줄 수 있는 한 가정 속의 개인으로 등장한다. 즉 레싱은 "시민사회의 가장 작은 세포로서가 아니라 인간 공동체의 원세포로서의 가정die Familie nicht als kleinste Zelle der bürgerlichen Gesellschaft, sondern als Urzelle der menschlichen Gemeinschaft"을 보여주며,[103] 그 안에 있는 인물의 인간성을 부

---

102) Vgl. Guthke: Das deutsche bürgerliche Trauerspiel, Stuttgart 1984, S. 50.
103) Koopmann: Drama der Aufklärung, München 1979, S. 121.

각시켰다. 따라서 독일 시민비극에서 '시민적'이라는 말은 사적이
고 도덕적이고 인정이 많으며 풍부한 감성 Empfindlichkeit을 의미
한다.104) 이 글에서 살펴볼 실러 Friedrich Schiller의 작품 『간계와
사랑 Kabale und Liebe』(1784) 또한 전형적인 시민비극으로 알려
져 있는데, 이 시민비극의 특징인 풍부한 감성은 특히 시민 악사
밀러와 그의 딸 루이제와의 관계에서 두드러지게 나타난다.(2.1.
시민 세계 참조) 또한 시민비극에 등장하는 시민은 자신의 직업과
신분에 맞는 사고방식과 가치관을 지니고 있다. 달리 표현하면 당
대를 지배했던 시민의식으로부터 해방되어 있지 않다. 즉 그들은
신분상승을 꾀하지 않을 뿐만 아니라 사회에 대한 직접적인 비판
도 가하지 않는다.

시민비극의 중심에는 흔히 덕망이 높고 연약한 소녀가 등장하
며105) 그의 상대역인 남자 주인공도 일반적으로 여주인공처럼 감
성적이고 나약하고 중심이 없이 흔들린다.106) 부모는 자식이 선택
한 배우자를 허락하지 않으며 다른 파트너와 혼인할 것을 강요한
다. 그럼으로써 젊은이들은 부모와 갈등을 겪게 되고, 자식으로서
의 의무와 연인에 대한 사랑, 양심과 애정 사이에서 괴로워한다.
또한 연인과의 도주나 납치, 질투와 추적, 감추어진 사실의 폭로와
살해가 비극에서 흔히 만나게 되는 모티브이다. 주인공과 대립하
고 있는 상대역이나 연적은 이기적이고 비양심적이며 독재적이고
비인간적이다.107) 뿐만 아니라 그들은 살해를 범하는 장면도 거리

---

104) Vgl. ebd.

105) 『사라 삼프손 양』의 사라, 『에밀리아 갈로티』의 에밀리아, 『간계와 사랑』
의 루이제를 예로 들 수 있다.

106) 예를 들면 『사라 삼프손 양』의 멜레폰트와 『간계와 사랑』의 페르디난트.

낌 없이 상상하곤 한다. 드라마는 결국 극한 상황으로 치닫게 되고 출구가 없는 불행 속에서 본보기가 될만한 용서와 이해 또는 도덕성에 의거한 체념과 같은 시민적인 덕망이 나타난다. 이러한 요소들은 흔히 종교적인 관점에 해당하는 것으로 이승에서 불행했던 한 쌍은 하늘나라에서 결합되기를 희망하고 비극적인 사건은 신의 섭리로서 여겨진다.[108]

또한 레싱은 『에밀리아 갈로티 Emilia Galotti』에서 독일 시민비극의 새로운 양상을 선보인다. 즉 절대주의 사회에서 생활하고 있는 동시대적인 인물이 등장하고, 그의 직업과 환경이 구체적으로 제시되며 이 현실 속에서 신분 간의 갈등이 일어난다. 이러한 점은 『에밀리아 갈로티』에 와서야 비로소 시민비극의 주제로서 등장하기 시작하며 80 년대 실러의 『간계와 사랑』에서 정점에 달한다. 그러나 『에밀리아 갈로티』에서는 신분의 차이로 인한 계급갈등이 사회적인 문제로써 쟁점화 되지 않고 인간의 도덕성과 비도덕성에 중점이 주어져 있다. 반면에 실러의 『간계와 사랑』에서는 절대주의 국가에서 나타나는 신분 차이의 문제를 드러내고 있다. 따라서 실러의 시민비극에서 '시민적'이라는 말에는 신분 계급적이고 사회비판적인 의미가 내포되어 있다.[109] 즉 시사적인 의미가 담겨 있는 것이다. 여기서 나타나는 시사적인 문제는 권력자의 개념으로

---

107) 『사라 삼프손 양』의 마우드와 『에밀리아 갈로티』의 오르시나를 예로 들 수 있다.

108) Vgl. Stahl: Lessing. *Emilia Galotti.* In: Benno von Wiese: Das deutsche Drama, Bd. I, Düsseldorf 1958, S. 104/ Durzak: Poesie und Ratio. Vier Lessing-Studien, Bad Homburg 1970, S. 66

109) Vgl. Guthke: a.a.O., S. 67.

서의 궁정과 하층계급으로서의 중산층과의 대립뿐만 아니라 귀족층과 시민층까지를 포함한 당대적 개념에 따른 중산층 내에서의 대립까지도 내포하고 있다.[110] 따라서 비극적 갈등은 일반적으로 신분계층과 자기이해에 대한 대립으로 인하여 초래된다. 달리 표현하면 실러는 신분 간의 차이를 정치적으로 문제화시키기보다는 오히려 인물들이 처한 환경에 의해 각인된 가치관의 차이를 통해서 계급갈등을 드러내고 있다.

이 드라마가 시민비극인 만큼 이 글에서는 비극의 원인을 추적해보기 위해 당대의 계급의식과 이로 인한 계층 간의 대립을 조명해보겠다. 그렇게 하면 드라마가 전형적인 시민비극이라는 것이 자연스럽게 드러날 것이다. 이를 위해서는 먼저 그들이 처한 환경과 그 환경 속에서 형성되어 그들의 삶의 중심이 되고 있는 내면적인 가치관을 살펴볼 필요가 있다.

Ⅱ. 시민세계와 궁정세계

Ⅱ.1. 시민세계

실러의 『간계와 사랑』은 레싱의 『에밀리아 갈로티』와는 달리 한 소시민 집안의 일상으로 시작한다.

---

110) Vgl. ebd.

밀러는 소파에서 일어나서 첼로를 옆으로 치우고 있고, 그의 부
인은 아직 잠옷을 입은 채 탁자에 앉아 커피를 마시고 있다.

Miller steht eben vom Sessel auf und stellt seine Violoncell auf
die Seite. An einem Tisch sitzt Frau Millerin noch im Nachtgewand
und trinkt ihren Kaffee.[111]

이는 실러가 레싱보다 더 사적인 면, 즉 가족의 친밀성에 작품
의 중심을 두고 있음을 제시한다.[112] 또한 그럼으로써 그는 소박
하고 꾸밈없는 소시민의 가정과 앞으로 보여줄 궁정 세계를 뚜렷
이 대비시키는 효과를 낸다.

시청의 고용악사인 밀러는 단순하고 정직한 인물로 18세기 시민
층에 전형적이었던 가부장적 가정의 가장이다. 그는 시민적인 관
습에 따라 당연히 가정의 대표자일 뿐만 아니라 그들의 중심점이
다. 드라마가 시작되면서부터 밀러는 "집안의 주인"이라고 가부장
적인 권위를 드러내며 가정의 기강을 확고히 하고 외부의 위협을
막겠다고 강조한다. 그래서 아내 앞에서 일부러 "딸을 더 단속했
어야 했는데 (……) 소령에게 더 호된 말을 했어야 했는데"(5)라
고 경고하듯이 말한다.

가부장적인 질서란 것이 그에게는 극히 일반적이고 당연한 것이
어서 이 질서가 궁정의 귀족에게도 해당할 것이라고 그는 생각한
다. 그의 시민적인 가치관과 종교관에 의하면 주어진 환경에 순응

---

111) Schiller: *Kabale und Liebe.* Ein bürgerliches Trauerspiel, Stuttgart 1987
(Reclam-Ausgabe), S. 5. 이하 작품의 인용은 본문의 괄호 안에 쪽수만
을 표시한다.
112) Vgl. Janz: Schillers *Kabale und Liebe* als bürgerliches Trauerspiel. In:
Jahrbuch der Deutschen Schillergesellschaft 20, 1976, S. 211.

하는 것이 신의 섭리를 따르는 것이다. 따라서 시민의 딸과 귀족 청년 사이의 사랑은 결코 결실을 맺을 수가 없으며 양쪽 집안에 풍파만을 일으킬 것이고 가문의 명예가 훼손될 것이다. 귀족의 집안이 서민의 딸을 받아들일 리가 없으며 페르디난트 역시 귀족으로서 시민이 목숨만큼 중요시하는 도덕성에 대하여 별로 관심이 없을 것이기 때문이다. 밀러는 루이제가 일시적인 노리갯감에 불과하며, 그로 인하여 평생 동안 누명을 쓰고 시집을 못 가거나 내연의 관계를 지속시킬 수밖에 없을 것이라고 생각한다. 또한 그는 루이제가 귀족청년을 사랑함으로써 아버지의 권위를 무시하고 시민적인 도덕성을 버릴까 봐 염려한다. 밀러에게 딸은 그의 자존심이고 긍지이다.

> 내 딸은 각하 아들의 아내가 되기에는 너무 부족하지만 그의 정부가 되기에는 너무 귀합니다.
> Meine Tochter ist zu schlecht zu Derro Herrn Sohnes Frau, aber zu Dero Herrn Sohnes Hure ist meine Tochter zu kostbar.(7f.)

철저한 시민정신으로 무장된 밀러는 협소하고 고정된 가치관의 한계를 넘어서려고 하지도 않고 넘어설 수도 없다. 그는 완전히 내면화한 이 척도에 따라 생활하기 때문에 자신이 속한 계층을 배반하고 신분상승을 꾀한 재상의 비서 부름Wurm을 경멸한다. 또한 나라를 지배하는 권력자라도 자신의 집안에서 무례하게 굴면 내쫓을 수도 있다고 재상에게 당당하게 맞섬으로써 가장의 권위를 보여주고 시민적인 자의식을 발휘하기도 한다.

하지만 밀러의 세계는 한편으로는 외부의 힘, 즉 절대주의 국가의 권력에 의해, 다른 한편으로는 외부의 유혹을 받은 내부의 힘에 의해 위협받는다. 그의 아내가 딸의 신분상승을 꿈꾸고 있기 때문이다. 그래서 루이제의 어머니는 딸의 구혼자인 비서 부름에게까지도 "바로 사랑스런 신께서 내 딸을 귀부인으로 만들고자 한다"(8)고 고자세로 대한다. 그녀는 귀족청년과 딸의 교제가 어떤 결말을 가져올 것인가에 대한 일말의 불안감도 없이 오히려 그것을 딸의 행운으로 여기고 페르디난트가 보내준 비싼 선물을 받고 기쁨을 감추지 못하는데, 그럼으로써 "남편의 시민적 도덕성을 내부로부터 위협"[113]하고 있는 것이다. 밀러 부인은 딸과는 다른 유형으로 경박하고 어리석으며 상황 판단력이나 식견이 부족하다. 그래서 부름에게도 주책없는 발언을 한다.

> 나는 절대로 허락을 하지 않을 거예요. 내 딸은 귀인이 될 사람이에요. 그리고 내 남편이 감언이설에 넘어가면 나는 법정으로 갈 겁니다.
>
> Ich geb meinen Konsens absolut nicht; meine Tochter ist zu was Hohem gemünzt, und ich lauf in die Gerichte, wenn mein Mann sich beschwatzen läßt.(10)

밀러는 자신이 "힘들여 간신히 붙들고 있는 한줌의 기독교정신마저 거덜이 날 판"(6)이라고 한탄하며 아내에게 "더러운 뚜쟁이 infame Kupplerin"라고 욕설을 퍼붓는다. 밀러는 딸은 대단히 아

---

113) Martini: Schillers *Kabale und Liebe*. In: Detuschunterricht 4 (1952』, H. 5, S. 22

끼고 귀중하게 여기나 아내에게는 냉정하고 거칠게 대한다. 시민
의 도덕적 자긍심과 자의식을 지닌 밀러는 아내의 옳지 못한 판단
의 원인이 사치스러운 취향과 속물성에 있다고 보고 아내에게 다
음과 같이 명한다.

> 그 망할 놈의 커피와, 냄새 맡는 담배를 그만두라고. 그러면 딸
> 의 얼굴을 시장바닥에 내놓지 않아도 되지.
> Stell den vermaldeiten Kaffee ein und das Tobakschnupfen, so
> brauchst du deiner Tochter Gesicht nicht zu Markt zu treiben.(7)

남편이 볼 때에 그녀는 외부의 권력관계에 대한 인식의 부족으
로 딸과 귀족집안의 아들과의 사랑에 대한 환상이 얼마나 위험한
것인지를 깨닫지 못하고 있다. 그러나 그녀의 거만함은 남편의 권
위에 결국 굴복하고 만다. 그러니까 현실이 그녀의 삶과 인간관계
의 구조를 규정하고 있는 것이다.[114] 하지만 이는 외적인 면이고
외부로부터 비도덕성의 유혹을 받은 그녀의 내면은 이미 시민세계
를 이탈하였고 그로써 시민세계의 질서체계를 위협하고 있는 것이
다. 그럼에도 밀러부인의 역할은 부수적인 기능에 그친다. 레싱의
『에밀리아 갈로티』에서 아버지와 동등한 입장에 있었던 어머니는
실러의 작품에서는 이름이 생략되어 있고 3막 이후부터는 무대에
더 이상 등장하지 않는다.

가정의 평화가 위험에 처해 있다는 사실을 인식할수록 밀러는 아
버지의 권위를 딸에게 강요하고 신분세계로부터의 이탈을 금한다.

---

114) Hilliger: *Kabale und Liebe*. In: Wünsche und Wirklichkeiten im
  bürgerlichen Trauerspiel, Frankfurt a. M. 1984, S. 205

그는 현재의 계급질서가 변할 수 있다는 생각에는 미치지 못한다. 루이제 또한 아버지의 가부장적 권위는 곧 신의 질서 속에 있는 것으로 여긴다. 아버지의 세계가 곧 자신의 세계이므로 루이제는 이를 거역하려고 하는 자신을 "중죄인eine schwere Sünderin"(12)이라고 칭한다. 그녀는 양심으로부터 나오는 신의 소리와 사랑 사이에서 갈등하며 내면에서 울리는 불협화음에 고통 받는다. 루이제의 자살결심에 대하여 아버지가 종교적이고 도덕적인 근거로 설득하고 강요하며 애정 어린 어투로 호소할 때에 루이제는 아버지의 사랑이 단지 보이지 않는 폭력임을 깨닫는다.

> 전제자의 분노보다 다정함이 더욱 야만적으로 강요하는구나!
> Daß die Zärtlichkeit noch barbarischer zwingt als Tyrannenwut! (90)

요컨대 루이제가 자살에 대한 결심을 포기하는 것은 아버지의 권위를 인정해서가 아니라 다정함Zärtlichkeit 때문이다.[115] 그러니까 바로 아버지의 다정함과 아버지에 의해 강요된 도덕성을 거역하지 못함이 바로 독일시민비극의 특징 중의 하나인 풍부한 감성을 드러내는 부분이다.

레싱의 『에밀리아 갈로티』의 주인공 에밀리아가 시민가정의 도덕성으로부터 자신의 정체성과 자기 확신을 얻으며 이를 죽음으로 확인하는 것과는 달리 루이제는 밀포드 부인 앞에 섰을 때에만 자신의 순결과 시민의 도덕성, 또 이를 담보로 한 자긍심을 드러낸다.[116] 그 외에는 시민이라는 신분은 루이제에게 단지 고통일 뿐

---

115) Vgl. Janz: a.a.O., S. 224.

이다. "사랑과 시민세계의 현실과의 갈등"이[117) 바로 루이제에게서 가장 뚜렷이 나타난다. 달리 표현하면 그녀의 내면에서 분열이 일어난다는 것은 가부장적 권위의 균열을 의미한다. 또한 그녀의 자살결심은 페르디난트가 제안한 도주계획보다 더 대담한 것이다. 따라서 그녀에게는 이미 시대에 대한 저항이 싹트고 있다고 말할 수 있다. 이에 반해 -앞으로 드러나겠지만- 궁정세계의 가부장적인 권위는 정면도전을 받고 동요된다.

II.2. 궁정세계

궁정은 이기심과 권력추구 또 이를 위한 파렴치한 행위가 일상화되어 있는 곳이다. 요컨대 궁정세계는 부패의 세계이고, 그곳의 삶은 '권력과 향유'의 추구이다. 그리고 이를 위해서 늘 불안 속에서 권모술수를 동원한다.

페르디난트의 아버지 발터 재상은 악의 화신으로 이 세계의 대표자이고 자신의 권력을 더욱 확고히 하고 지속시키고자 하는 간계자이다. 재상은 영주의 새 부인이 도착하기 전에 영주의 애첩인 밀포드 부인과 자신의 아들 페르디난트를 결혼시켜 영주와 밀포드 부인에게 신임을 얻으려고 한다. 막강한 권력의 행사자인 재상에게는 시민 밀러가 가장 중요시하는 종교적 도덕적인 가치들은 의미가 없다. 재상과 비서 부름과의 대화는 이를 극명하게 드러낸다.

---

116) Hermann: Friedlich Schiller. *Kabale und Liebe*, Grundlage und Gedanken zum Verstädnis des Dramas, Frankfurt a.M. 1985, S. 65.
117) Koopmann: Friedrich Schiller I, Stuttgart 1977, S. 43.

선서가 무슨 소용이 있어, 얼간아? - 우리에게는 아무 소용이 없
죠, 각하.

Was wird ein Eid fruchten, Dummkopf? - Nichts bei uns, gnädiger
Herr (52)

재상은 아들 페르디난트가 서민의 딸을 사랑한다는 말을 듣고
불장난에 불과할 것이라고 여긴다. 하지만 그것이 사실이라는 것
이 밝혀지자, 그 역시 다른 아버지들처럼 아들의 행복을 위해서
"양심과 하늘을 영원히 저버렸다"(21)고 호소하면서 아들을 설득
시킨다. 그의 인간적인 면을 엿볼 수 있는 유일한 측면은 단지 아
들과의 관계뿐이다. "시민 밀러처럼 재상도 가족의 안전과 명성을
원하는 것이다."[118]
하지만 페르디난트는 아버지와 형식적인 관계만을 유지하고 있
을 뿐, 그의 내면은 아버지와의 연결고리를 끊고 있다.

저의 심장에는 아직 아버지라는 말이 한번도 들려온 적이 없습니다.
Es gibt eine Gegend in meinem Herzen, worin das Wort Vater
noch nie gehört worden ist.(45)

페르디난트는 "공상가Romanenkopf"라고 힐난하는 아버지에게
"아버지의 행복은 파멸을 통하지 않고 나타나는 경우는 거의 없다
Ihre Glückseligkeit macht sich nur selten anders als durch
Verderben bekannt"(22)고 공박한다. 그는 이미 내면적으로는 아

---

118) Ibel: Friedrich Schiller. *Kabale und Liebe*, Frankfurt a. M. 1976, S.
61.(Auch der Präsident will, wie der Bürger Miller, Sicherheit und
Ansehen der Familie.)

버지가 누리는 권력의 세계, 비리의 세계를 떠나 있으며 아버지에게 "형리나 될 사람"이 "흉악한 재상이 되었다"고 (76) 면전에서 아버지의 가슴에 비수를 꽂는다. 오로지 루이제와의 사랑만을 절대적인 가치로 신성시하고 있는 페르디난트는 심지어 그 사랑보다 먼저 맺어진 천륜을 저버리는 행동도 서슴지 않고 있는 것이다.

하지만 페르디난트 역시 이미 귀족의 태도를 내면화하고 있다. 루이제를 연행하려는 재상에게 그는 아버지의 살인사건의 비밀을 폭로하겠다고 협박함으로써 그녀를 석방시킨다. 또한 루이제와 함께 도망칠 것을 제안하는 장면에서는 아버지를 향하여 독설을 퍼붓는다.

> 강도를 약탈하는 것은 허용되어 있습니다. 아버지의 재물은 조국의 살인 배상금이 아닙니까?
> Es ist erlaubt, einen Räuber zu plündern, und sind seine Schätze nicht Blutgeld des Vaterlands? (59)

때문에 그는 루이제가 자기의 '아버지의 저주'와 '하늘의 복수'를 이유로 대면서 함께 도주할 수 없다고 말하는 것을 이해하지 못한다. 이는 신분의 한계가 그들 자신의 가슴 속에 이미 확고하게 자리잡고 있음을 보여준다.[119] 페르디난트는 봉건적인 기존의 질서를 벗어나 자기의 자유의지로 애인을 선택하였다. 하지만 그의 열광적인 사랑의 고백과는 달리 행동은 그의 이상을 따라가 주지 못한다. 그러니까 페르디난트는 아버지의 세계에 저항하고 대립하지만 현실을 타개해야겠다는 생각에는 미치지 못한다. 그는 이미 모

---

119) Vgl. Martini: a.a.O., S. 31.

든 것을 지니고 태어난 귀족으로 이 거대하고 모순적인 사회에 대한 진지한 문제의식 없이 단순히 무시해 버리고 자신의 욕망만을 지키려고 한다. 때문에 무엇인가를 스스로 갈등하고 투쟁하여 쟁취해 본 경험이 없는 '왕자'는 직접적으로 행동하지 않고 반사회적인 태도를 취하지도 않는다. 그는 다만 계급 사회가 용인할 수 없는 사랑의 이상만을 좇으며 자신을 신과 대등한 위치에 놓는다. 요약하면 궁정의 세계는 개인의 욕망만을 추구하는 인물들로 구성되어 있으며 비인간적인 사회에서 유일한 보루일 수 있는 가정마저 파괴상태에 있는 것이다.

Ⅲ. 시민층과 귀족층의 대립

신분의 한계를 뛰어 넘은 사랑이 이루어지지 못한다는 것은 시민층과 귀족층 간의 신분차이를 극복할 수 없음을 의미한다. 밀러 악사는 시민세계를, 발터 재상은 궁정세계를 대변한다. 이 두 인물의 직접적인 대립이 두 계급의 차이를 확연히 드러내는 보기가 된다. 또한 여성의 측면에서는 이 대립을 루이제 밀러와 밀포드 부인 사이에서 살펴볼 수 있다. 이 문제성, 즉 시민과 귀족의 계급차이를 파악하는 것이 『간계와 사랑』이 전형적인 시민비극임을 드러내는 핵심주제 중의 하나이기에 두 계층의 대립을 고찰해 보겠다.

Ⅲ.1. 밀러 악사와 발터 재상

밀러 악사와 발터 재상은 전혀 다른 신분계급이지만 전형적인 가부장제의 인물로서 기존의 계급질서를 완전히 내면화하고 있는 구세대이다. 따라서 그들에게 변화란 질서를 깨뜨리고 근본 뿌리를 흔드는 파괴적인 힘이며[120] 신분이 다른 젊은 남녀의 사랑은 개인적인 문제가 아니라 사회적인 문제가 된다. 그 외에도 두 사람은 젊은이들에 의해 가부장적 권위를 위협받고 있다는 공통점을 가지고 있는데, 이는 특히 도덕성이 취약한 귀족계급에게서 더욱 뚜렷이 나타난다.

밀러는 시민이 귀족이라는 명예를 가진 궁정세계의 "악행"에 비해 "미덕과 순수함"을, 그리고 "간계와 결혼 음모"에 비해 "화합과 사랑"을 지녔다고 생각한다.[121] 때문에 그는 작품의 서두부터 결말까지 시민으로서의 자긍심을 드러내고 딸의 도덕성을 지키려고 애쓴다.

막강한 권력의 행사자인 재상의 성품은 그가 악사 밀러의 집에 쳐들어가서 루이제를 창녀 취급할 때 적나라하게 드러난다.

> 그 [페르디난트]가 매번 현금으로 지불했겠지? (……) 직업이 있으면 수입이 보장된다고 하지 않은가?
> Aber er bezahlte Sie doch jederzeit bar? (……) Jedes Handwerk hat, wie man sagt, seinen goldenen Boden.(44)

---

120) Vgl. ebd., S. 25.
121) Janz: a.a.O., S. 223.

　　재상은 16 세의 소녀가 받을 상처에 대하여는 전혀 아랑곳하지 않고 모욕적인 발언으로 폭력을 휘두르고 밀러 가족을 "천민ein Gesindel" 또는 "부랑아 족속eine ganze Brut"이라고 칭한다. 밀러는 "분해서 이를 갈거나 겁에 질려 이를 딱딱 맞추며" 막강한 재상에게 집에서 내쫓겠다고 호기를 부린다. 재상에 대한 밀러의 방어는 봉건 군주의 폭력에 대한 시민의 강한 자의식이다. 하지만 한 가정의 가장으로서 가족을 보호하려는 아버지의 당연한 행위는 권력과 맞서자 힘없이 허물어지고 만다. 재상은 "네 놈의 건방진 의견은 형무소감이다"(45)는 단언으로 밀러의 입을 다물게 한다. 밀러의 담력은 재상의 엄포 앞에서 수그러들고 중재자를 통하여 영주에게까지 호소하겠다는 발언은 그 자리에서 힘을 잃고 만다.

　　내가 문지방이다. 너는 그것을 뛰어넘든 아니면 목이 부러지든 해야 한다는 것을 잊었느냐? (……) 탑의 높이만큼이나 깊은 감옥에 생매장되어서 한번 해 보거라.
　　Hast du vergessen, daß ich die Schwelle bin, worüber du springen oder den Hals brechen muß? (……) Versuch es, wenn du, lebendig tot, eine Turmhöhe tief unter dem Boden im Kerker liegst.(46)

　　시민의 자긍심은 권력자에 대한 순간적인 광분에 불과하다.[122] 재상의 입장에서 아들 페르디난트와 서민의 딸 루이제와의 사랑은 신분 차이도 차이지만, 그보다는 자신의 권력을 유지하고 보강하는 데에 치명적인 상처를 입히기 때문에 성립되어서는 안 된다.

---

122) Vgl. Janz: a.a.O., S. 224.

그는 페르디난트가 영주의 정부인 밀포드 부인과의 결혼을 거절함
으로써 자신의 지위가 위태로워질까 봐 두려워하고 있는 것이다.

결국 그는 자신을 파멸시키고 만다. 그의 간계가 아들을 살해와
자살로 몰고 말기 때문이다. 드라마의 서두에서 재상이 언급한 판
결은 결국 자기 자신에게 떨어진다.

> 책임은 나에게 있다 - 저주의 악행도 법관의 벼락도 나에게 떨어
> 진다.
> Auf mich fällt die Last der Verantwortung - auf mich der
> Fluch, der Donner des Richters.(21)

III.2. 루이제와 밀포드 부인

영주의 애첩인 밀포드 부인은 발터 재상 못지않은 부와 권력을
가지고 있다. 궁정은 영주의 정부에게 줄 값비싼 보석을 구입하기
위해 국내의 젊은이 수천 명을 아메리카로 팔아넘기는 일을 서슴
지 않고 행한다. 밀포드 부인은 궁중의 사람들이 공국민 公國民을
향해 자행하는 온갖 잔학행위를 "인간의 손길"로 막으려 애써 왔
으며 지금 "영주의 새 부인이 도착하기 전에 밀포드 부인이 거짓
으로 영주와 이별하고, 이 사기를 완벽하게 하기 위해서 다른 사
람과 결혼해야 한다는 내각의 결정(17)"에 대해서 동조하는 척한
다. 하지만 그녀는 실제로 페르디난트를 사랑함으로써 궁중의 술
책을 배반하고 자기 욕망을 채우려는 속셈을 가지고 있다. 앞에서

말했듯이 궁정은 신뢰가 부재하고 늘 암투에 휘말려 있는 곳이다.

루이제를 사랑의 연적으로 여긴 밀포드 부인은 페르디난트와의 사랑을 실현시키기 위해서 그녀에게 권력을 행사한다. 부인은 "행복을 파괴하는 것 또한 행복이다Seligkeit zerstören ist auch Seligkeit"(80)라고 역설하며 루이제를 협박하고 자신의 의지를 관찰시키기 위해 수단과 방법을 가리지 않는다.

> - 그를 생각하거나 그의 생각을 한 가닥이라도 차지하기만 해봐라. - 나는 권세가 있다, (……) 맹세코 넌 끝장이다!
> - Wag es, an ihn zu denken oder einer von seinen Gedanken zu sein. - Ich bin mächtig, (……) So wahr Gott lebt! du bist verloren! (80)

그러나 루이제는 이에 냉정하게 대응한다. "구원의 길이 없습니다, 마님. 그를 보고 마님을 사랑하라고 강요하신다면 말입니다."(80) 사실상 밀포드 부인의 복수욕망은 오히려 자신의 사랑에 희망이 없음을 드러내는 행위로 그녀의 봉건적인 권력행사일 뿐이다.123)

밀포드 부인과 루이제는 한 남자를 사랑한다는 점 외에는 공통점이 없다. 밀포드 부인은 자기중심적인 궁정의 귀부인이고, 루이제는 한 소시민의 딸이다. 따라서 권세를 지닌 여자와 시민의 딸은 전혀 다른 세계에서 다른 생활양식으로 살고 있다. 부인은 가장 화려한 옷을 입고 가장 호사스러운 방에서 루이제를 맞이함으로써 자신의 신분과 권력과 부를 과시한다. 루이제는 이를 알아차

---

123) Vgl. Hilliger: a.a.O., S. 197.

리고 현명하게 대처하고 당당하게 맞선다. "제 얼굴은 제 출신처럼 제 것이 아닙니다.(……) 어떤 숙녀들의 궁전은 흔히 대담무쌍한 향락이 허용된 장소입니다."(77f.) 사회적 신분이 보잘것없는 루이제에게는 순수함과 시민적인 도덕성만이 유일한 자부심이고 무기이다.124)

시민적인 도덕성으로 철저히 무장된 루이제는 이 대립에서 우월한 위치를 차지하고, 부인의 권세는 도움이 되지 않는다. 루이제가 페르디난트를 체념한 후에, 밀포드 부인 역시 그에 대한 사랑을 포기한다.

> 나도 단념할 힘이 있다.(……) 이제 숨어 버려라. 연약하고 고통받는 여인이여 - 가라 (……) - 이제 아량만이 나의 인도자다!
> Auch ich habe Kraft, zu entsagen.(……) Verkrieche dich jetzt, weiches leidendes Weib - Fahret hin, (……) Großmut allein sei jetzt meine Führerin! (82)

결국 시민 소녀의 덕망이 신뢰가 부재한 사회의 끝없는 욕망을 누른 것이다. 또한 밀포드 부인은 재상과는 달리 자신을 완전히 파괴시키기 전에 욕망의 노예에서 벗어난다. 덧붙이자면 - 본 논문의 의도와는 다른 관점이지만 - 이는 완전히 체질화되어 버린 끝없는 욕망으로 자신을 파괴로까지 몰고 가는 남성중심주의적 사고와는 다른 여성의 특성이다.

---

124) Vgl. ebd. S. 187.

Ⅳ. 비극적인 사랑

레싱의 『에밀리아 갈로티』에서의 핵심주제는 시민적인 도덕성과 궁정귀족의 비도덕성의 대립에 있는 반면에, 실러의 『간계와 사랑』은 두 계층의 계급갈등에 더 중점이 주어져 있다. 소시민의 가정에서 자란 에밀리아와 루이제는 자신의 정체성이 아버지의 도덕규범에 있다고 믿지만 그들의 내면의 갈등은 에밀리아에게서 보다 루이제에게서 더 강하게 나타난다.

아버지와 루이제의 신앙은 그녀에게 주어진 현실을 인정하고 순응하기를, 페르디난트의 열광적인 사랑은 그 모든 장애를 무시한 절대성을 요구한다. 현실을 직시함으로써 죄책감에 시달리고 있는 루이제는 페르디난트와는 달리 비극적인 사랑의 결말을 내다본다.

> 앞날이 보여요.(……) - 당신의 아버지 - 보잘것없는 내 존재, 페르디난트. 당신과 나 사이에 비수가 꽂혀요.
> Ich seh in die Zukunft.(……) - dein Vater - mein Nichts, (……) Ferdinand! ein Dolch über dir und mir! (14)

루이제의 태도와 내적 분열은 그녀의 이중적인 관계, 즉 신이 허락한 사랑[125]과 아버지와 아버지에 의해 대변되는 제한적인 시민세계와의 관계에 있다.

루이제와 입장이 다른 페르디난트는 오로지 사랑의 실현 자체에

---

[125] 페르디난트는 (……) 저를 기쁘게 하기 위해서 사랑하는 이들의 아버지이신 하느님에 의해서 태어났어요.(13).

만 관심이 있다. 그리고 이는 지금 그의 '종교'가 되어 버렸다. 때문에 그의 눈에 비친 루이제는 우유부단하다. 루이제는 자신이 내면화한 질서를 지키기 위해서 이미 드라마의 서두에서 페르디난트를 단념했다. 뿐만 아니라 그녀의 자살에 대한 생각이 작품 전체에 깔려 있다. 그러나 페르디난트는 죽음에 대한 생각을 작품 결말에서야 토로한다. 또한 그는 사랑의 결실을 맺기 위해서가 아니라 루이제가 사랑을 배반했다는 오해에서 이에 복수하기 위해서 죽음을 결심한다. 그는 신의 이름으로 폭력적인 살해와 자살을 시도하는데, 이 때 그는 도주계획을 제시했을 때와 마찬가지로 자기중심적인 귀족세계의 사고방식을 드러낸다. 보충하면 그는 자신이 만든 "사랑의 업적"을 실현시키기 위해서 "위대하고도 대담한" 도주계획을 세울 때에도 루이제가 그에 응해 줄 것을 일방적으로 강요하고 소유적인 지배욕을 드러냈다.

> 당신, 루이제와 나 그리고 사랑! 하늘 전체의 순환 속에 있지 않을까? 아니면 당신은 거기다 네 번째의 무엇이 더 필요하오?
> Du, Luise und ich und die Liebe! – Liegt nicht in diesem Zirkel der ganze Himmel? oder brauchst du noch etwas Viertes dazu? (58)

이처럼 페르디난트의 사랑은 "유토피아적"이다.[126]

반면에 루이제는 페르디난트가 절대적인 사랑에 대한 고백과 도주계획을 말할 때 그를 소유할 수 없음을 깨닫는다.[127] 그가 루이

---

126) Martini: a.a.O., S. 31.
127) Vgl. Janz: a.a.O., S. 217.

제에게 느끼는 사랑은 귀족의 사랑이기 때문이다. 좀더 설명하면 그가 가슴 속에 품고 있는 사랑의 정열은 루이제에 대한 배려가 없는 순전히 그의 입장에서의 사랑이다.

전혀 다른 환경에서 자란 두 사람의 가치관이 다른 만큼 아버지에 대한 관계 또한 커다란 차이를 보인다.

루이제는 아버지와의 관계에서 "보편적인 영원한 질서"를 보고 있다. 따라서 페르디난트와의 도주는 그녀에게 이 질서의 파괴를 의미하는 것이다. 질서의 파괴를 두려워하지 않는 페르디난트의 태도에서 그녀는 자신의 행복을 위해서는 그 외의 모든 것을 무시해버리는 그의 계급적 특성을 깨닫는다.

> 당신은 사랑 외의 다른 의무는 없나요? (……) 당신의 가슴은 당신의 신분에 속하죠.
> Und hättest du sonst keine Pflicht mehr als deine Liebe? (……) dein Herz gehört deinem Stande.(59)

두 인물 사이의 오해나 의사소통의 문제는 이미 첫 대면 장면부터 드러나고 있지만 이 장면 (III, 4)에서 나타난 오해는 드라마 뒷부분에 나타난 간계의 성공과 주인공들의 파멸을 암시한다. 여기서 두 인물의 상호신뢰가 매우 제한적인 것이었음이 여실히 드러난다. "정열적인 사랑에 대하여 냉정한 의무 kalte Pflicht gegen feurige Liebe"로 맞선 루이제에게 페르디난트는 의혹의 눈초리로 "다른 애인을 감추어 두고 있느냐"고 사랑 이야기에서 가장 흔하게 나오는 진부한 대사를 내뱉는다. 아직 간계의 편지가 쓰이기도 전에 그들은 이미 간계에 넘어갈 내적인 기반을 스스로 마련하고 있는 것이다.[128] 좀더 분명하게 말하면 그들의 비극은 외부의 간계에 의해서가 아니라 둘 사이의 오해에 의해서 일어나고 있으며 간계가 이에 일조한다.

뿐만 아니라 페르디난트는 밀포드 부인을 만났을 때, 그녀의 불행과 미덕을 알게 되자 마음의 동요를 일으킨다. 그는 루이제에게 이렇게 고백하고 있다.

그건 끔찍한 시간이었습니다.(……) 루이제 내 마음과 당신 사이에 낯선 인물이 끼어든 한 시간, 내 사랑이 내 야심 앞에서 빛이 바랬던 한 시간, 나의 루이제가 페르디난트에게 모든 것이기를 중단했던 한 시간이었답니다.

Es war eine schreckliche Stunde. …… Eine Stunde, Luise, wo zwischen mein Herz und dich eine fremde Gestalt sich warf – wo meine Liebe vor meinem Gewissen erblaßte – wo meine Luise aufhörte, ihrem Ferdinand alles zu sein.(41)

루이제에 대한 페르디난트의 사랑은 그만큼 불안한 것이다. 사랑의 절대성을 말하고 있지만 그는 실제로는 루이제에게 "다른 애인을 감추어 두고 있느냐"고 억지를 부림으로써 자신의 마음의 동요를 오히려 그녀에게 전가시키고 있는 것이다.

페르디난트가 그의 계급의 문제성을 드러냈듯이 루이제 또한 시민계급의 한계성을 보인다. 페르디난트의 근거 없는 의혹이 간계를 성공하게 만든 내적 요인이라면 루이제의 침묵, 혹은 거짓편지

---

128) Vgl. Martini: a.a.O., S. 31.

에 대한 선택은 페르디난트의 의혹을 확신시킴으로써 두 사람의 파멸을 자초하는 원인에 가세한다.

루이제와 페르디난트는 그들 자신의 내적인 요인과 외부로부터 주어진 간계로 인해 서로의 신뢰를 완전히 잃어버리고 만다. 두 젊은이는 사랑의 우위성을 인식하고 아버지 세대의 기존 가치관과는 다른 평등사회에의 전망을 가졌으나 동시에 각자가 속한 계급적 특성과 한계를 지니고 있다. 따라서 절대적인 신뢰성이 결여되고 계급갈등 위에 형성된 사랑은 무너질 수밖에 없다.

V. 맺는말

이상으로 실러의 드라마 『간계와 사랑』이 전형적인 시민비극임을 고찰하기 위해서 시민층과 귀족층의 대립 및 그 대립으로 인해 젊은이의 사랑이 좌절되어 가는 과정을 조명해 보았다.

드라마는 신분계급의 이데올로기를 내포하고 있으며 시민의 도덕성과 자제력 및 독실한 신앙심에 중점이 주어져 있다. 레싱의 『에밀리아 갈로티』에는 사랑에 의한 갈등과 파괴가 자기 자신과의 약속을 어기는 데에서 나오는 반면에, 실러의 작품에서는 사랑하는 이들 사이에 각인되어 있는 신분적 차이로 인한 사고와 태도가 갈등을 일으키고 결국 파멸로 이끈다. 시민의 딸 루이제는 귀족청년 페르디난트를 사랑하는 데 대한 죄책감과 불안감 속에서 결국

희생자가 되는데, 이는 한편으로는 아버지의 체념적 윤리의 영향
이고 다른 한편으로는 페르디난트의 봉건적 절대적 욕망에 의한
것이다. 그러니까 페르디난트의 사랑은 루이제의 순결을 위협한
것이 아니라 루이제의 삶을 위협한 것이다. 숨을 거두기 전, 그녀
는 페르디난트의 독선과 아집에 대하여 "자신의 조급함은 인정하
지 않고 오히려 하늘을 공격 하는군요Ehe er sich eine Übereilung
gestände, greift er lieber den Himmel an"(104)라고 체념 섞인 질
책을 한다. 그들이 사랑을 이룰 수 없는 결정적인 원인은 외부의
간계에 앞서서 신분의식에 의해 깊이 각인되어 있는 가치관 때문
이다. 즉 드라마는 단순히 인물들의 사회적 신분차이 때문이라기
보다는 작품에 담겨 있는 주제 때문에 시민비극이 되는 것이고,
그 비극은 이로 인하여 그들이 마음의 고통을 당하고 비극적인 종
말을 맞는다는 데에 있다.129)

　사실 시민의 입장에서 보면 루이제에게는 다른 선택의 여지가
없으며 페르디난트 개인이 가지고 있는 사랑의 방식은 어떤 사회
의 형태에서도 성취될 수 없는 것이다. 자기중심적인 귀족계급 청
년은 현실의 장애를 무시하고 자신의 주관적인 이상만을 추구하려
고 하기 때문에 계략에 걸려들고 만다. 따라서 그의 사랑은 외부
상황에 의해서라기보다는 자기의 절대주의적 욕망에 의해서 좌절
된 것이다. 하지만 페르디난트는 현실의 장애에 대한 숙고와 구체
적인 대안 없이 자신의 욕망을 채워주지 못하는 루이제의 태도만
을 문제 삼는다. 그럼으로써 그는 힘없는 루이제에게, 목숨처럼 사
랑한다는 연인에게 복수의 칼을 휘두르고 만다. 여기서 이상주의

---

129) Vgl. Janz: a.a.O, S. 211.

적이고 지극히 주관적인 페르디난트의 시각의 한계가 드러난다. 결국 그는 자신의 욕망에 사로잡혀 자신을 파괴하고 마는, 즉 자기 자신의 내적 한계에 부딪혀 몰락하고 만 것이다. 반면에 루이제는 당대를 지배하고 있는 사회의식에 의해 희생된다.

한편 그 이면에 드라마는 계급사회에 대한 두 젊은이의 저항을 담고 있다. 페르디난트와 루이제 사이의 깨져 버린 사랑은 계급갈등이 없는 평등한 사회에 대한 요구와 자유로운 연애의 이상을 제시하고 있다. 따라서 실러의 드라마는 두 젊은 남녀를 통해 가치관의 변화와 평등한 사회에 대한 요망을 표출하고 있기도 하다. 실러와 달리 레싱은 『에밀리아 갈로티』에서 궁정과 시민가정 사이의 대립을 계급 간의 갈등보다는 궁정의 비도덕성과 개인의 도덕성을 보여주는 데에 중점을 두고 있다. 레싱은 시민비극에서 사회적인 문제보다는 종교적이며 인간적인 것에 기초를 두어 시민가정의 비극적인 운명에 관심을 두었기 때문이다.[130] 그러니까 레싱은 드라마에서 궁정의 비도덕성과 시민가정의 도덕성의 대립을 정치적인 목적 아래 계급 간의 투쟁으로 다룬 것이 아니라 가정의 또는 개인의 윤리성과 도덕성을 강조하였던 것이다. 그럼으로써 또한 드라마가 자연스럽게 사회비판적인 요소를 지니게 된다.

---

130) 레싱은 1758년 친구 Nicolai에게 보내는 편지에서 "로마의 Virginia 이야기가 관심을 두었던 국가에 대한 모든 것을 삭제하였으며 딸의 순결을 생명보다 중요하게 여기는 아버지에 의해서 죽임을 당하는 딸의 운명은 그 자체로서도 (……) 충분히 비극적이며 모든 사람의 마음을 흔들어 놓기에 충분하다고 믿는다"고 적고 있다.(Zit. nach Jan-Dirk Müller (Hg.): Erläuterungen und Dokumente. G. E. Lessing. Emilia Galotti, Stuttgart 1982. S. 45)

참 고 문 헌

1차 문헌

Schiller, Friedlich: *Kabale und Liebe*. Ein bürgerliches Trauerspiel, Stuttgart 1987 (Reclam-Ausgabe)

2차 문헌

Binder, Wolfgang: Schiller. *Kabale und Liebe*. In: Benno von Wiese (Hg.): Das deutsche Drama, Bd. 1, Düsseldorf 1964.

Durzak, Manfred: Poesie und Ratio. Vier Lessing-Studien, Bad Homburg 1970.

Guthke, Karl S.: Das deutsche bürgerliche Trauerspiel, Stuttgart 1984.

Hermann, Hans Peter/Hermann, Martina: Friedrich Schiller. *Kabale und Liebe* Grundlage und Gedanken zum Verstädnis des Dramas, Frankfurt/M 1985.

Hilliger, Dorethea: *Kabale und Liebe*. In: Wünsche und Wirklichkeiten im bürgerlichen Trauerspiel, Frankfurt a. M. 1984.

Ibel, Rudolf: Friedrich Schiller. *Kabale und Liebe*, Frankfurt a. M. 1976.

Janz, Rolf P.: Schillers *Kabale und Liebe* als bürgerliches Trauerspiel. In: Jahrbuch der Deutschen Schillergesellschaft 20, 1976..

Koopmann, Helmut: Friedrich Schiller. Bd. I 1759-1794, Stuttgart 1977.

Liewerscheidt, Dieter: Die Dramen des jungen Schillers. Analyse zur Sprache und Literatur, München 1982.

Martini, Fritz: Schillers *Kabale und Liebe*. In: Detuschunterricht 4

(1952), H. 5.

Michel, Peter: Ordnung und Eigensinn. Über Schillers *Kabale und Liebe*. In: Jahrbuch des Freien deutschen Hochstifts, 1984.

Müller, Jan-Dirk (Hg.): Erläuterungen und Dokumente. G. E. Lessing. *Emilia Galotti*, Stuttgart 1982.

Stahl, Ernest L.: Lessing. *Emilia Galotti*. In: Benno von Wiese: Das deutsche Drama, Bd. I, Düsseldorf 1958.

세기 전환기 사회의 가치관 혼란과 청소년의 방향상실

Ⅰ. 들어가는 말

1900년이 시작되었던 시대나 일백여 년의 시간이 흘러간 2000년대에 들어선 지금이나 마찬가지로 세기 전환기에는[131) 부조화와 무질서와 새 시대에 대한 두려움 등의 분위기가 감돈다. 다만 그 시간대의 간격만큼 위기의식이나 분위기의 종류는 달라졌다. 1900년대의 사회는 대중사회로의 발전을 의미하는 고도의 산업화와 그로 인한 경제성장과 인구의 도시집중화 및 관료화 등으로 큰 변혁이 일어났었고, 21세기를 맞이하는 지금은 정보화시대로 전자매체가 인간을 지배하고 모든 것이 상품화되며 상품의 가능성이 있는 것만이 살아남는다. 인공이 자연을 능가하고 진실의 실체는 뒷전

---

131) 세기 전환기란 역사적으로 1900년을, 또 2000년을 전후한 20 여 년간의 시대공간을 의미한다.

으로 밀린 채 무엇이 더 탐닉할 만한, 진짜보다 월등한 가짜인가에 사람들의 흥미가 쏠리고 있다. 그 사회 속의 청소년들 역시 신념을 갖지 못하고 흔들린다. 20세기 초의 사회상황과 지금의 사회상황이 많이 다르며, 아직 성숙하지 못한 청소년들의 갈등의 종류와 그 정도에 큰 차이가 있음에도 그들을 기본적으로 짓누르는 학교 교육은 이 글에서 고찰하고자 하는 헤르만 헤세Hermann Hesse의 작품『수레바퀴 아래에서 Unterm Rad』(1906)가 문제 삼고 있는 교육상황과 크게 다를 바가 없다.

'바퀴'란 돌기 위해서 또는 끌기 위해서 존재하는 것으로 앞으로 나아가는 데 견인력이나 버팀목이 되어주어야 한다. 하지만 헤세의『수레바퀴 아래에서』는 이미 그 제목이 암시하듯이 중압감과 강요를 연상시킨다. 소설은 교육이라는 '수레바퀴' 아래에서 신음하고 있는 사춘기에 접어든 청소년들의 내면의 혼돈과 고통과 외적인 변화를 그리고 있다. 따라서 이 글은 헤세의『수레바퀴 아래에서』에 나타난 세기 전환기의 사회와 그 사회 속에서 자아를 정립해야 하는 청소년의 정신적인 성장과정을 조명하는 데에 그 목적이 있다. 이는 소설이 발표되고 한 세기가 지나가고 또다시 세기 전환기에 있는 지금, 무너지는 교실과 붕괴하는 학교 교육을 논하는 우리의 현실을 돌아보게 하는 데에도 의미 있는 일이라 생각된다.

Ⅱ. 1900년대 사회의 가치관 혼돈과 새로운 가치관 정립의 시도

세기 전환기의 사회적 현상은 가치관의 혼돈과 방향상실 및 새로운 가치관에 대한 추구를 들 수 있다. 더구나 산업혁명 이후 1900년대의 서구사회는 급격한 경제성장과 고도의 산업자본주의와 기계문명의 발달로 인하여 물질주의와 과학화의 물결이 일어났다. 하지만 독일의 정치적 상황은 이에 발맞추어 발전하지 못하였다. 황제가 통치하는 독일제국의 헌법체제는 여전히 군주권이 우월하고 굳건한 군주제여서 의회는 거의 실권을 발휘하지 못하고 있었다.[132] 따라서 "제도적으로 법적으로 절대주의 국가의 권력이 근본적으로 유지되고 있는 상태"였고[133] "이 국가를 지탱하는 주된 힘은 국내외 정치에 막대한 영향을 끼친 군대였다."[134]

반면에 교통과 대중매체와 교육기회의 팽창 등에 있어서는 커다란 변화가 일어났다.

> 19세기 말에 독일인의 (……) 약 5분의 3이 신문을 구독했고, 1840년과 1912년 사이에 우편물량이 1인당 60배로 증가하였다. (……), 이는 국민의 통신범위가 지역적 한계를 넘어서서 점점 더 확대되고 있다는 것을 제시한다.[135]

---

132) Vgl. Wehler: Das Deutsche Kaiserreich 1871-1918, Göttingen 1973, S. 62.
133) Ebd.
134) Vgl. ebd., S. 159.
135) Rauh: Epoche-sozialgeschichtlicher Abriß. S. 27. In: H. A. Glaser (Hrsg.):

뿐만 아니라 교육을 받을 수 있는 기회가 팽창되면서 소통의 범위가 확장되었다. "이러한 상황은 독일제국에서는 중산층으로까지 파고들었고",136) 그로 인하여 당대 공동체의 규범과 정치를 결정했었던 소수의 지식층, 특히 귀족과 법률가, 목사, 의사, 공장주와 같은 비귀족 및 관리직에 있는 학자층들이 높은 수준의 교육에 대한 독점률을 잃었다.137)

> 고도의 산업화로 치닫는 강요 속에서 독일제국은 모든 것이 달라졌다. 즉 교양 있는 구 시민 계층의 엘리트들은 복수주의적인 대중사회의 형태 속으로 흡수되었고, (……) 기술화와 관료화로 인하여 인문학자 (신학, 법학, 어문학)들의 역할은 자연과학, 기술, 경제 분야의 전문가들로 대체되었다.138)

다시 말하면 지식층들이 그들의 정치적 사회적인 지도자로서의 역할을 상실해갔다. 또한 정신사적으로도 새로운 방향이 모색되었고 종교와 자연주의적 객관성과 휴머니즘조차 의문시되었다. 그 당시 괄목할만한 문화비평가 프리드리히 니체는 모든 가치의 변화를 추구하며 무엇보다 기독교를 공격하였다. 그는 창조적인 개인은 사회와 국가와 종교로부터 자유로워야 한다는 생각에서 자연주의의 객관성으로부터 전환하여 새로운 개인주의를 추구하고자 하였다.139)

Deutsche Literatur. Eine Sozialgeschichte. Bd. 8. Jahrhundertwende: Vom Naturalismus zum Expressionismus 1880-1918, Reinbek bei Hamburg 1982.

136) Ebd., S. 30

137) Vgl. ebd.

138) Ebd., S. 30f.

1906년에 발간된 헤세의 소설 『수레바퀴 아래에서』에는 이러한 사회적 현상이 작품 전체에 깔려 있으며, 사춘기에 접어든 소년은 그 사회 속에서 정신적 고통을 겪으며 좌절해 간다. 요컨대 소설에는 자아일체감의 상실, 붕괴된 가치체계로 인한 불안감, 근대인의 내적 분열과 그로부터 초래된 감정이나 경험 등을 표현할 수 없는 무능력 등이 나타나 있다.

방향상실감이나 새로운 방향설정에 대한 의지는 과도기 사회의 특징일 뿐만 아니라 어느 시대에나 성장해가는 청소년들의 심리적 특성이기도 하다. 발터 슈리안은 이를 다음과 같이 정의한다.

> 방향설정이란 근본적으로 규범체계를 수용하고 내면화하는 것을 의미한다.[140]

슈리안은 청소년기에 방향을 상실하는 원인이 신체적 변화를 일으키는 자기 자신에게도 있지만 그들이 아직 확고한 가치기준과 판단력을 지니고 있지 않기 때문이라고 여긴다.[141] 뿐만 아니라 그들은 사회의 주변집단으로서 위태로운 상황에 노출되어 있기 때문에 사회규범체계의 모순적인 구조에 예민하게 반응한다고 말한다.[142] 슈리안은 "위태로운 상황에 노출되어 있다"는 표현으로 서로 경쟁관계에 있으면서도 긴밀하게 협조체제를 유지하고 있는 어

---

139) Vgl. Ruprecht/Bänsch(Hrsg.): Jahrhundertwende. Manifeste und Dokumente zur deutschen Literatur 1890-1910, Stuttgart 1981, S. XIX.

140) Schurian: Psychologie des Jugendalters. Eine Einführung, Opladen 1989, S. 148.

141) Vgl. ebd. S. 161.

142) Ebd.

른들의 모순적인 태도를 암시한다. 더구나 청소년들이 처해 있는 상황은 교육에서 기인하기도 하는데, 교육기관이나 제도가 요구한 것들이 청소년들의 욕구와 일치하지 않기 때문이다. 방향의 상실이란 서로 영향을 끼치며 얽혀있는 다양한 규범과 가치들을 인지하고 경험하는 과정에서 일어난다고 슈리안은 덧붙여 설명한다.143) 또한 그는 "공격성도 방향상실의 결과"라고 말하며 이를 "방향을 상실한 공격성"이라고 부르기도 한다.144) 또 "자살이란 공격성이 철저히 자신의 내면으로 향한 형태"145)이며 사회적 방향상실의 결과로서 "자신에 대한 의식적인 파괴의 행위"라고 설명한다.146) 그러니까 방향을 상실한 사회는 성장하는 아이들에게 도움을 줄 수 없으며 혼란만을 가중시키는 것이다.

Ⅲ. 전통적 가치관의 붕괴

Ⅲ.1. 소시민적인 가치관

『수레바퀴 아래에서』의 첫 장면에는 주인공 한스의 아버지 요제프 기벤라트의 소시민성이 여실히 나타나 있다: 그는 슈바르츠 발

---

143) Vgl. ebd., S. 164.
144) Ebd. S. 169.
145) Ebd. S. 179.
146) Ebd.

트에 있는 한 작은 도시에서 장사수완 덕분에 정원이 딸린 자그마한 집을 소유하고 있으며 조상대대의 묘소가 있는 선산을 가지고 있다. 또한 그는 돈을 숭배하고 신과 지위가 높은 사람에 대한 존경심을 품고 있으며 시민적인 미풍양속에 맹종한다. 당대의 가치관을 완전히 내면화하였으며 별 특성 없이 순탄하게 살아가고 있는 것이다. 하지만 그의 불완전한 교육수준은 아들에게 "사전 den Lexikon [das Lexikon]을 잊지 않았는지"147)를 물을 때에 나타난다. 다른 가정의 아버지들과 마찬가지로 그는 뛰어난 능력이나 인격에 대한 불신과 비일상적인 것이나 비전통적인 것에 대한 본능적인 적대감을 가지고 있다. 그의 최고의 이상은 아들에게 대학공부를 시켜 관리로 만드는 것이다. 즉 아들은 그에게 "신분상승의 도구"가 되는 것이다.148) 요컨대 요제프 기벤라트는 평균적인 소시민으로서 매우 부정적인 인물로 묘사되어 있는데, 그의 내적인 삶은 고루한 이의 삶 그 자체이며 물질주의, 종교의 의무, 세상의 권위, 소시민적 도덕성 등으로 규정되어질 수 있다. 그러므로 그는 자신의 정신적 한계를 넘어서는 것들을 용납하지 못한다.

그러나 요제프 기벤라트의 아들 한스의 수준은 이 소시민의 세계를 뛰어넘는다. 그는 특별했으며 귀티가 나고 천부적인 자질을 지니고 있다. 순탄하게 기반을 다져온 소시민의 집안에 노동력을 상징하는 신체는 연약한 반면에 빛나는 눈과 천재성을 지닌 소년이 출현했다는 것은 "지력이 비대함으로써 쇠퇴가 시작되는 징조"

---

147) Hesse: *Unterm Rad.* Frankfurt a. M. 1972. S. 17. 이하 작품의 인용은 본문의 괄호 안에 쪽수만을 표시한다.

148) Karst: Kindheit, Jugend, Schule – Zum Beispiel Hermann Hesses *Unterm Rad.* In: Haas (Hrsg.): Literatur im Unterricht, Stuttgart 1982, S. 36.

를 나타내는, 즉 전통적인 시민적 가치관의 붕괴를 의미하는 세기 전환기에 나타난 데카당스적 이념[149]과 일치하는 대목이다. 한스에 대한 이러한 묘사는 한 일가의 붕괴를 담고 있는 토마스 만의 소설에 등장하는 한노 부덴부로크의 모습을 상기시킨다.

그는 매우 창백했다. 그의 무릎에는 힘이 없었고 그의 눈은 빛났다.[150]

또한 소설에는 세기 전환기의 문학적 특성인 문체의 혼합현상도 보이는데,[151] 한스에 대한 묘사는 데카당적 이지만 첫 부분에 묘사된 도시와 그 정서를 나타내는 장면들은 사실주의적이다.

Ⅲ.2. 국가와 교회의 역할

소설에 나타난 국가의 기능은 주 (州)시험을 합격한 학생들의 교육비를 지불하는 것이다. 덧붙여 설명하면 신학교 학생들은 관

---

149) 데카당스란 19세기말 프랑스를 중심으로 유럽에 퍼진 사회의 몰락이나 쇠퇴과정에서 나타나는 퇴폐적인 경향을 말하며, 데카당스 문학은 흔히 조화나 화합보다는 고통과 분열, 우울과 상실감 등으로 인한 부정적인 세계관을 드러내는 문학을 말한다. Vgl. G. v. Wilpert: Sachwörterbuch der Literatur, Stuttgart 1969, S. 154.

150) Mann: Buddenbrooks. Verfall einer Familie, Frankfurt a. M. 1974, S. 750.

151) 빅토르 츠메가치는 「세기 전환기의 문학사적 개념」에 대한 글에서 세기 전환기에는 새로운 미학적 방법의 시도로 여러 사조, 즉 사실주의, 자연주의, 상징주의, 인상주의, 신낭만주의, 데카당스가 서로 복합되어 나타났으며 한 작품에 여러 문체가 서로 얽혀있기도 한다고 말한다 Vgl. Zmegac: Zum literarhistorischen Begriff der Jahrhundertwende (um 1900). In: Ders: Deutsche Literatur der Jahrhundertwende. Königstein i.Ts. 1981. S. XIf.

비로 생활하고 공부하며 정부는 그들이 특별히 뛰어난 청년이 되도록 애쓴다. 그리고 철저한 교육 덕분에 그들은 사회에서도 그 정신과 태도로 무장되어 생활한다. 부모들 역시 그러한 아들에 대한 자부심만을 지니고 있을 뿐 "아이들을 금전의 이익과 바꾸어 나라에 팔았다는 생각을 하는 사람은 한 사람도 없고"(64), 어떻게 해서든지 그들이 꿋꿋이 버텨내어 평생 동안 국가의 보호를 받고 안정된 직업을 얻도록 부추긴다. 하지만 학생들은 학업을 마친 후 목사나 교사 또는 관리가 됨으로써 국가가 베푼 자선을 평생 동안 갚아 나가야 한다. 그렇기 때문에 '자선'이라는 개념은 반어적이다. 더구나 한스 기벤라트의 경험에 비추어 보면 교회를 대표하는 진보적인 목사는 한스가 가치관을 세우는 데 도움을 주는 것이 아니라 지나친 명예욕을 조장할 뿐이며, 교회는 인간의 정신을 치료하고 안정을 찾아 주는 공동체라기보다는 교권적인 기관이다. 이 목사와 거리를 두고 있는 소심한 경건주의자 구두장이 프라이크는 폐쇄적이고 엄격한 기독교적 가치관을 가지고 생활하지만 오히려 한스를 염려하는-결국 아무 효과가 없지만-유일한 인물이다. 그는 한스에게 그 나이에는 폐쇄된 공간에서 웅크리고 앉아서 공부만 하기보다는 자연 속에서 마음껏 숨쉬고 움직여야 한다고 충고한다. 또한 이 사람만이 소설의 결말에 일어나는 한스의 죽음에 대한 원인을 알고 있다. 결국 교회와 국가기관은 가치 절하되어 있으며 성장하는 청소년들에게 어떤 확고한 가치관을 심어주지 못하고 이들의 앞날에 길잡이가 되어주기는커녕 그들의 미래를 폐쇄적으로 몰아가고 있는 것이다.

Ⅲ.3. 교육의 역할

한스의 목표는 신학교를 졸업하고 인문주의적 교육 목적에 부합하는 선생님이나 목사가 되는 것인데, 이는 그의 초등학교 교육과 관련을 맺고 있다.

교육자이며 교육 개혁가인 게오르그 케르쉔슈타이너에 의하면 1900년대의 사회가 청소년 교육에서 가장 중요시해야 할 것은 직업능력과 노동에 대한 기쁨을 키워주고 성실성과 근면 및 자기극복과 활동적인 삶에 전념할 수 있는 덕망을 육성시키는 일이며 조국과 사회에 대한 확고한 가치관과 신체적 건강의 중요함에 대해 가르치고 봉사의 정신을 함양시키고 실행시키는 일이다.[152) 또한 한스 울리히 벨러는 권위적 사회에서 "교육이란 여러 연령층에 있는 개개인의 사회적 태도를 다양한 사회화 과정 속에서 훈련시키는 것"이며, "개개인은 앞으로 자신의 태도를 조정하고 문화적 전통과 관습에 합당한 궤도로 이끄는 규범들을 내면화해야 한다"[153) 고 말한다. 특히 청소년기는 자아의 발달과 지적, 정서적, 사회적 등 여러 발달영역에서의 변화와 성장을 경험하는 시기이기 때문에 학교는 이러한 사회화 과정을 촉진시켜 주어야 하는 것이다.

『수레바퀴 아래에서』의 가장 중요한 주제는 교육이다. 소설은

---

152) Vgl. Kerschensteiner: Wie ist unsere männliche Jugend von der Entlassung aus der Volksschule bis zum Eintritt in den Heeresdienst am zweckmäßigsten für die bürgerliche Gesellschaft zu erziehen? Gekrönte Preisarbeit. In: A. Kunze (Hrsg.): Die Arbeiterjugend und die Entstehung der berufsschulischen Arbeiterausbildung. Sechs Schriften. 1890-1938, Liechtenstein 1987. S. 16.

153) Wehler: Das Deutsche Kaiserreich 1871-1918, Göttingen 1973. S. 122f.

한스가 교육을 얼마나 자신의 삶의 기둥으로 여기고 있는지를 여실히 드러내고 있다. 하지만 한스는 권위주의 사회의 규범을 내면화하지 못하고 벨레가 쓰고 있는 교육의 목표나 케른쉔슈타이너가 말하는 목표에도 도달하지 못한다. 당대의 가치관을 지배했던 교회와 국가와 교육이 변화하는 시대에 맞게 청소년들을 이끌지 못하기 때문이다. 국가의 권위를 대표하고 있는 교장은 학생들에게 쉬지 않고 계속 움직여 바퀴 아래에 깔리지 말라고 경고하며,[154] 교사는 학생들에게 충성심과 맹종을 주입시킨다.

> 그(교사)의 의무와 국가가 그에게 맡겨준 직무는 어린 소년들의 난폭한 힘과 자연의 욕망을 제어하고 그 대신 국가에 의해 인정된 차분하고 균형 잡힌 이상을 심어주는 것이다.(50)

따라서 교사는 학급에 한 명의 천재보다, 물의를 일으키지 않고 저항심 없는 "열 명의 얼간이를 두고 싶어 한다." 결국 "학교의 사명은 당국에서 시인한 원칙에 따라서 자연 그대로의 인간을 사회의 유능한 일원으로 바꾸고 결국에는 군대식의 빈틈없는 훈련에 의해서 훌륭하게 최후의 완결을 맺어 여러 가지 성질을 그에게 불러 일으켜 주는 것이다."(50)

이처럼 헤세는 곳곳에서 제국주의의 교육제도를 비판하고 있는데, 이는 곧 제국주의 국가에 대한 비판이기도 한다. 한스 기벤라트와 마찬가지로 마일부론 신학교의 환경에 억눌렸던 헤세가 가장 참을 수 없었던 것은 개개인의 개성을 획일화시켜 버리는 제국주

---

154) "지쳐서는 안 됩니다. 그렇지 않으면 바퀴 아래로 들어가게 됩니다."(100)

의의 교육이념이다.[155] 왜냐하면 그는 "인간의 개성이 가장 순수하게 펼쳐질 때에 자아에 가장 접근하게 된다"[156]고 믿었기 때문이다. 학교는 개개인에게 잠재되어 있는 어떤 것을 일깨워주고, 아직 성숙하지 못한 청소년들이 타고난 그대로의 인간이 되도록 그들을 안내해 주어야 한다. 그럴 때에 청소년들은 자신의 가치체계를 스스로 정립해 나갈 수 있는 힘을 기르게 된다. 그리고 자신의 가치체계를 스스로 정립할 수 있다는 것은 곧 자아를 발견함이며 정신적인 성장을 의미한다. 이 소설의 주인공 한스도 자신의 삶을 위한 새로운 가치관을 스스로 정립해나가야 한다. 그러면 그의 정신적인 성장과정을 구체적으로 고찰해보자.

Ⅳ. 소년기의 상실

Ⅳ.1. 한스 기벤라트의 발전과정

슈바벤의 작은 도시에서 태어난 한스는 그의 친구들과는 달리 천재성을 지닌 아이로 라틴어 학교에서 언제나 1등을 한다. 그래서 선생님과 아버지는 한스의 진로를 이미 결정해 놓고 있다. 즉

---

155) Vgl. Hesse über *Unterm Rad*. In: Pfeifer: Erläuterungen zu Hermann Hesses *Peter Camenzind, Unterm Rad, Knulp*, Hollfeld 1982, S. 67.

156) Böttcher: Studien über Hermann Hesse. In: Hermann Hesse, Schriftsteller der Gegenwart, Berlin 1956, S. 17

주지방의 시험을 거쳐서 신학교를 마친 다음 튜빙엔의 수도원으로, 그 다음에는 목사가 되거나 대학의 강단으로 가는 것이다. 이러한 과정에 대해 한스의 의견을 묻는 사람은 없고 한스 자신도 전혀 갈등 없이 당연한 것으로 여긴다. 게다가 선생님은 그에게 이 도시에서 주 시험을 치르러갈 유일한 후보자라는 것을 각인시키면서 그의 명예욕과 우월감을 더욱 부추긴다. 따라서 한스는 자기보다 못한 동급생들을 은근히 업신여기고 일상에 만족해하는 평범한 사람들에 대한 경멸감을 지니고 있다. 모두의 시선이 그에게 쏠리고 있는 환경 속에서 한스의 생활은 출세가 보장된 주 시험을 위한 공부에 바쳐지고 천진스러워야 할 어린 시절은 자연스럽게 희생되고 만다. 그는 각 지방에서 모인 인재들과 겨루기 위해서 매일 오후 학교 수업을 마친 후에 교장선생님 댁에서 그리스어의 보충수업을 듣고 6시에는 다시 목사에게로 가서 라틴어와 종교과목을 복습한다. 그가 가장 즐겼던 낚시질이나, 토끼에게 통나무집을 지어 주던 일 또는 물레바퀴를 만들 때의 즐거웠던 시간들은 이제 먼 옛날의 이야기일 뿐이다. 한스의 생활은 오로지 주 시험의 합격을 목표로 짜여져 있고 이러한 생활의 지속은 그를 정신적으로뿐만 아니라 육체적으로도 지치게 하며, 오히려 이 편협한 교육이 그의 인격의 발전을 저해한다. 하지만 그의 주변사람들은 이 모든 상황을 한스가 정신적으로 성장하는 길이라고 긍정적으로 여긴다. 사춘기에 접어들었으며 자연을 좋아하는 이 소년의 마음을 읽고 따뜻하게 감싸줄 사람이 없다는 것이 바로 그의 불행을 초래하는 원인이 된다.

　주 시험을 보러 가기 전에 피로에 지친 소년은 소리 내어 통곡

하고 싶은 심정에 사로잡히지만, 그 대신에 도끼를 들고 나와 바싹 여윈 팔을 쳐들어 토끼집을 산산조각 낸다. "마치 그것으로 (……) 모든 어린 시절에 대한 향수를 없애버릴 수 있는 것처럼"(16) 부수어 버린다. 이 장면은 한스가 얼마나 정신적인 압박에 시달리고 있는지를 여실히 보여준다. 그 외에도 소설은 일찍 어머니를 잃고 또래의 아이들과 어울릴 기회를 갖지 못하는 한스가 동심의 세계를 잃었음을 곳곳에서 상징적으로 제시하고 있다.

그는 시험이 끝난 후에 다소 여유 있는 시간을 보내기도 하지만 2등으로 시험에 합격했다는 통보를 받고선 그동안의 상실감을 과감히 떨쳐버리고 단지 1등을 차지하지 못했다는 사실을 애석해 하며 다시 공명심과 경쟁심과 교만으로 가득 차서 신학교에서 필요한 공부에 몰두한다.

IV.2. 마일부론 신학교와 하일너와의 우정

신학교의 입학 이후 한스는 학교생활에 충실하고 학업에 몰두하여 부지런한 '모범생'으로 통하게 된다. 한스가 가지고 있는 유일한 목표는 학교에서 상위 그룹에 속하면서 가능한 한 1등의 자리를 차지하는 것이다. 그리고 이 목표는 처음에는 별 무리 없이 이루어진다. 지금까지 늘 혼자만 지냈던 한스는 친구를 사귀는 데 서툴다. 따라서 신학교 내에서도 그는 늘 혼자이고 급우가 접근해 오면 미리 겁을 먹고 도망을 치곤 한다. 어머니의 따뜻한 사랑을 받지 못하고 엄격한 아버지 밑에서 소년 시절을 보낸 한스는 애정이라는 것을 체험한 적이 없기 때문에 적극적이고 열정적인 것을 두려워한다. 오로지 소년다운 자부심과 공명심에 빠져 있는 그의 목표는 지식을 쌓는 것이며 이것을 방해하는 것은 무엇이든지 멀리한다. 그러나 곧 그에게 내재되어 있는 인격적 결함이 드러나는 계기가 온다. 그것은 바로 정신적으로 훨씬 더 성숙하고 강한 개성을 가진 헤르만 하일너와의 만남이다.

하일너는 슈바르츠 발트의 부유한 집안의 아들로 활기가 넘치며 입학한 첫날부터 뛰어난 말솜씨와 작문실력 등 지적인 면모를 드러낸다. 그는 이미 자신의 앞날을 모색하고 있는 아이로 그에게는 "추상적인 것, 그가 상상할 수 없는 것, 그가 상상으로 그려낼 수 없는 것은 아무 것도 없었다."(80) 또한 그는 획일화되고 강압적인 제도에 강하게 반항한다.

한스는 하일너를 사귀면서 자기가 여태껏 알고 있던 세계와는 전혀 다른 세계가 있다는 것을 깨닫게 되고 자신의 이상과 목표에 의문을 갖게 된다. 더구나 하일너가 논리적으로 따지기 시작하자, 그는 당황하여 말문이 막히고 만다.

> 너는 자발적으로 공부하는 것이 아니라 선생님이나 네 아버지가 두려워서 공부하고 있는 거야. 네가 1등이나 2등이 되면 뭣하니? 나는 20등이지만 너희들 노력하는 자들보다 머리가 나쁘지 않아.(80f.)

한스의 편협한 정신세계는 이러한 논리에 아직 눈뜨지 못하고 있었다. 때문에 그가 학업에 전념하려고 발버둥치면 칠수록 그는 점점 더 혼돈으로 빠져들어 갔다. 따라서 하일너는 한스에게 "한편으로는 긍지를 지닌 보물이면서도 다른 한편으로는 커다란 부담이었다."(80) 또한 그는 재능이 뛰어나고 조숙한 아이와의 우정이 자신을 "지치게 하고 지금까지 건드리지 않았던 본성의 순수한 부분을 병들게 한다"(82)는 것을 감지하면서 다시 "옛 두통"에 시달리게 된다.

자유분방하고 다혈질적인 하일너가 급우에게 폭력을 가하고 외출을 금지 당하자, 한스는 하일너의 편에 서주지 않고 다른 아이들과 마찬가지로 그에게서 등을 돌리고 만다. 주변의 따가운 시선과 선생님의 질책을 감당하면서까지 친구를 보호해 줄 용기가 없었던 것이다. 결국 한스는 "우정의 의무와 공명심과의 싸움에서 실패"(85)하고, 그의 내면에선 명예욕이 되살아난다.

하지만 한스는 한 급우의 죽음에 큰 충격을 받고 이기심이나 공명심 같은 것은 허무한 것임을 뼈저리게 느낀다. 그는 이런 고통의 과정을 겪으면서 더 진지하고 나이 들어 보인다. 그것은 내면의 변화가 있었다는 의미이다. 한 급우의 죽음을 보고 친구와의 우정을 파괴한 데 대한 죄책감으로 한스는 대단한 혼돈 속에서 방황하면서 "사람들이 결코 잊을 수 없고 어떤 후회로도 보상될 수 없는 죄와 태만을 저질렀다는 것"을 깨닫는다. 그리고 그에게는 "앞에 높이 치켜든 들것 위에 조그만 양복점의 아들이 아니라 친구 하일너가 누워 있으며, 성적, 시험, 성공이 아니라 단지 양심의 깨끗함과 그렇지 않음만을 표준으로 삼는 다른 세계로 그의 배신에 대한 고통과 노여움을 싣고 가는 것같이 생각되었다."(92) 난처하고 외로운 처지에 처한 친구를 배반했다는 죄책감이 그를 짓누른 것이다. 이는 정신적으로 미숙한 소년이 점점 성숙해지고 있음을 의미한다. 한스는 자신에게 책임이 있음을 깨닫고 하일너에게 용서를 빈다. 즉 그가 지금까지 중요하게 여겼던 공명심이 우정에게 자리를 내준 것이다.

> 네 주위를 계속 맴도는 것보다 나는 차라리 꼴찌가 될 거야. 네가 원하기만 한다면 우리는 다시 친구야. 우리는 다른 아이들을 전혀 필요로 하지 않는다는 것을 보여주자.(96)

인격을 발달시킬 기회를 갖지 못했던 한스는 우정과 공명심을 동시에 실현시킬 능력을 지니지 못했으며 우정에 대한 새로운 경험이 그의 마음속에 있는 다른 것들을 몰아낸다. 그는 이제 학교 공부 대신에 완전히 하일너에게 빠져들며 그의 내면의 규범은 하일너와의 우정에 의해 결정된다. 그럼으로써 한스는 학교생활에서 점점 더 고립되어 가고 환상에 빠져들며, 심지어는 알 수 없는 피해의식에 사로잡히기까지 한다.

지금까지 자아를 실현시키고 지탱해줄만한 가치관을 정립할 기회를 갖지 못했던 한스는 그의 인격의 발전에 있어서 감정이나 환상의 세계를 소홀히 했던 것이다. 이제 그는 학교생활을 희생함으로써 이를 보충하고 있다. 하지만 하일너는 친구의 심적 변화에 전혀 아랑곳하지 않으며 오로지 자신의 일에만 관심이 있고 애인에 대한 이야기로 한스를 더욱 혼란시킨다. 여러 감정이 뒤섞여 혼돈스럽기는 하지만 한스는 사랑이라는 감정에도 눈떠가게 된다.

IV.3. 우정의 파괴와 좌절

하일너가 신학교에서 퇴학을 당하자, 한스는 완전히 고립된다. 공명심에서 우정으로 목표를 바꾸었던 그의 방향이 다시 길을 잃은 것이다. 그는 신경성 두통이 일어나지 않을 때면 하일너를 생각하고 하염없이 꿈을 꾸며 몇 시간 동안이고 환상에 취해 있곤 한다.

5장의 첫 부분에서 전지자적 화자는 한스의 좌절에 책임이 있는 사람들을 열거하며 소년의 상태를 분석하고 그 원인을 찾아본다.

> 아마 동정심을 가진 선생님 외에는 아무도 이 야윈 소년의 얼굴에 깃들어 있는 힘없는 미소 뒤에서 꺼져가는 영혼에 시달린 소년이 물에 빠진 듯이 불안과 절망에 절여 주위를 살피고 있다는 것을 눈치 채지 못했다. 학교와 아버지의 잔인할 정도의 명예욕과 몇몇 선생님이 이 연약한 소년을 이 지경까지 몰고 왔다는 것을 아무도 생각하지 못했다. 왜 그는 가장 민감하고 위험한 소년기에 밤늦게까지 공부를 해야만 했는가. 왜 그에게서 토끼를 빼앗아 버렸는가. 왜 라틴어 학교에서 그를 친구로부터 억지로 떼어 놓았는가. 또 그에게 낚시질과 산책을 금했고 보잘것없고 자극적인 명예욕의 공허하고 속된 이상을 주입시켰는가? 왜 사람들은 주시험이 끝나고 난 후에 그가 마땅히 얻어낸 휴가를 허락하지 않았는가? (117f.)

수업 도중에 일어나는 발작과 공포는 한스의 심리적 및 신체적 파괴를 의미한다. 그에 대한 원인은 오로지 모범생을 목표로 두었던 한스에게 인간사회의 다른 가치들이 개입됨으로써 혼돈을 일으키고 방향을 상실함에 있다. 신학교는 자아를 발견하고 자의식을 키우려고 하며 기존질서에 의문을 제기하고 반항하는 사춘기에 접어든 소년들에게는 적합하지 않다. 따라서 목사나 교사를 목표로 한다면 성실하고 열심히 공부하는 학생으로 제도권 안에 남아 있어야 하고, 그렇지 않으면 울타리를 벗어날 수밖에 없다. 이 획일적인 교육에는 신체적으로 정신적으로 위기에 처해 있는 소년을 치료해줄 약이 없기 때문이다.

Ⅳ.4. 신학교에서의 실패와 죽음

한스는 약 일 년의 신학교 생활을 마감하고 결국 집으로 돌아오나, 그의 심리 상태는 좋아지지 않는다. 그는 여전히 하일너와 급우의 죽음에 대한 생각에서 벗어나지 못하고 그들에 대한 꿈으로 시달린다. 또한 "아름답고도 여윈" 미지의 남자에 대한 꿈은 신학교에서 경험한 장면들, 즉 그리스어의 문법시간이나 교장선생님의 목소리로 곧 교체되어 버린다. 그만큼 그가 겪은 강박감의 고통이 컸다는 의미이다. 또한 이는 인격의 발전에 있어서 비전통적인 것이나 경험하지 못한 것들에 대한 두려움이 새로움에 대한 호기심을 앞서지 못함을 암시한다. 그는 감성은 무시하고 이성에만 치우친 교육으로 인하여 마울부론의 신학교에 입학하기 전에는 우정, 사랑, 죽음, 초월성과 같은 중요한 체험들을 하지 못했다. 인생에서 결정적인 역할을 하는 이 체험들은 지금 만회할 수 있는 것이 아니다. 때문에 한스는 집에 돌아온 이후에도 여전히 고립되어 있으며 사랑받지 못한다고 느끼고 외로움에 빠져 있다. 삶에 대한 의욕과 목표를 잃어버린 소년에게는 희망과 미래가 보이지 않는다. 더욱 중요한 것은 한스의 마음을 이해하고 위로해 주는 사람이 주변에 부재하다는 것이다. 마음을 털어 놓고 의지할 만한 곳을 찾지 못한 채 죽음에 대한 생각만이 그에게는 유일한 '위안'이 된다.

한스는 엠마를 만남으로써 사랑에 눈뜨고 삶에 대한 의욕을 찾은 듯 하나 그녀가 말없이 떠난 이후 곧 다시 좌절하게 된다. "의욕이란 그의 풋풋한 사랑의 힘의 승리와 폭력적인 삶에 대한 최초의 예감을 의미하며, 고통이란 아침의 평화가 깨졌다는 것과 그의 영혼이 다시는 찾을 수 없는 유년의 세계를 떠났다는 것을 의미한다."(144) 따라서 한스는 더욱 갈팡질팡하며 혼란스러워 한다.

기계 견습공으로 일하게 되면서 한스는 육체의 힘에만 의존하고 잡념을 없앨 수 있는 단순한 노동의 기쁨을 맛본다. 그리고 단순한 일상생활에 만족하며 지내는 주변의 동료들을 예전처럼 멸시하지 않고 그들과 함께 어울린다. 그럼으로써 삶의 의욕과 새 가치관을 찾는 듯하다. 그러나 이 변화 역시 자신의 통찰력에 의한 스스로의 결정이 아니라 아버지가 권장한 일이었기 때문에 알 수 없는 어떤 부담이 여전히 그를 짓누르고 있다.[157] 진정한 자아극복과 정체성의 발견이란 스스로의 선택에 의한 창조적인 작업을 통해서만 가능하다. 따라서 그가 술에 취하게 되자, 극복하지 못한 채 단지 억눌려 있던 불안감과 자아비하감과 그리움 등이 저 깊은 곳으로부터 치솟아 올라온다. 그는 이 감정을 더 이상 주체하지 못하고 만취상태에서 익사하고 만다. 그의 죽음은 삶의 목표를 찾으려는 부단한 발버둥 끝에 나타난 것으로 결국은 자신과의 투쟁

---

157) Vgl. Karst: a.a.O., S. 38.

에서 패한 것이다. 이는 한스가 우수한 모범생 시절이나 친구와의 우정이나 기계견습공의 가치관 중 어느 하나도 완전히 자기 것으로 내면화하지 못한 결과이다.

성숙하지 못한 채 일찍 죽는다는 것은 데카당적인 특징 중의 하나이다. 한스 기벤라트는 토마스 만의 소설 『부덴부로크 일가』의 주인공 한노 부덴부로크와 외형적으로뿐만 아니라 구습적인 가정의 출신이라는 점과 성인이 되지 못하고 죽음에 이르는 것까지도 유사하다. 이런 여러 면에서 볼 때 한 개인의 인생에서 인격의 발전이 마무리되기 전에 끝난다는 것은 그 사회의 가치관 즉 시민적 가치관으로부터의 전향을 나타내는 전형적인 예이다.

V. 맺는말

헤세의 『수레바퀴 아래에서』는 발전과정에 있는 청소년을 다루고 있다. 여기서 발전이란 청소년이 자신의 정신적인 축이 되는 가치관을 정립해가는 것을 의미한다. 인간은 이 가치관에 의존하여 인생을 꾸려나가는 것이다. 방향을 상실함이란 어느 시대에나 나타나는 청소년의 심리적인 특징이다. 하지만 방향의 상실은 오히려 변혁을 가져오는 계기가 될 수도 있다. 왜냐하면 변혁이란 모순적인 규범과 가치들을 깨달음으로써 나타나기 때문이다. 소년들은 이러한 불안한 체험들을 특히 변화하고 있는 사회, 즉 새로운 방향설정이 필요한 사회에서 하게 되는데, 사회 자체가 어떤 완성된 가치체계를 제시하지 못하기 때문이다. 변혁의 시기인 20세기의 전환기에는 경제적, 사회적인 변화뿐만 아니라 종교관이나 시민적인 가치관의 변화도 나타났다.

헤세의 작품 『수레바퀴 아래에서』는 특히 시민적인 가치관에 의문을 제기하고 있다. 전통적 가치체계를 그대로 답습하고 있는 사회는 세기 전환기의 변화하고 있는 사회에서 이미 다른 가치체계로 들어서고 있는 청소년들에게 더 이상 길잡이가 되어주지 못한다. 다시 말하면 교육과 국가와 교회는 소년의 발전에 전혀 도움이 되지 않으며 세기 전환기의 사회는 성장하고 있는 주인공에게 방향을 제시해주지 못한다. 따라서 아이들은 자신의 인생의 의미와 목표가 될 규범 체계를 스스로 세워가지 않으면 안 된다. 그러나 한스는 인생의 의미와 목표를 정립하지 못한 채 자기상실감 속에서 버둥대다가 죽음을 맞이한다. 혼돈을 극복할 강한 의지도 자기만의 세계를 주장할 굳은 신념도 갖지 못한 한스는 죽음을 통해서만 『수레바퀴 아래에서』 벗어난 것이다. 한스가 자신의 인생의 목표가 되는 가치관을 세우려고 노력하는 것은 세기 전환기의 사회가 나아갈 방향을 새로이 설정하려는 시도에 상응하는 일이며, 방향상실로 인하여 자기상실감에 빠진 한스의 반응은 세기 전환기의 정신적인 분위기, 즉 가치관의 혼돈과 정체성의 위기와 데카당스적인 정서를 반영한다. 그리고 이러한 경향은 당시 유럽전체를 지배하고 있었다.

한스와 마찬가지로 작가 헤세도 어떤 완전한 가치체계와 새로운 방향설정에 대한 모색 없이 구습적인 가치관만을 강화하고 있는 사회 속에서 살았다. 예민한 감수성과 풍부한 문학적 자질을 지녔으며 폐쇄적인 공간보다 자연을 좋아하는 하일너와 천재적이고 낚시를 좋아하는 한스, 두 사람 다 헤세의 분신이다. 헤세도 이 두 아이처럼 마울부론의 신학교에 입학하였다가 7개월 만에 억압하고 강요하는 '수레바퀴' 같은 학교를 이탈하였고 한스처럼 시계공장의 견습공과 서점의 견습생 시절을 보냈으며 신경성 질환에 시달렸었다.158) "학교가 나를 많이 망가뜨렸으며 그곳에서 라틴어와 속임수만을 배웠다"159)고 헤세 자신이 말하고 있는 것처럼 결코 순탄치 않은 시기들을 극복해 낸 그는 자신의 체험을 바탕으로 하여 작품에서 육체적으로도 정신적으로도 성장기에 있는 아이들에게 필요한 자양분을 주지 못한 사회와 교육의 문제점을 적나라하게 드러내고 있다.

　이 작품은 지금-이곳의 교육현장을 떠올리게 한다. 우리의 청소년들 역시 오로지 지식전달을 최우선으로 여기는 입시 위주의 교육에 시달리면서 창의성을 살릴 수 있는 교육을 갈망하고 있다. 개인의 능력보다는 학벌이 중요시되는 사회이기에 청소년들은 개인의 개성을 무시한 이 교육을 견디어 내야만 하고, 그렇지 못할 경우에는 이 사회에서 낙오되었다는 죄책감과 소외감 속에서 고통받게 된다. 학교를 뛰쳐나온 학생들은 별도의 교육을 받을 만한 시설이 충분치 않기 때문에 무리를 지어 거리를 방황하거나 오토

---

158) Hesse: Eine Literaturgeschichte in Rezensionen und Aufsätzen, Frankfurt a. M. 1970, S. 612.

159) Hesse: Brief an Karl Isenberg vom 25. 11. 1904, zit. nach Pfeifer: a.a.O., S. 67.

바이를 타고 폭주하며 폭력을 행사하기도 한다. 신성한 교실의 의미는 사라져가고 디지털 시대의 아이들은 폐쇄된 공간 안에서 인간의 체온이 없는 오락기나 컴퓨터와 텔레비전을 벗으로 삼고 있다. 때문에 이들은 대화를 모르며 활자를 잊어 가고 영상만을 최고의 가치로 여기고 위성화면을 통하여 정보와 지식을 전수받는다. 이런 곳에선 교육이 비틀거리기 마련이다. 진정한 교육이란 지식을 전달할 뿐만 아니라 인간을 육성하는 것이기 때문에 한 공간 내에서 숨결을 느끼며 서로 눈길을 주고받고 교감을 형성할 때에만 이루어질 수 있다. 교육이 부재한 환경 속에서 성장한 아이들에게는 사회성이 생겨날 수가 없으며, 인간에 대한 예의나 배려와 같은 따뜻한 마음과 열린 사고가 들어설 자리가 없다. 청소년기의 가치관 형성과 발달은 전 생애에 걸친 인격 또는 인간성의 발달과 밀접한 관계를 이루고 있다. 그러므로 학교와 가정은 이들에게 가치관의 정립 또는 도덕성 함양을 위한 다각도의 교육과 훈련을 해야 할 것이고, 각 청소년단체 또한 이에 적극적으로 협조해야 할 것이다. 그러한 확실한 바탕이 뒷받침되었을 때, 우리 청소년들은 사회에서의 자신의 몫을 완벽하게 해낼 수 있을 것이다.

참 고 문 헌

1차 문헌

Hesse, Hermann: *Unterm Rad*, Frankfurt a. M. 1972.

-----: Eine Literaturgeschichte in Rezensionen und Aufsätzen, Hrsg. v. Volker Michels, Frankfurt a. M., 1970.

2차 문헌

Böttcher, Kurt: Studien über Hermann Hesse. In: Hermann Hesse. Hilfsmaterial für den Literaturunterricht, Berlin 1956.

Hofmannsthal, Hugo v. : Ein Brief. In: Ders.: Gesammelte Werke. Prosa II, Hrsg. v. H. Steiner, Frankfurt a. M. 1951.

Kerschensteiner, Georg: Wie ist unsere männliche Jugend von der Entlassung aus der Volksschule bis zum Eintritt in den Heeresdienst am zweckmäßigsten für die bürgerliche Gesellschaft zu erziehen? Gekrönte Preisarbeit. In: Andreas Kunze (Hrsg.): Die Arbeiterjugend und die Entstehung der berufsschulischen Arbeiterausbildung. Sechs Schriften. 1890-1938, Liechtenstein 1987.

Karst, Theodor: Kindheit, Jugend, Schule – am Beispiel Hermann Hesses *Unterm Rad*. In: Gerhard Haas (Hrsg.): Literatur im Unterricht, Stuttgart 1982.

Mann, Thomas: Buddenbrooks. Verfall einer Familie. Frankfurt a.M. 1974.

Pfeifer, Martin: Erläuterungen zu Hermann Hesses *Peter Camenzind, Unterm Rad, Knulp*, Hollfeld 1982.

Rauh, Manfred: Epoche-sozialgeschichtlicher Abriß. In: H. A Glaser (Hrsg.): Deutsche Literatur. Eine Sozialgeschichte, Bd. 8. Jahrhundertwende: Vom Naturalismus zum Expressionismus 1880-1918, Hrsg. v. Frank Trommler, Reinbek bei Hambrug 1982.

Ruprecht, E./Bänsch, D.(Hrsg.): Jahrhundertwende. Manifeste und Dokumente zur deutschen Literatur 1890-1910, Stuttgart 1981.

Schurian, Walter: Psychologie des Jugendalters. Eine Einführung. Opladen 1989.

Wehler, Hans U.: Das Deutsche Kaiserreich 1871-1918, Göttingen 1973.

Zmegac, Viktor (Hrsg.): Deutsche Literatur der Jarhundertwende. König i. Ts. 1981.

덴마크 망명시절의 자연-정치시

Ⅰ. 들어가는 말

베르톨트 브레히트 Bertolt Brecht가 자신의 망명 시기 문학의 목
표를 파시즘과의 투쟁에 두었던 만큼 그의 시 역시 파시즘에 대항
하는 저항시이다. 그는 말한다. "어두운 시절에도/ 노래가 불릴 것
인가?/ 그때에도 노래는 불릴 것이다./ 어두운 시대에 대해서."[160]
시를 쓰지 않는 것이 아니라 시에서 현실의 모순과 불의를 보여주
는 것이 암울한 시대에 시가 해야 할 역할이라고 히틀러의 손아귀
를 벗어나 덴마크의 퓌넨 섬으로 망명 온 브레히트는 다짐한다.
1933년 2월 망명길에 오른 브레히트는 이곳 망명지 스벤보르[161]에

---

160) In den finsteren Zeiten/ Wird da auch gesungen werden?/ Da wird
    auch gesungen werden./ Von den finsteren Zeiten. In: Brecht: Werke.
    Große kommentierte Berliner und Frankfurter Ausgabe, Hrsg. v.
    Werner Hecht, Jan Knopf, Werner Mittenzwei und Klaus-Detlef Müller,
    Bd. 12, Frankfurt a. Main 1988, S. 16. 이하 GBA로 약칭하고 ( ) 안의
    앞의 숫자는 권수를 뒤의 숫자는 쪽수를 의미한다.(예: GBA 12, 16)

서 반파시즘적인 주제를 다루면서, 즉 투쟁하면서 새로운 시 형식을 시도한다. 그는 시 속에 뒤틀린 현실을 담아내고, 그것을 있는 그대로 보여주기 위해서는 시의 형식을 변형시켜야 한다고 생각했다. 왜냐하면 투쟁 중인 작가는 "투쟁조건을 연구하고 그 조건들로부터 미학을 발전시켜 나가야 하며, 그렇지 않으면 그 미학은 무용한" 것이 되기 때문이다.(GBA 22, 464) 브레히트의 초기시가 확고한 형식과 운율에 의해 각인되었다면 망명기의 시는 불규칙한 리듬의 무운시이다.(Vgl. GBA 22, 358) 당시의 대부분의 시들에서 브레히트는 고유한 리듬을 만들었고 대부분 운율을 단념했다.162) 그는 이렇게 표현한다.

운은 나에게 적당치 않은 것으로 보였다. 왜냐하면 운은 시가 쉽게 그 자체 내에 완결된 어떤 것을, 귓가를 스쳐지나가는 무엇인가를 이루게 하기 때문이다. 일정하게 하강하는 음을 가진 규칙적인 리듬들은 마찬가지로 충분히 나뉘지 않아서 변화를 요하고 많은 생생한 표현들이 끼어들지 못한다. 그래서 직접적이며 즉각적인 말의 어조가 필요했다. 불규칙한 리듬들의 무운시가 나에게는 적합한 것으로 보였다.163)

---

161) 브레히트는 덴마크의 스벤보르 구역의 퓌넨 섬에서 1933년 12월부터 1939년 4월까지 지낸다. 이후 그의 망명은 스웨덴과 핀란드를 거쳐 미국으로 이어진다.

162) Vgl. J. Knopf: Brecht-Handbuch. Lyrik, Prosa, Schriften, Stuttgart 1986, S. 89.

163) Der Reim schien mir nicht angebracht, da er dem Gedicht leicht etwas In-sich-Geschlossenes, am Ohr Vorübergehendes verleiht. Regelmäßige Rhythmen mit ihrem gleichmäßigeen Fall haken sich ebenfalls nicht genügend ein und verlangen Umschreibungen, viele aktuelle Ausdrücke gehen nicht hinein: der Tonfall der direkten, momentanen Rede war

시가 규칙적인 리듬을 지니고 운이 맞추어져 있다면, 그 시에서
는 아름다운 음악성이 우러나올 것이다. 하지만 독자는 이 듣기
좋은 화음으로 인하여 시에 동화되어 행간에 숨어있는 것들을 놓
쳐버릴 수 있다. 이를 막기 위해 브레히트는 "불규칙한 리듬의 무
운시"를 썼으며 변증법적으로 시를 구성하였다. 그는 사회현상에
내재된 모순을 드러내고 진실을 밝히기 위하여 어떤 때에는 낯설
게 하는 형식을, 어떤 때는 대조와 모순의 형식을, 즉 상황에 따라
서 고유한 방식을 이용하였다. 브레히트는 잘 알려져 있고 너무나
익숙해서 자명하다고 여긴 사건이나 인물을 낯설게 함으로써 이에
대해 의문을 갖고 다시 생각하고 눈여겨봄으로써 새로운 인식에
도달하는 방법, 즉 소격 Verfremdung[164]을 사용하였다. 이때에 브
레히트는 지배적 이념을 깨고 사회구조의 모순을 인식하도록 자극
할 뿐, 모순이 제거된 상태를 제시하지 않고 결론을 독자에게 내
맡긴다. 또한 그는 정-반-합의 변증법을 이용하였는데, 브레히트
자신에 의하면 이에 대한 가장 일반적인 정의는 "사고방법이거나
경직된 관념들을 해체시키고 지배 이데올로기에 대항하여 실천을
관철시키는 예지적 방법들이 연관된 결과이다".(GBA 21, 519) 이
경우에도 그는 명제와 반명제만을 제공하고 독자가 합, 즉 독자
스스로가 해답을 창출해내도록 유도하였다. 크노프 Knopf가 소격

---

nötig. Reimlose Lyrik mit unregelmäßigen Rhythmen schien mir
geeignet. In: Brecht: GBA 22, 364.

164) Vgl. Was ist Verfremdung? Einen Vorgang oder einen Charakter
verfremden heißt zunächst einfach, dem Vorgang oder dem Charakter
das Selbstverständliche, Bekannte, Einleuchtende zu nehmen und über
ihn Staunen und Neugierde zu erzeugen. In: Brecht: GBA 22, 554.

을 달리 표현하면 변증법이라고 지적하고 있듯이,[165] 결국 소격은 변증법적 개념이다. 다소 무리이지만, 브레히트가 여러 글에서 기술하고 있는 이 광범위한 개념[166]을 단순화시켜 말하면-앞으로 이 글의 전개과정에서 나타나겠지만-이는 독자를 사고시키고 인식시키며, 더 나아가서는 실천까지도 요구하는 개념이다.

메네마이어에 의하면 자연시에는 두 부류, 즉 오로지 인간세계를 잊으려하는 시와 인간세계에서 결코 눈을 떼지 않는 시가 있다.[167] 앞에서 언급한 것처럼, 시를 사회에 대한 관찰과 분석의 산물로 여긴 브레히트의 시는 후자에 속한다. 보충하면 브레히트는 시작 詩作을 갖가지 모순들을 보여주고 변화가능성을 지닌 사회적인 실천으로서, 역사에 의해서 조건 지워지고 역사를 만들어 가는 인간행위로 파악한다.(GBA 27, 418) 따라서 창작동기가 언제나 현실에서 기인하고 있는 그의 시는 사회, 역사적인 맥락 속에서 이해되어야 한다. 자연을 소재로 한 시 역시 예외가 아니다.

"혁명적인 노동자와 굶주린 프롤레타리아의 전사"[168]의 의식으로 작품 활동을 해왔던 브레히트에게 해협을 건너 덴마크의 한적한 숲의 전원 속에 묻혀 있다는 것은 자책감마저 들게 하는 괴로움이었고 상처였다. 그래서 그는 낭만주의자들이 매혹당해서 가장

---

165) Vgl. J. Knopf: Bertolt Brecht. Ein kritischer Forschungsbericht, Frankfurt a. M. 1974, S. 54

166) 이 개념에 대한 자세한 논의는 이 글의 주제를 벗어나므로 여기서는 일반적이고 기본적인 인식론적 개념만을 요약하였다.

167) Vgl. F. N. Mennemeier: Bertolt Brechts Lyrik. Aspekte. Tendenzen, Düsseldorf 1982, S. 50.

168) Vgl. H. Engberg: Brecht auf Fünen. Exil in Dänemark, Wuppertal 1974, S. 76.

아름다운 시를 자아내게 한 숲 속에서의 고독은 "단지 배 멀미와 비교할 수 있을 감정으로만 충만케 한다"고 고백하였다.169) 사회의 속박에서 벗어나 자연에서 해방감을 느끼는 초기의 자연시와는 달리, 지금-여기, 즉 "숲에 혼자 가지 못하고, 경찰들 사이에서 가는"(GBA 26, 323) 그는 결코 고전주의나 낭만주의 시대의 시인들처럼 마력적이고 신비스러운 자연에 심취한 전통적인 자연시를 쓰지 않았다. 문학을 계급투쟁의 무기이며 파시즘과의 투쟁의 무기로 여기고 있는 브레히트는 현실 앞에서 은둔적 태도도 체념적 평온이나 달관적 자세도 취할 수가 없었다. 그렇다고 그가 "꽃피는 사과나무에 대한 감동과, 칠장이170)의 연설에 대한 경악이 다투는" 갈등을 느끼지 않는 바 아니지만 "단지 두 번째 것이 나를 책상으로 내몬다."(GBA 14, 432)고 히틀러에 대한 저항을 다짐한다. 그는 자연의 불완전함이나 자연 속에 내재된 모순을 통해 계급사회의 모순이나 파시즘을 드러낸다. 따라서 자연을 소재로 한 그의 시들은 역사적 맥락 속에서 사회적으로 치환되고 변용될 때에 그 진정한 의미가 드러난다. 이 글은 브레히트의 덴마크 망명시절에 생성된 자연을 소재로 한 시들이 어떻게 시대상황과 접목되어 있으며, 시로 형상화되고 있는지를 고찰하면서 그의 시가 보여주고 있는 현실을 추적하는 데 그 목적이 있다.

---

169) Zit. nach Engberg: Ebd., S.77
170) 청년시절 화가 지망생이었던 히틀러를 지칭함.

Ⅱ. 시의 분석

자연시 1
(스벤보르)

12개의 정방형으로 된 창문을 통해
나는 본다. 고르지 못한 잔디밭에 있는
가지들이 늘어진 마디진 배나무를. 그 잔디밭에는 약간의 짚이 깔
려있다.
잔디밭은 흙을 돋우어
덤불과 키 작은 나무들이 심어져 울타리를 이루고 있다.
겨울인 지금은 황량하며, 울타리 너머로
인도가 나있는데, 무릎 높이의 하얗게 칠한
목책이 경계 짓고 있다. 그 일 미터 뒤에는
녹색의 나무창틀로 된 두 개의 창문과
담장 높이의 기와지붕을 가진 작은 집이 한 채 있다.
......
그리고 그 집의 다른 편에서는 해협이 펼쳐진다.
오른편 수평선은 안개에 쌓여있다.
앞에 목재창고와 덤불이 있는
이 작은 집에는 모두 3개의 출구가 있다.
이것은 좋은 일이다. 불의에 저항해 와서
경찰에 잡혀갈지도 모르는 사람들에게.(1937, GBA 14, 429)

앞서 서술한 바처럼 브레히트는 결코 전통적인 자연시를 쓰지
않았기 때문에 「자연시」라는 제목은 "반어적인" 의도를 지니고 있

다.171) 시는 화자가 포착한 겨울 풍경을 사실적으로 묘사하고 있다. 그는 12개의 정방형으로 이루어진 한 창문을 통하여 보이는 주변 배경을 지나칠 정도로 정확하게 가까이 있는 물체부터 멀리까지 원근법으로 그려내고 있다. 요약해 보면, 그가 살고 있는 농가의 정원, 울타리 뒤로 나있는 인도와 그 길을 막고 있는 목책, 후면에 있는 작고 낮은 집, 그 너머의 해협이다. 시의 화자는 이 전원에 대한 감동을 전혀 표출하지 않고 보이는 것만을 담담하게 묘사하고 있다. 그러나 잔잔한 분위기와는 달리 마지막 시구는 충격적이다. 문이란 어느 집, 어느 건물에나 있는 전혀 낯설지 않는 자명한 것이다. 하지만 시에는 "경찰에 잡혀 갈지도 모르는 사람들에게" 도망갈 출구라고 함으로써 시의 정조를 반전시키고 엄혹한 시대상황을 제시한다. 과연 이 자연정경은 묘사된 것처럼 한없이 평화롭고 전원적이기만 한 것인가? 이 낯선 시구는 독자에게 시를 다시 읽게 하고 숙고를 요구한다. 기이할 정도로 자세하고 차분한 풍경묘사의 배후에 숨어있던 진정한 의미가 비로소 드러나는 것이다. 결국 시의 화자에게 중요한 것은 도망갈 수 있는 3개의 출구이다. 외적인 태연함 뒤에는 추적당한 자의 우려와 도피의 가능성이 있는지를 살피는 불안감이 도사리고 있다.172) 그는 한 창문 안에 갇혀 있고, 이를 통해 외부세계를 관찰한다. 따라서 평범해 보이는 이 창문은 탈출을 가능케 하는 망루이면서도 "감옥의 창살"이다.173) 시인은 절박하고 고통스러운 체험을 주관적 감정의

---

171) F. N. Mennemeier: a.a.O., S.181.

172) Vgl. ebd.

173) Ebd.

배제로 시적 대상을 서사화하고 있으며, 그럼으로써 긴장감을 유지한다. 그러니까 시의 전반부를 지배하고 있는 담담한 분위기는 시인의 치밀한 시 의식에 의한 것이다.

1938년 봄

1

오늘, 부활절주일 아침
갑자기 눈보라가 이 섬으로 몰아쳐 왔다.
푸른 싹이 돋아나는 나무 울타리 사이에 눈이 쌓였다.
내 어린 아들은
작품을 쓰고 있던 나를
담 옆의 조그만 살구나무로 데려갔다. 그 작품에서 나는
대륙과 이 섬, 나의 민족, 나의 가족과 나를
말살해 버릴 전쟁을 준비하는 자들을 들추어내고 있었다.
말없이 우리는
얼어붙어 가는 나무 위에
거적을 하나 덮어주었다.

2.

해협 위로는 비구름이 드리워져 있지만, 정원에는
아직도 황금빛 햇살이 번져 있다. 배나무는
잎사귀는 푸르지만 꽃은 아직 피지 않았고, 반대로 벚
나무는
꽃은 피었지만 잎사귀는 아직 돋아나지 않았다. 하얀
꽃망울이
마른가지에서 움트는 것처럼 보인다.

잔물결이 일렁이는 해협 위로
기운 돛을 단 작은 배 한 척 떠간다.
찌르레기 울음 사이로
제3제국의
기동훈련 함대가 쏘아대는 함포소리가
멀리서 울려온다.

3
해협 주변의 버드나무에서
요사이 봄날 밤에 어린 올빼미가 유난히 자주 울어댄다.
농부들의 미신에 따르자면
올빼미는 사람들에게
오래 살지 못할 것임을 알려준다고 한다.
스스로 알다시피 지배자들에 대해 진실을 말해온
나에게는 저 죽음의 새가
새삼스레 이 사실을 알려줄 필요가 없다.
(1938, GBA 12, 95) (박영구 역[174])

　이 연작시 역시 불규칙한 리듬의 무운이고 서사적이다. 시는 정
원과 해협의 자연정경을 독자의 눈앞에 선명히 펼쳐 보인다. 시인
은 만물이 소생하는 봄, 거기다가 생명력이 넘치는 부활절주일 아
침에 몰아치는 갑작스러운 눈보라에도 마음의 동요 없이 객관적으
로 차분하게 기술하고 있다. 「1938 봄」이라는 제목은 히틀러가 오
스트리아를 합병한 1938년 3월과 관련지어 볼 수 있다. 그러니까
「1938 봄」은 파시즘의 세력이 팽창되면서 새로운 역사적 국면이

---

174) 박 영구 : 흔들리는 사람에게 – 브레히트 망명시집, 서울 (한마당) 1993,
　　　S. 163ff.

시작되는 시점이다.[175] 그리고 시에서 두 번이나 일컫고 있는 "이 섬"은 브레히트가 1933년 이후로 망명하고 있는 덴마크의 퓌넨 섬임이 뚜렷하다. 일반적인 시 텍스트와는 달리 구체적인 장소와 시간의 정확한 언급은 현실성을 근거로 하고 있음을 제시하며, 이로써 시의 화자 '나'는 시인 자신임이 명백해진다.[176]

첫 번째 시의 첫 행의 부활절주일 아침은 소생으로 기쁨이 넘친다. 그러나 곧 갑작스러운 눈보라가 이어짐으로써 첫 행과 둘째 행은 대조를 이루고 있다. 푸른 싹이 돋아나는 계절에 어울리지 않는 때늦은 눈보라는 자연이 모순됨을 암시한다.[177] 즉 시는 대조와 모순의 변증법적 구조로 되어있다. "대륙과 이 섬, 나의 민족, 나의 가족과 나를/ 말살해 버릴 전쟁을 준비하는 자들을 들추어내고 있었던" 시인은 아들에 이끌려 작업을 그만두고 얼어붙어 가는 살구나무에게로 간다. 순간 독자는 의아해하며 반론을 제기한다. 얼어 붙어가는 살구나무에게로 가는 일이 전쟁을 준비하는 자들을 폭로하는 것보다 우선인가?[178] 전쟁이 일어나면 인간뿐만 아니라 모든 것이 말살될 것이기에 전쟁을 준비하는 자들을 폭로하는 일이 우선이 아닌가. 게다가 이 살구나무가 열매를 맺기에는 아직 수년을 더 필요로 한다. 그럼에도 마지막 시구는 "말없이 우리는/ 얼어붙어 가는 나무 위에/ 거적을 하나 덮어주었다"로 맺고

---

175) Vgl. Ch. Bohnert: Brechts Lyrik im Kontext. Zyklen und Exil, Königstein/ Ts. 1982, S. 147

176) Vgl. P. P. Schwarz: Lyrik und Zeitgedichte. Brecht: Gedichte über das Exil und späte Lyrik, Heidelberg 1978, S. 51.

177) Vgl. F. N. Mennemeier: a.a.O., S. 184.

178) Vgl. ebd.

있다. 이 시구는 시를 읽는 사람의 사고를 촉진시키고 답을 창출해내도록 유도한다. 거적을 덮어주는 행동은 자연의 폭력인 눈보라에 대한 저항이고 이 행위가 인간세계의 현실에 투영되면 곧 나치에 대한 저항이 된다. 즉 눈보라는 나치에 상응한다. 그러니까 침묵 속에서 행하는 이 단순한 행동은 정치적인 행위로 치환될 수 있다.[179] 얼어붙어 가는 나무에 대한 아들의 걱정은 전쟁의 위협을 받고 있는 인류에 대한 시인의 우려와 일치한다고 할 수 있겠다.[180] 자연에 행하는 이 사소한 행위는 단순한 것 같지만 어두운 시절을 살고 있는 자에게는 큰 의미를 지니고 있는 것으로 어린 아들의 미래를 돌보는 것이다.[181] 보충하면 어린 나무를 곧 말살될 것이라고 치부해버리지 않는 이 행위로 인하여 아들에게 희망을 주는 것이다. 또한 이는 브레히트가 늘 강조해 왔던 '친절'[182]을 바탕으로 하는 행동이고 '후손들에게' "인간이 인간을 돕는 시대"(GBA 12, 87)를 위해 말로 가르치는 것이 아니라 '말없이' 연대감(우리) 속에서 행동으로 보여주고 있는 것이다. 결국 브레히트는 실천 없이 글로써만 대항하지 않고 직접 행동으로 보여줌으로써 실천을 강조하고 있는 것이다.[183]

두 번째 시는 브레히트의 변증법의 정수를 이루고 있다. 첫 행과 둘째 행에서 자연정경의 모순이 드러난다. 해협 위에는 비구름이 드리워져 있으나, 정원에는 황금빛 햇살이 아직 비추고 있음으

---

179) Vgl. J. Knopf: Brecht-Handbuch. Lyrik, Prosa, Schriften, S. 139
180) Vgl. P. P. Schwarz: a.a.O., S. 54.
181) Vgl. J. Knopf: Brecht-Handbuch. Lyrik, Prosa, Schriften, S. 140
182) 이는 브레히트가 지향하는 사회의 미덕이다
183) Vgl. F. N. Mennemeier: a.a.O., S. 183.

로써 해협과 정원이 대조를 이루고 있다. 정원은 황금빛 햇살로 인하여 평화롭고 따스한 느낌을 주지만 '아직은'이라는 단어는 불안감과 긴장감을 조성한다. 세 번째, 네 번째 행에서는 배나무와 벚나무가 서로 대조를 이루고 있다. 물론 각자의 특성을 지니고 있는 나무는 각각 잎이 돋고 꽃이 피는 시기에 이르지 못했음을 짐작해 볼 수 있지만, 이로써 브레히트는 역시 미완성인 자연의 모습을 보여주고 불완전함을 제시한다.184) 다섯 번째, 여섯 번째 행은 다시 정원과 해협이 대조를 이루고 있다. 꽃망울은 마른가지에서 움트고, 작은 배의 돛은 기울어져(강조는 필자) 있다. 이 역시 충만하지 못한 자연정경을 강조한다.185) 이어서 다음 행에 정원과 해협의 대립이 계속되고 있다: 정원에서는 "찌르레기의 울음 "소리가 들리고, 해협에서는 "제3제국의/ 기동훈련 함대가 쏘아대는 함포소리가/ 멀리서 울려온다". 드디어 종국적으로 시가 품고 있는 의미가 드러난다. 완전하지 못하고 충만치 못한 자연이 시대 상황과 결부되어 있다. 순간 독자는 의심스러웠던 징표들에 대한 답을 얻게 된다. 첫 행과 둘째 행에서 황금빛 햇살이 비춘 정원을 위협하고 있는 해협 위에 드리워 있는 비구름, 언제 몰려올지 모르는 이 비구름은 마지막 행의 제3제국의 기동훈련 함대와 같은 맥락에 있는 것이다. 극히 자연스러울 수 있는 "찌르레기의 울음" 소리는 세 번째 시의 죽음을 알리는 "올빼미"의 울음소리처럼 망명자에게 위험이 다가왔음을 암시한다고 볼 수 있다.

세 번째 시는 앞서 이미 서술한 망명자가 처한 무방비상태와 파

---

184) Vgl. P. P. Schwarz: a.a.O., S. 65.
185) Vgl. ebd.

시즘의 접근을 일관되게 보여주고 있다.[186] 해협의 언덕에서 우는 올빼미의 울음소리는 과거에 압제자들에게 진리로 대항했다는 이유로 추적당하고 있는 망명자의 위기를 알리고 파시즘의 존재를 지속적으로 자각시킨다.

앞에서 본 「자연시」와는 달리, 이 시에서 브레히트는 지속적인 대조와 모순의 변증법적 구조를 보이고 있다. 이처럼 브레히트는 독자가 시에 몰입하지 않고 거리감을 유지함으로써 현실을 읽어낼 수 있도록 다양한 기법을 사용하면서 독자를 훈련시킨다. 또한 시어가 지닌 상징적 이미지들, 예컨대 '눈보라', '비구름', '올빼미의 울음소리'는 반복하여 파시즘의 침략을 암시하고 있다. 이 상징적인 이미지의 반복으로 인하여 위험성이 강조되고 그만큼 시에 힘이 부여된다.

서정시를 쓰기 힘든 시대

나는 잘 알고 있다. 행복한 자만이
사랑받는다는 것을. 그의 음성은
듣기 좋고, 그의 얼굴은 보기 좋다.

정원의 구부러진 나무는
척박한 토양을 가리킨다. 그럼에도
오가는 사람들은 나무를 구부러졌다 욕한다.
하지만 당연하다.

---

186) Vgl. Ch. Bohnert: a.a.O., S. 149.

해협 위의 초록 빛 보트와 즐거운 돛단배들을
나는 보지 않는다. 무엇보다도
내겐 어부들의 찢어진 어망만이 보일 뿐이다.
왜 나는 오로지
40세의 소작인 처가 구부정하게 걸어가는 것에 대해서만 말하는가?
처녀들의 젖가슴은
예전처럼 따스한데.

나의 시의 운을 맞춘다는 것은
내게 거의 오만처럼 생각된다.

꽃피는 사과나무에 대한 감동과
칠장이의 연설에 대한 경악이
내 가슴 속에서 다투고 있다.
그러나 단지 두 번째 것이
나를 책상으로 내몬다.(1939, GBA 14, 432)

"시의 운을 맞춘다는 것은 내게 거의 오만처럼 생각"되기에 시
인은 운율을 맞추고 있지 않다. 시는 얼핏 별로 연관성이 없어 보
이는 시구들로 이루어져 있다. 이는 역시 시인의 창작 원칙에 의
한 것이다. 좀더 설명하면, 시의 화자 '나'가 등장하지만 주체와 객
체가 일치되지 않고 대상을 서사화하여 독자가 거리감을 가지고
응시할 수 있도록 한다. 따라서 주의력을 요구하는 시의 전개과정
을 냉철한 의식으로 따라가면 시의 의미가 드러난다.

첫째 연에서 '나'는 행복한 자에 대한 자신의 견해를 피력한다.
그는 "행복한 자만이 사랑받고, 그의 음성은 듣기 좋다"고 장담한

다. 때문에 행복한 자는 사람들과 편안하게 의사소통할 것이며,[187] 그의 얼굴은 당연히 여유 있고 빛날 것이다. 둘째 연은 정원에 있는 구부러진 나무를 묘사한다. 나무가 똑바로 굳건하게 뻗지 못하고 구부러져 있는 것은 토질이 나쁘기 때문이다. 그럼에도 사람들은 아름답지 못하다고 구부러져 있는 나무를 탓하고, "열매를 맺지 않는 과일나무"를 "무용하다"고 역시 나무를 탓한다.[188] 크노프의 적실한 지적처럼 구부러진 나무는 불규칙한 리듬의 무운 시, 기교가 없고 아름다운 것들에 대하여 쓰고 있지 않는 시 자체를 상징한다.[189] "아름다운 이미지와 향기로운 언어들"(GBA 21, 191)로 구성되지 않은 시인의 시는 구부러진 나무가 척박한 토양을 가리키듯이 암울한 시대 때문이다. 이 암울한 시대에 "나무에 대한 대화는 숱한 비행에 대하여 침묵을 내포하기에 범죄"나 마찬가지고, "빛나는 이마는 무감각을 의미하고"(GBA 12, 85) 웃고 있다는 것은 끔찍한 소식을 외면한다는 뜻일 수도 있다. 이 어두운 시대를 폭로하지 않으면 안 된다는 도덕적 책임을 느끼는 시인의 음성은 달콤할 수 없기에 그는 사랑받지 못한다. 둘째 연과는 달리 셋째 연에는 해협 위에 떠있는 초록빛 보트와 돛단배와 처녀의 따뜻한 젖가슴과 같은 낭만적인 자연정경과 애틋함을 느낄 수 있는 아름다운 이미지가 등장한다. 하지만 '나'의 눈에 띄는 것은 어부의 찢어진 어망과 구부정하게 걸어가는 40세의 여인이다. 40세의 여인은 허리가 구부러지기에는 아직 너무 젊다. 구부러진 나

---

187) Vgl. J. Knopf: Brecht-Handbuch. Lyrik, Prosa, Schriften, S. 109.

188) Der Obstbaum, der kein Obst bringt/ Wird unfruchtbar gescholten. In: Brecht: GBA 14, 341.

189) Vgl. J. Knopf: a.a.O., S. 109.

무가 척박한 토양 때문이듯이, 40세밖에 되지 않은 소작인 처의 허리가 구부정한 것은 빈곤한 생활 때문일 것이다. 어망은 어부에게 생계유지를 위한 "생산수단"이다.[190] 따라서 찢어진 어망은 어부의 생계를 위협한다.[191] 이들은 낭만적인 해안풍경과 대조를 이루고 있다. 이처럼 궁핍한 자들의 삶의 현실을 시에 담아내기 위하여 시인은 대조적 상황을 설정하고 있고, 이로써 자연정경은 모순적인 인간세계를 확연히 드러내 보이는 효과를 발휘한다. 어부와 소작인 처의 가난은 자본주의의 사회에 원인이 있을 것이다.[192] 결국 시는 자본주의 사회의 불균형적인 모습을 폭로하고 있다. 평화로운 해안경치와 처녀의 따뜻한 젖가슴은 순전히 외적인 모습일 뿐이다. 처녀의 젖가슴이 예전처럼 여전히 따뜻하듯, 해안의 풍경은 얼마든지 낭만적일 수 있고, 시인이 이를 느낄 수 없는 바 아니지만 참여 시인은 단지 서정적인 묘사로 현실의 모순을 숨길 수 없다. 서정시를 쓸 수 없는 시인 '나'는 시의 운을 맞출 수 없다고 고백한다. 운율은 단어들을 결합시키고 조화를 이루게 하여 아름다운 울림을 자아낸다.[193] 이 리듬감으로 인하여 독자는 행간에 들어 있는 진정한 의미를 놓쳐버릴 수 있다. 그러므로 시인은 사회의 중요한 문제와 주변세계와 시대를 잊게 하고 숨겨버리는 듣기 좋은 화음을 거절한다. 시는 마지막 연에서 현실의 급박한 상황을 상기시킨다. 유럽을 말살시켜 버릴 전쟁을 준비하는 칠장이의 연설은 아름다운 사과 꽃과 그 향기에 대한 감동을 앗아

---

190) Ebd., S. 109.

191) Vgl. ebd.

192) Vgl. ebd.

193) Vgl. ebd.

가 버린다. 이로써 시인은 음울한 시대에 서정시를 쓸 수없는 근거를 대고 있다.

이 시는 『메티/전환의 서』에 들어있는 「순수시에 대하여」(GBA 18, 143)라는 다음 글을 연상 시킨다: 어느 날 시인 킨예(= 브레히트)가 메티[194]에게 이 시대에 자연의 정취에 대한 시를 써도 되는 지를 묻는다. 메티는 그렇다고 대답하고 얼마 후 킨예를 만났을 때 자연시를 썼느냐고 되묻는다. 그는 아니라고 대답하며 이렇게 덧붙인다. 그는 떨어지는 빗방울 소리를 독자가 충분히 즐거운 체험으로 향유할 수 있게 하는 것을 과제로 삼고 있는데 잠이 들려고 할 때에 칼라 깃과 목사이로 빗방울이 스며듦을 느끼는 무숙자들까지도 이 빗방울 소리를 즐거운 체험으로 느낄 수 있을 때, 자연시를 쓰겠다고 말한다.

자연을 즐기는 여유는 곤궁한 자들의 삶, 이를테면 앞의 시에 묘사된 찢어진 어망을 가진 어부와 허리가 구부정한 40세 여인의 피폐한 생활이 개선되는 미래로 유보되어야 한다. 그러나 이 미래는 시간이 흐름에 따라 저절로 다가오는 것이 아니고 투쟁에 의해서 쟁취되어야 하는 것이다.

브레히트는 반자본주의적 계급투쟁을 곧 반파시즘과의 투쟁으로 여겼다. 그는 이를 「좌익 지식인을 위한 강령」에 다음과 같이 피력 한다. "생산수단에 관계된 사유재산과 그러한 것에 속하는 것을 포기하는 자만이, 그리고 사유재산제도와 가장 격렬하게 투쟁하는 그런 계층과 연대투쟁을 하려는 자만이 파시즘과 투쟁할 수

---

194) 브레히트가 스승으로 여긴 중국의 묵자를 가리킨다. 브레히트는 현실을 유지하려는 지배자들을 비판한 그의 사회적 도덕관을 수용하였다.

있다."(GBA 22, 328) 간단히 말하면, 단지 노동자 계급만이 나치
즘과 투쟁할 수 있다는 것이다.(Vgl. Ebd.) 브레히트는 파시즘을
가장 어려운 경제적 위기에 처한 자본주의가 이를 극복하고 존립
시키기 위해 수용해야만 하는 통치체제로 여겼으며, "자본주의는
파시즘적 국가들에서 단지 파시즘으로서만 존재한다. 그리고 파시
즘은 자본주의로써, 가장 노골적이고 가장 뻔뻔스럽고 가장 억압
적이고 가장 기만적인 자본주의로써 투쟁될 수 있다"(GBA 22,
78)고 호소하였다. 그리고 이 파행적인 자본주의의 경제체제를 유
지하기 위해서는 전쟁이 필수적 사업이며, 나치즘의 실업구제책을
비롯한 숱한 경제정책은 전쟁을 위한 조치라고 밝힌다.(Vgl. GBA
22, 339) 다시 말하면 전쟁은 지배자들의 이익과 피지배자들의 희
생을 낳는 또 다른 양상의 자본주의적 생산양식으로 "치즈 대신에
탄약"을 쓰는 "장사 이외에 아무 것도 아니다"고 『억척어멈』
(GBA 6, 61)의 입을 통하여 그 속성을 폭로한다. 이러한 상호관
계를 간파하고 있는 브레히트가 익은 사과향기와 맛있는 음식과
인간적인 것에 대하여 대화를 할 수 없음은 이미 자본주의에서 기
인 한다.

오로지 증가하는 무질서 때문에
계급투쟁의 우리 도시에서
우리들 중의 몇 명은 최근 몇 년에 걸쳐 결의했다.
항구도시들, 지붕
위의 눈, 여자들,
지하실의 익은 사과향기, 고기에 대한 느낌
인간을 원만하고 인간적으로 만드는 모든 것들에 대해서

더 이상 말하지 않고
단지 무질서에 대해서 많이 이야기하기로
편파적으로 되고, 메마르고, 정치의 사업장에 끼어들어
변증법적 경제의
건조한 품위 없는 어휘만을 말하기로.
(1937, GBA 14, 388)

시의 화자는 새로운 시어를 선택하는 이유가 자본주의의 산업도시들이라고 말한다.[195] 이 자본주의의 사회는 인간의 배후에서 암암리에 작용하는 강압적인 경제법칙이 적용되고 있으며, 인간을 자신의 부가물로 만들어 버리는 체제이다. 이 제도적 착취의 그물망 속에서 인간은 사물이 되며 이용가치의 여부에 따라 평가된다. "자본주의는 우리에게 투쟁을 요구한다. 그는 우리의 환경을 파괴했다"(GBA 26, 323)고 브레히트가 고발하고 있듯이, 자본주의의 산업화가 가져온 계급사회에서 살고 있는 한 인간은 '친절'하고 선해질 수가 없다. 때문에 시의 화자는 투쟁이 불가피함을 자각하고 새로운 시어를 다짐한다. 그런데 이 다짐은 시의 화자 개인의 내적 결심이 아니라, 연대감 속에서 이루어진 공동의 결의이다. 차가운 회색빛의 콘크리트 건물들로 이루어진 황량한 산업도시에서의 메마른 인간생활과 무질서로 인하여 "우리"는 인간을 원만하고 인간적으로 만드는 서정성과 자연에 대해서 얘기하지 않기로 결단을 내린다. 또한 그들은 인식의 혼란이나 감정의 낭비를 초래하기 쉬운 언어도 거절한다. 향기로운 시어와 아름다운 이미지들은 인간의 이성을 마비시켜 버리고 현실의 거짓된 질서를 정상적인 것으

---

195) Vgl. J. Knopf: a.a.O., S. 29f.

로 만들어 버리기 때문이다. "우리"는 기존의 언어가 아닌 새로운 언어로 일상 깊숙이까지 파고들어 온 자본의 논리에 맞서고자 한다. 언어를 무기로 현실의 자본주의의 이데올로기에 직접 대항하겠다고, 시대의 무질서를 드러내겠다고 공포한다. "우리"는 유대감으로 능동적인 실천을 약속한 것이다. 그럼에도 시의 어조는 전투적 격렬함 없이 차분하다. 이러한 어조는 자본주의의 이데올로기를 수용한 나치즘의 선전선동적인 왜곡된 언어 사용에 대한 치열한 대결의식에서 비롯하는 지도 모른다. 브레히트의 초기시가 "다의적인vieldeutig"[196] 반면에 망명기의 시는 그 자신이 『스벤보르 시집』에 대해 "더욱 일면적einseitiger"(GBA 26, 323)이라고 쓰고 있는 것처럼 "정확하고 '단순한' 표현",[197] 즉 건조한 경제어로 묘사하고 있다. 이데올로기로 무장한 언어가 현실을 왜곡시킨다는 결론에 이른 브레히트는 현실의 제 모순에 대한 시적 대응으로 언어형식의 변화를 시도한 것이다. 따라서 그는 모든 미사여구를 생략하고 절제된 언어와 정제된 문장으로 현실을 서술하였다.

브레히트는 사실 "현명하고 싶었고/ (……) 세상 싸움에서 벗어나서 짧은 세월을/ 두려움 없이 보내고/ 폭력도 없이 지내고/ 악을 선으로 갚는"(GBA 12, 86)것을 갈망하였다고 고백하며, '인간이 인간을 이용'하는 "혼돈의 시대"가 우리의 "표정을 일그러뜨렸"고 우리의 "목소리를 쉬게"하였다 (Ebd., 87)고 깊은 상처를 토로하기도 한다. 그러나 도덕성에서 비롯한 민중에 대한 강한 책임의식으로 그는 1935년 파리에서 개최된 '제 1차 문화보호를 위

---

196) Ebd., S. 114.

197) Ebd.

한 국제 작가회합'에서 "인간이 구제되면 문화가 구제된다"고 피력하면서 "악의 뿌리는 사유재산관계들이다"고 주장한다.(GBA 22, 145) 결론적으로 그는 "동료들이여, 우리 사유재산의 관계들에 대해 토론합시다."(Ebd., 146)라고 연대감을 호소하며 반자본주의 투쟁이 곧 반파시즘 투쟁임을 밝히고 자신의 문학 강령을 극명히 하였다. 자본가와 노동자의 계급대립이 해체되고 "인간이 인간을 돕는" 시대가 될 때까지 낭만적인 풍광, 평화로운 일상의 모습, 감각의 향유, 인간을 원만하고 인간적으로 만드는 모든 것은 잠시 물러나 있어야 한다. 브레히트는 명백한 목표-"사회주의"-를 지향하며[198] 확실한 신념으로 "꽃피는 사과나무에 대한 감동"을 미래로 유보한다.

III. 맺는말

지금까지 브레히트의 정치의식이 자연을 보는 그의 시각을 어떻게 규정하고 그것이 어떻게 시로 형상화되는 지를 덴마크 망명시절의 자연을 소재로 한 시를 중심으로 살펴보았다.

망명자 브레히트는 "일없이 자연 속에 머물면서 사람들은 쉽게 병적인 상태에 빠지며, 열병과도 같은 그 무엇에 사로잡히게 된다"(GBA 18, 436)는 것을 자각하며 덴마크의 전원적이고 한적한

---

198) Ebd., S. 89f.

섬에서 반 파시즘적 투쟁을 다짐하고 창작활동을 멈추지 않았다. 따라서 그는 자신을 둘러싸고 있는 자연을 현실로부터의 도피처나 은둔처로 생각하지 않았으며 진행되고 있는 사회, 역사적 발전과정을 드러내는 데 이용하였다. 다시 말하면, 그는 자연에 내재된 모순과 폭력에 시대상황을, 즉 히틀러의 침략전쟁을 투영시켰고 그럼으로써 왜곡된 현실을 보여주었다. 명백한 현실의 인식을 위하여 그는 변증법을 이용하였으며 불규칙한 리듬의 무운시의 형식을 취하였다. 이는 시적 대상을 서사화해 시가 긴장감과 균형감각을 유지함으로써 독자가 시에 몰입하지 않고 스스로 결론을 창출해내도록 유도하는 기법이다. 시어의 선택에 있어서도 나치즘의 선전선동적인 언어사용에 저항하여 브레히트는 설명이 필요 없을 정도의 단순하고 구체적인 언어와 사적 감정의 제어로 정제된 문장을 구사하였다.

이후의 망명시절에 생성된 자연을 소재로 한 시들에서도 브레히트는 변함없는 기법으로 시대적 정황을 보여준다. 미국 망명시기의 『작업일지』에 쓰여 있는 글귀는 그의 일상적인 행위가 정치의식과 얼마나 밀접히 연관되어 있는가를 입증 한다.

내가 즐겨하는 것은 정원에 물 주는 일이다. 기이한 일이다. 정치의식은 얼마나 이 일상적인 일들에 영향을 끼치는가. 잔디의 한 부분이 간과될 수도 있다는 우려는 어디서 나오는가. 저기 있는 작은 식물은 아무 것도 받지 못하거나, 덜 받을 수 있다. 저기 있는 고목은 돌봐지지 않을 수도 있다. 그는 너무 강하게 보이기 때문이다. 그리고 잡초든 아니든 초록인 것은 물을 필요로 한다. 우리는 정원에 물을 주기 시작하면서 비로소 지상에 있는 많은 푸른 것들

을 발견할 수 있다.(GBA 27, 130)

화초 곁에 기생하기 때문에 물을 주지 않고 뽑아 버리는 잡초까지도 브레히트는 물을 주며 그 생명성을 존중하였다. 인간에게 유익한 식물을 해치는 잡초의 폐해보다는 생명 자체에 비중을 두고 있는 것이다. 이는 시인의 생명 사랑을 읽을 수 있는 언급으로 햇빛을 제대로 받지 못하여 열매를 맺지 못하는, 즉 본분을 다하지 못하고 있는 「자두나무」(GBA 12, 21)를 옹호하는 것과 마찬가지로 폭력적인 지배체제에 눌려있는 민중을 보호하고자 하는 의도로 치환될 수 있다. 얼어붙어 가는 어린 살구나무를 보호해 주는 일, 어부들의 찢어진 어망과 구부정한 허리를 한 40세의 소작인 처가 눈에 띄는 것도 같은 맥락에 있다. 이처럼 브레히트는 자연을 예리한 의식으로 보았으며 사회적, 역사적 현실을 제시하지 않는 미적체험을 인정하지 않았다. 그래서 그는 '서정시를 쓰기 힘든 시대'라고 말한다. 그럼에도 사실 그의 시들은 우리의 감성까지도 건드리는 정서로 넘친다. 즉 그의 시는 서정성과 치열한 사회성이 결합, 일체화되어 있다.

참 고 문 헌

1차 문헌

Brecht, Bertolt: Werke. Große kommentierte Berliner und Frankfurter Ausgabe (=GBA) in 30 Bänden, Hrsg. v. Werner Hecht, Jan Knopf, Werner Mittenzwei und Klaus-Detlef Müller, Frankfurt a. Main 1988ff.

2차 문헌

박 영구: 흔들리는 사람에게. 브레히트 망명시집, 서울 (한마당) 1993.
Bödeker, Peter: Das Ende der Naturlyrik? Brechts Gedichte über das Verhältnis von Natur und Gesellschaft, In: Norbert Mecklenburg (Hg.): Naturlyrik und Gesellschaft, Stuttgart 1977, S. 163-178.
Bohnert, Christiane: Brechts Lyrik im Kontext. Zyklen und Exil, Königstein/Ts. 1982.
Engberg, Harald: Brecht auf Fünen. Exil in Dänemark 1933-1939, Wuppertal 1974.
Haupt, Jürgen: Natur und Lyrik. Naturbeziehungen im 20. Jahrhundert, Stuttgart 1983, S. 135-162
Knopf, Jan: Bertolt Brecht. Ein kritischer Forschungsbericht. Fragwürdiges in der Brecht-Forschung, Frankfurt a. M. 1974.
______ Brecht-Handbuch. Lyrik, Prosa, Schriften. Eine Ästhetik der Widersprüche, Stuttgart 1986.
Mennemeier, Franz Norbert: Bertolt Brechts Lyrik. Aspekte. Tendenzen,

Düsseldorf 1982.

Mittenzwei, Werner: Das Leben des Bertolt Brecht, Bd.I-II, Frankfurt a. Main 1987.

Schwarz, Peter Paul: Lyrik und Zeitgeschichte. Brechts Gedichte über das Exil und späte Lyrik. Heidelberg 1978.

미국 망명초기의 브레히트와 시

I. 들어가는 말

나치의 눈을 피하여 망명길에 올라야만 했던 브레히트는 "귀향을 기다리며 가능한 한 국경 근처에"[199] 머무르고자 했음에도 불구하고 히틀러의 손이 뻗치지 않는 곳을 찾아 여기저기 옮겨 다녀야만 했다. 1933년 2월 베를린을 떠난 그의 운명의 발자취는 프라하, 비인, 취리히, 파리, 런던으로 이어진다. 이후 브레히트는 덴마크의 퓌넨Fünen 섬에 정착하여 무려 6년을 보낸다. 히틀러의 힘이 그 곳에까지 미치자 유럽의 마지막 보루였던 핀란드에서 1년을 머무른 뒤 그는 다시 소련을 거쳐서 보다 안전한 미국으로 향하게 된다. 폐결핵을 앓고 있는 마르가레테 슈테핀을 소련에 남겨둔 채 브레히트는 가족과 루트 베를라우와 함께 블라디보스토크 항에서

---

199) Brecht: Große kommentierte Berliner und Frankfurter Ausgabe (=GBA), Hrsg. v. Werner Hecht, Jan Knopf, Werner Mittenzwei und Klaus-Detlef Müller, Bd. 12 (Gedichte 2), Frankfurt a. Main 1988, S. 81.

미국행 배에 몸을 싣는다. 하지만 이미 블라디보스토크 행 기차에서 접한 작업동료이자 애인인 마르가레테 슈테핀의 사망과 미국 도착 즉시 전해들은 친구 발터 벤야민의 자살 소식은 그를 좌절시킨다. 뿐만 아니라 자유롭게 창작활동을 할 수 있고 희곡을 무대에 올릴 수 있다고 생각했던 미국생활은 그에게 예상 밖으로 큰 충격을 주었으며, 나날이 확장되어 가는 히틀러의 세력은 곧 돌아가리라 믿었던 귀향에 대한 희망을 접어두게 한다.

브레히트의 모든 시의 창작동기가 현실에서 비롯하고, 대부분의 경우 그의 정치의식이 밑바탕에 깔려 있듯이, 미국 망명시기에 생성된 시들 역시 6년간의 미국생활의 경험과 심적 고통과 시대의식을 고스란히 담고 있다. 좀더 설명하면, 그의 시에는 자신이 겪은 고통이 주관적이고 사적인 체험에 머무르지 않고, 그 고통이 시대에 의해 매개된 것으로서 서술되고 있다. 즉 그의 고통의 원인이 되고 있는 시대의 모순이 동시에 묘사되어 있는 것이다. 이런 의미에서 그의 시는 "기록문서적인 가치"[200]를 지니고 있다고 할 수 있다. 브레히트는 시의 기록적 가치를 강조하였는데[201], 이는 시에 진정한 현실을 구체적이고 냉철하게 기록함으로써 독자가 시대의 모습을 인식할 수 있도록 하려는 의도에서이다. 브레히트는 "개인의 문제뿐만 아니라 시대의 총체적인 문제"[202]를 명료한 시어와

---

200) 이 승진: 브레히트 시론. 시 장르의 확대. S. 302, in: 세계의 문학 66호 ('92 겨울호), S. 284-314.

201) "Alle großen Gedichte haben den Wert von Dokumenten". In: Brecht: Über Lyrik (=ÜL), Hrsg. v. Elisabeth Hauptmann und Rosemarie Hill, Frankfurt a. Main 1971, S. 9

202) J. Knopf: Brecht-Handbuch. Lyrik, Prosa, Schriften, Bd.2, Stuttgart 1986, S. 10

간결한 문체로 "불규칙한 리듬의 무운시 Reimlose Lyrik mit unregelmäßigen Rhythmen"[203]에 논리정연하게 담아냈다.

이 글에서는 브레히트의 미국 망명시기의 현실과 아픔을 당시에 탄생된 몇 편의 시를 통하여 고찰해 보고자 한다. 이를 위해 먼저 브레히트의 시가 의지하고 있는 당시의 생활환경과 배경을 살펴보자.

Ⅱ. 생경한 환경

1941년 7월 21일 브레히트는 가족과 함께 할리우드에서 5마일 떨어진 로스앤젤레스의 주변 도시 산타모니카에 자리를 잡는다. 당시 할리우드는 시나리오를 써서 생계를 유지하려는 독일 망명자들이 가장 선호하는 집결지였다[204] 물론 그동안 망명지의 전전으로 가진 것이 없었던 브레히트로서는 다른 지역을 선택할 여지가 없었으며, 망명 온 옛 친구들 - 작가 리온 포이히트 방어 Lion Feucht wanger, 배우 페터 로레Peter Lorre, 배우 알렉산더 그라나흐 Allexander Granach 등 - 이 미리 마련해 놓은, 브레히트의 취향과는 달리 "지나치게 예쁜zu hübsch"(AJ. 01.08.41)[205] 집에 세 들어

---

203) Brecht: ÜL., S. 77ff.

204) Vgl. P. P. Schwarz: Lyrik und Zeitgeschichte, Brechts Gedichte über das Exil und späte Lyrik, Heidelberg 1978, S. 79

205) Brecht: Arbeitsjournal (=AJ.): Bd. I, 1938-1942, Bd. II 1942-1955, Hrsg. v. Werner Hecht, Frankfurt a. Main 1973.

야만 했다. 또한 그는 할리우드를 축으로 하여 살고 있는 다른 망
명객들과 교제를 가질 수 있으리라 기대했었다. 그러나 그 곳은 브
레히트가 청년시절부터 꿈꾸어왔던, 자유분방한 이미지의 대표적
도시로서 자신의 예술을 마음껏 펼칠 수 있으리라고 기대했던 당초
의 도시가 결코 아니었다. 유럽에서 극작가로서 명성을 얻고 있던
브레히트를 이곳에서는 알아주는 이가 없었으며, 그는 숱한 망명객
중의 한 사람에 불과할 뿐이었다. 따라서 자신의 희곡을 상연할 수
있으리라는 기대는 허물어지고 이곳 문화를 지배하다시피 하고 있
는 영화 산업계에도 쉽게 발을 붙이지 못한다. 또한 이국땅이기에
모국어를 마음껏 사용할 수 없다는 사실도 언어를 매체로 살아가고
있는 작가에게는 대단한 상심이며 서러움이었다. 유럽과는 전혀 다
른 환경, 즉 고도의 자본주의의 나라에서 브레히트가 받은 충격과
문화쇼크는 이루 형용할 수 없을 정도였다. 이제 그는 점차 이 사
회의 비판자가 되어간다. 유럽 국가에서의 망명시절에 브레히트는
한 번도 그의 망명 국가에 대해 비판을 가한 적이 없었다. 오히려
그는 여러 편의 시에서 환상세계를 펼치며 그의 망명 체험을 역사
화 시키려고 하였다.[206] 덧붙여 말하면 문학사에 등장하는 위대한
망명자들과 조국으로부터 추방된 자들 - 호머, 단테, 이백, 두보, 루
크레츠와 하이네 - 을 명명하며 자신의 처지를 그들과 빗대면서 위
안을 구하려 하였다.[207] 그러나 브레히트는 미국의 황금만능주의
사고방식과 생활 자체를 역겨워하며 자신을 한없이 불행으로 몰고

---

206) Vgl. J. K. Lyon: Bertolt Brecht in Amerika, Frankfurt a. Main 1984,
　　 S. 59.
207) Vgl. Brecht: GBA., Bd. 14 (Gedichte 4), S. 256.

간 이 나라 사람들의 문화를 사회비판으로 치환한다. 망명 이후 줄곧 가져온 생각이긴 하지만 특히 이 시기는 이 사회 환경으로 인하여 시대의 희생자라는 생각이 더욱 강했던 것 같다. 작업일지에 실려 있는 다음의 내용은 당시 그의 심정을 표출한다.

> 그 어떤 곳에서도 적당주의의 관람장인 이곳에서보다 나의 삶이 힘든 곳은 없었다.(AJ. 01.08.41)

관람장Schauhaus이란 브레히트의 예술관과는 무관한 오로지 상업성만이 판을 치는 할리우드를 말한다. 이러한 표현은 할리우드에 대한 그의 경멸감을 단적으로 드러낸다. 미국인들의 생활을 내면으로 증오하고 환멸을 느꼈을 뿐 작품다운 작품을 생산해내지도 못한 채 의미 없는 나날을 보내고 있는 자신에 대해 "마치 타이티 섬에 있는 것처럼 야자수와 예술가들 사이에 앉아있다"[208]고 자탄한다. 브레히트는 자신의 무력감에 분노하고 "시대를 벗어나 있다"(AJ. 09.08.41)는 고립감 속으로 빠져든다. 그는 진지함도 안정감도 찾아볼 수 없는 미국인들을 "유랑민"이라고 야유하며 그들의 무반성적 삶이 엄청난 무질서를 자초한다고 여겼다.(AJ. 04.10.41) 또한 경제적 궁핍에 압박받고, 순전히 밥벌이를 위해서 작품을 써야한다는 사실이 참을 수 없이 그를 우울하게 했다. 뿐만 아니라 이곳의 자연환경이 그의 우울을 더욱 자극시켰다. 생경한 캘리포니아 기후가 그를 더욱 답답하게 하였던 것이다. 사계절이 뚜렷한 변화 없이 지속되고, 겨울이나 여름이나 밤낮의 길이가 거의 비슷한

---

208) Brecht: Briefe. Hrsg. v. Günter Glaeser, Frankfurt a. Main 1981, S. 435.

지루한 날들. 거기다가 무취의 공기는 집안에서나 정원에서나 아침이나 저녁이나 마찬가지다.(AJ. 21.01.42) 주변을 둘러보면 도로변 화단에는 자동분무기로부터 쉴 새 없이 값비싼 물이 뿜어지고 있었다.(ebd) 만약 이 기계가 갑자기 멈춘다면 어떻게 될 것인가. 풍광은 살아 숨쉬는 자연이 아니며, 황폐한 땅 위에 인위적으로 만들어져 있는 것이다. 가공의 자연은 자연과 일치한 것이 아니라 오히려 자연에 위배되는 것[209]으로 언젠가는 소멸될 것이라는 것이 그의 생각이었다. 브레히트는 심지어 하늘과 나무들마저도 분장된 것으로[210] 캘리포니아의 화원이나 농장들도 철저히 계산된 것으로 여겼다. 정물화 같은 자연과 자본주의의 경제원칙을 내면화한 이 사회의 사람들은 각자 자신의 가격을 지니고 있는 듯하다. 1942년 1월 21일자 작업일지에는 그의 날카로운 시각이 메모되어 있다.

모든 것은 마치 진열장 뒤에 있는 것 같다. 그리고 나는 무의식 중에 모든 구릉들과 모든 레몬나무에서 작은 가격 판을 찾는다. 사람들은 이 가격 판을 인간들에게서도 찾는다.

자연의 숨결을 마음껏 들이 마시며 살아갈 수 없는 이 도시에서 브레히트는 인간의 품위는커녕 인간적인 목소리조차 맛볼 수 없었다. 이 견딜 수 없는 자본주의 사회에서의 생활과 생산적인 창작 활동이 불가능함에 대한 한탄과 우울한 심정이 미국 망명 초기의 작업일지와 편지를 메우고 있다.

---

209) Vgl. J. Knopf: a.a.O., S. 147.

210) Brecht: Gesammelte Werke (=GW.) 20, Schriften zur Politik und Gesellschaft, Frankfurt a. Main 1967, S. 298.

Ⅲ. 친구의 죽음

스페인 국경에서의 발터 벤야민의 자살은 브레히트를 절망감으로 치닫게 했으며, 폐결핵 때문에 모스크바에 두고 온 여동료 마르가레테 슈테핀의 죽음은 그를 자책으로 시달리게 했다.

가라앉는 배에서 도망쳐서, 가라앉는 배로 올라타면서
- 아직 새 배는 전혀 보이지 않는다 -, 나는 적는다.
한 작은 종이에 더 이상 내 주변에 있지 않은
이들의 이름들을.
노동자계급 출신의 작은 여 스승인
마르가레테 슈테핀. 학습 중에
도망에 지쳐서
허약해졌고 죽게 되었다.
또한 많은 것을 알고 있으며 새로움을 추구한
저항자 발터 벤야민도 나를 떠났다.
넘을 수 없는 국경에서
추적에 지쳐서 쓰러져버렸다.
그는 더 이상 잠에서 깨어나지 않았다.

Flüchtend vom sinkenden Schiff, besteigend ein sinkendes
- Noch ist in Sicht kein neues -, notiere ich
Auf einem kleinen Zettel die Namen derer
Die nicht mehr um mich sind.
Kleine Lehrerin aus der Arbeiterschaft
MARGARETTE STEFFIN. Mitten im Lehrkurs

Erschöpft von der Flucht
Hinsiechte und starb die Weise.
So auch verließ mich der Widersprecher
Vieles Wissende, neues Suchende
WALTER BEJAMIN. An der unübertretbaren Grenze
Müde der Verfolgung, legte er sich nieder.
Nicht mehr aus dem Schlaf erwachte er.(1941, GBA. Bd.15, S. 43)

이 시구는 끊임없는 추적과 도피에 지쳐 사라져간 가까웠던 인물들의 이름을 나열한 「사인(死人) 명부Die Verlustliste」의 일부이다. 시는 이들의 죽음을 통하여 히틀러의 세력확장과 망명자들의 절망적인 운명을 나타내고 있다. 8년을 쫓겨 다니다가 미국으로 미처 도피하지 못하고 스페인 국경에 갇혀 좌절한 채 삶을 포기해 버린 벤야민은 브레히트 시에 대한 천재적인 주석자이면서 문학에 정통하고 변증법에 뛰어난 훌륭한 대화파트너였다.[211]

슈테핀은 브레히트의 작품에 대하여 질문을 제기하고 비판을 가하기도 한 그의 "스승이자 제자"였으며 늘 그의 작업에 촉진제가 되었었다. 만약 그녀가 살아있었다면 풍부한 예술성에도 불구하고 미국인들에게는 생소한 그의 고안들과 작품들을 아주 재치 있게 능률적으로 중재했을 것이리라[212]는 생각으로 브레히트는 "사막으로 들어선 바로 이 순간에 나는 나의 지도자를 빼앗겼다"(AJ.01.08.41)고 절규한다. 이 슬픔의 고통은 상당히 지속되어 그녀가 세상을 떠난 지 1년이 지난 후에도 그녀의 죽음에 대한 죄

---

211) Vgl. P. P. Schwarz: a.a.O., S. 82.
212) Vgl. W. Mittenzwei: Das Leben des Bertolt Brecht, Bd. II, Frankfurt
    a. Main 1987, S. 15.

책감과 그리움에 사로잡혀 있음을 그는 토로한다.

> 나는 아무 것도 하지 않았다. 그레테를 잃었다는 상심을 극복하
> 기 위해서 아무 것도 하지 않을 것이다.(AJ. 30.06.42)

망명지에서 독자와 단절된 채 생활하고 있는 탓으로 자신의 시에 대해 어떤 반향도, 비평도 접할 수 없는 시인은 그의 정치시가 사회적 효용성이 없다는 것을 이미 핀란드의 망명시기부터 깨닫고 있었으며, 이에 따라 자신이 시인으로서 히틀러의 침략전쟁하에서 어떤 의미를 지니고 있으며 어떤 역할을 하고 있는지에 대해 자문하고 있었던 터라 그의 괴로움은 더욱 증폭되었다.

브레히트는 시의 "사용가치Gebrauchswert"213)를 확신하였다. 즉 그는 독자가 시를 읽는 작업을 통하여 스스로 현실을 직시하고 시대문제를 파악할 수 있다고 믿었다. 때문에 시는 구체적인 언어로 명료하게 표현되어 따로 해설을 필요로 하지 않도록 단순해야 한다는 것이 그의 견해였으며, 그러기 위해서는 시인은 시어를 세심하게 선택해야 하고 시인 개인의 순수한 감정만을 표현해서는 안 되고 관찰한 바를 객관적이고 사실적으로 묘사하여야한다는 것이었다. 그럼으로써 시는 "감정과 오성이 완전한 조화 Gefühl und Verstand völlig im Einklang"214)를 이루는 이성적이고 논리적인 시가 되고 시를 읽는 사람은 시를 수동적으로 수용하는 것이 아니라 거리를 갖고 바라다봄으로써 행간에 들어있는 무엇인가를 읽어

---

213) "…… gerade Lyrik muß zweifellos etwas sein, was man ohne weiteres auf den Gebrauchswert untersuchen können muß.". In: Brecht: ÜL., S. 8.

214) Brecht: Ebd. S. 29

내야 한다고 주장하였다. 다시 말하면 관찰과 분석의 산물인 시가 우리의 현실을 냉철하게 철저히 담아낼 때에 독자로 하여금 시대의 모습을 비판적으로 보게 하는 교육적 기능을 갖게 된다는 것이다. 시가 현실의 모순을 드러내 보여줄 때, 시는 생명력을 갖게 되며 "유용성 Nützlichkeit"을 지니게 되기 때문이다. 브레히트는 특히 망명시기에 탄생된 시들에서는 절실한 내용을 정제된 문장으로 설득력 있게 보여준다. 예를 들면 자신의 일부를 잃어버린 듯 한 상실감을 토로하는 시임에도 불구하고 브레히트는 표면적으로는 단순히 건조한 보고체의 형식으로 비감을 숨기고 있다.

　　나의 장군은 전사했다.
　　나의 병사는 전사했다.

　　나의 학생이 사라졌다.
　　나의 선생이 가버렸다.(1-4행) 215)

　마르가레테 슈테핀을 기리는 위의 시구가 보여주고 있는 것처럼 그는 아주 절제된 수사법을 통하여 치명적인 상처에 대해 사사로운 감정을 직접 드러내지 않고 진술에 가깝게 기술하고 있다.216) 시는 대조와 반복의 기법으로 슈테핀이 브레히트에게 어떤 의미를 지녔었는지를 알린다. 명령자이면서도 복종자였고 배우면서도 동

---

215) MEIN GENERAL IST GEFALLEN/Mein Soldat ist gefallen/ Mein Schüler ist weggegangen/Mein Lehrer ist weggegangen.(1941, GBA. Bd. 15, S. 42.)

216) Vgl. N. F. Mennemeier: Bertolt Brechts Lyrik. Aspekte. Tendenzen, Düsseldorf 1982, S. 205.

시에 가르치는 자, 즉 둘의 관계는 상호 교환적이다. 문학을 '의사소통'의 수단, 달리 표현하면 대화와 토론의 결과를 미학적으로 양식화한 산물로 보는 시인에게 토론의 상대자가 사라졌다는 것은 창작활동의 의미를 잃게 하고 시인의 존재 자체를 흔들리게 할 만큼 큰 타격이다. 그럼에도 시는 대상을 객체화하여 균형감각을 잃지 않고 긴장감을 유지하고 있다. 또한 병렬적이고 평행한 구조 속에서 반복적 울림으로 리듬감을 주며 동시에 이로써 진한 외로움과 아픔을 점층 시킨다. 슈테핀을 열망하는 다른 시에서도 미국사회에서 안정을 찾지 못하고 서성이고 있는 처절한 심정을 여실히 보여주고 있으면서도 개인적인 감정을 너무 많이 드러내지 않는다. 그는 익명의 화자 뒤에 숨어 있거나 자신과 표출된 감정 사이를 오가며 시적 어조를 조종한다.[217] 그래서 라이온은 "브레히트에게 시를 쓴다는 것은 엘리엇의 경우처럼 감정으로부터의 도피이다"[218]고 말하기도 한다. 일반적으로 주변 인물들에 의해 브레히트는 독특한 개성과 기이한 면을 지닌 인물로 극히 사무적이고 냉정하다는 평을 받았으며, 인간적인 정이 없거나 남을 돕지 않는 것이 아니었지만 감정표현에 인색했고 모든 인간관계를 그의 작업을 위하여 이용하였다. 그리고 이러한 인간관계, 즉 작업동료이면서 인생의 동반자이기도 한 관계가 그에게는 충분히 생산적이었기에 그를 만족시켰다. 때문에 이 관계들을 위의 시에서처럼 객관화하기가 쉬웠는지도 모른다.[219] 따라서 슈테핀의 죽음이 그 무엇으

---

217) Vgl. J. K. Lyon: a.a.O., S. 281f.
218) Ebd.
219) Vgl. N. F. Mennemeier: a.a.O., S. 205.

로도 대체할 수 없는 견디기 힘든 아픔임을 제시하고 있는 아주 사적인 시 「나의 여 동료 M.S.의 죽음 후Nach dem Tod meiner Mitarbeiterin M. S」에서조차도 감정을 제어하고 있으며 마지막 연에서는 오히려 수치스러움으로 치환하고 있다.[220]

작은 스승, 네가 죽은 이후로
나는 방향을 잃고 안정을 찾지 못하고
끔찍한 세상에서 놀란 채
마치 해고자처럼 하는 일없이 헤매고 있다.

모든 이방인처럼
공장으로의 출입이
나에게 금지되어 있다.

나는 거리와 도로변의 화단들을 본다.
이제 너무나 낯설어져 버린 하루의 시간들,
그래서 나는 그들을 다시는 알지 못한다.

고향에
갈 수 없다: 나는 부끄럽다.
해고되었고
불행 속에 있다는 것이.

Seit du gestorben bist, kleine Lehrerin
Gehe ich blicklos herum, ruhelos
In einer grauen Welt staunend

---

220) Vgl. ebd.

Ohne Beschäftigung wie ein Entlassener.

Verboten
Ist mir der Zutritt zur Werkstatt, wie
Allen Fremden.

Die Straßen sehe ich und die Anlagen
Nunmehr zu ungewohnten Tageszeiten, so
Kenne ich sie kaum wieder,

Heim
Kann ich nicht gehen: ich schäme mich
Daß ich entlassen bin und
im Unglück.(1941, GBA. Bd. 15, S. 45)

덴마크의 스벤보르 망명지에서 생산적인 작업의 촉매작용을 했던 슈테핀의 죽음은 시인을 비틀거리게 하고 방향을 잃게 한다. 그는 영화 메트로폴리스의 "꿈의 공장Traumfabrik"에서 일할 기회를 얻지 못하고 있으며, 인간다운 삶을 영위하고 있는 것이 아니라, 인위적이고 생경한 거리정경 속에서 이방인으로서 겨우 생을 이어가고 있을 뿐이다. '일벌레'인 브레히트가 작업을 하고 있지 않다는 것은 자신에게조차도 낯설다. 그는 넋을 잃고 있는 자신이 부끄럽다고 고백한다. 자신이 처해 있는 내적, 외적 정황을 진솔하게 보여주고 있는 이 시에서도 역시 브레히트는 차분하고 잔잔한 외형적 표현과 응축된 언어로 슬픔을 감추고 있다.

Ⅳ. 할리우드

브레히트는 4행시 「할리우드 Hollywood」에서도 망명객으로서 극단에 달해 있는 고립감을 담담하게 표출하고 있다.

매일 아침, 밥벌이를 위하여
나는 시장으로 간다, 거짓이 팔리는 곳으로.
희망에 부풀어
나는 장사꾼들 사이에 끼어든다.

Jeden Morgen, mein Brot zu verdienen
Gehe ich auf den Markt, wo Lügen gekauft werden.
Hoffnungsvoll
Reihe ich mich ein zwischen die Verkäufer.(1942, GBA. Bd. 12, S. 122f.)

예술성과는 무관하게 단지 장사를 위해서 만들어진 작품들을 파는 욕망의 전시장에 대한 경멸감을 가지고 있으면서도 이에 동참하여 재주를 행상할 수밖에 없었던 명망 있는 유럽예술가의 수치감과 자기비하감이 깃들어 있다. 특히 '희망에 부풀어'라고 역설적으로 표현함으로써 자신에 대한 강한 빈정거림이 엿보인다. 브레히트에게 이 도시는 허위의 세계이며 자본주의 사회에 유용한 인물들, 이 사회의 통념에 순응하는 사람들만이 인간취급을 받는 사회이다. 이들에게는 이 도시가 바로 천국이다. 반면에 공허감과 고립감을 숨기며 생계의 유지를 위해서 이에 참여해야 함을 비탄하고 있는 이들에게 이 도시는 지옥인 것이다. 브레히트는 이를 1941년의 시 「지옥을 생각하며Nachdenkend über die Hölle」(GBA. Bd. 15, S. 46)에서 이 지옥이 바로 로스앤젤레스라고 밝히고 있으며, 1942년에 쓴 「할리우드의 비가 Hollywood-Elegien」[221]에서는 할리우드의 상업성과 예술가의 비애를 더욱 구체적으로 적나라하게 드러낸다.

1
할리우드 마을은 이곳 사람들이 상상하는
천국을 본떠서 설계되었다. 이곳의
사람들은 산출했다. 신은
천국과 지옥이 필요했지만
두 곳의 거주지를 조성할 필요는 없었고
단 한 곳, 즉 천국만을 만들었다고. 이 천국은
가진 것 없고 성공하지 못한 사람들에게는
지옥에 불과하다.

2
바닷가에는 석유 시추 탑들이 서 있다. 골짜기에는
금 세광부들의 유골이 잿빛으로 널려 있다. 그들의

---

221) 비가의 특징은 서정적인 '내'가 애달픈 비탄의 감정으로 과거를 회상한다. 그러나 브레히트가 비가라고 칭한 할리우드 비가는 말하는 '내'가 없이 현재를 직접 진술하고 있다. 다시 말하면 할리우드와 할리우드를 포함한 로스앤젤레스에서의 그의 참담한 현실을 묘사하고 있다. 그럼에도 브레히트가 비가라고 일컫고 있는 - 괴테의 비가와 비교하면 장르를 나타내고 있는 - 이 제목은 단지 파로디적인 표현으로 볼 수 있다. 이 비가는 근본적으로 비탄의 분위기가 짙게 깔려있으면서도 풍자적인 어조로 되어있기 때문이다: Vgl. Brecht: GBA. Bd. 12, S. 400 / Knopf: a.a.O., S. 153/ Mennemeier: a.a.O., S. 206.

아들들이
할리우드의 꿈의 공장들을 건설했다.
그 네 개의 도시[222]는
영화필름의
기름 냄새로 가득 차 있다.

3
로스앤젤레스의 천사들은
미소 짓는 일에 지쳐 있다. 밤이 되면
천사들은 과일시장 뒷골목에서 절망한 채
섹스 냄새를 풍기는
작은 향수병을 판다.

4
푸르른 후추나무 아래서
음악가들은 두 사람씩
작가들과 서로 짝을 지어 몸을 판다. 바흐는
매춘 사중주곡을 한 작품 확보하고 있고, 단테는
말라빠진 엉덩이를 흔들어 댄다.[223]

1
Das Dorf Hollywood ist entworfen nach den Vorstellungen
Die man hierorts vom Himmel hat. Hierorts

---

222) 네 개의 도시는 로스앤젤레스를 이루는 네 도시, 베벌리 힐스, 산타모니
    카, 잉글우드, 원래의 로스앤젤레스를 말한다.

223) 이 시의 번역은 전반적으로 박영구의 번역과 일치하나, 필자는 첫째 연에
    있는 그의 번역 "…… ist entworfen 세워졌다"를 "설계되었다"로 "hat
    …… ausgerechnet 고려했다"를 "산출했다"로 수정하였다. Vgl. 박영구 :
    흔들리는 사람에게 - 브레히트 망명시집, 서울 (한마당), 1993, S. 179f.

Hat man ausgerechnet, daß Gott
Himmel und Hölle benötigend, nicht zwei
Etablissements zu entwerfen brauchte, sondern
Nur ein einziges, nämlich den Himmel. Dieser
Dient für die Unbemittelten, Erfolglosen
Als Hölle.

2

Am Meer stehen die Öltürme. In den Schluchten
Bleichen die Gebeine der Goldwäscher. Ihre Söhne
Haben die Traumfabriken von Hollywood gebaut.
Die vier Städte
sind erfüllt von dem Ölgeruch
Der Filme.

3

Die Engel von Los Angeles
Sind müde vom Lächeln. Am Abend
Kaufen sie hinter den Obstmärkten
Verzweifelt kleine Fläschchen
Mit Geschlechtsgeruch.

4

Unter den grünen Pfefferbäumen
Gehen die Musiker auf den Strich, zwei und zwei
Mit den Schreibern. Bach
Hat ein Strichquartett im Täschchen. Dante schwenkt
Den dürren Hintern.(1942, GBA. Bd.12, S. 115)

이 시는 독립적인 연들이 할리우드를 매체로 연결되어 있다. 보충하여 말하면 시의 개개의 연들이 각각 매듭을 짓고 있음으로써 습관적이고 수동적으로 시 속에 빨려들어 가지 못하도록 독자에게 제동을 건다. 이때 독자는 연과 연 사이에서 잠시 숙고하게 된다. 즉 독자가 일정한 거리를 유지하고 응시함으로써 현실 속의 모순을 볼 수 있게 된다. 시는 시인이 보는 할리우드의 전체적인 모습에서 나타나는 상업성과 소유에 의한 상승욕구에 대한 통렬한 비판이 집약되어 있다. 또한 그 안에서 생활하고 있는 실패한 예술가의 상황을 사실대로 그려내고 있다. 시의 화자는 진술의 뒤에 숨어서 감정을 직접 드러내지 않음으로써 진술의 내용이 객관성을 획득하게 한다.

브레히트는 첫째 연에서 할리우드가 어떤 곳인지를 밝힌다. 할리우드 마을은 이곳 사람들이 꿈꾸는 천국을 본떠서 만들어졌다. 따라서 이는 지상의 천국이 된다. 이때에 브레히트는 "설계하다 entwerfen"라든가 "산출하다 ausrechnen"라는 건축학적이고 수학적인 시어를 선택함으로써 전면에 전혀 드러나 있지 않는 일반적인 상상들의 배후에는 치밀하게 계획을 세우는 두뇌들이 존재하고 있음을 폭로한다.[224] 이 두뇌들은 천국과 지옥, 두 곳을 따로 형성할 필요가 없다고 판단하였다. 위와 아래, 상층과 하층의 계층적 차이는 인간사회에서 저절로 이루어지게 되는 것이다. 왜냐하면 상층과 하층이라는 사회적 대립은 각자 자신에게 책임이 있기 때문이다.[225] 비인간적인 자본주의의 경제원칙이 적용되는 이 사회

---

224) Vgl. D. Tiele: Von der Prosa zur Elegie, S. 57. In: Lutz Winckler: Antifaschistische Literatur, Bd. 3, Königstein/Ts. 1979, S. 34-62.

에 적응한 성공지향적인 인물들에게 이곳은 천국이고, 그렇지 못한 자들에게는 지옥이며, 이는 결국 개인의 책임이다. 즉 기독교가 말하는 지옥에서 도덕적인 죄의 대가가 치러지는 것과 마찬가지로 여기서의 지옥은 자신의 무능력의 대가인 것이다.[226] 이 사회는 인간 개개인의 행복을 추구하는 것이 아니라 고통의 책임을 한 개인에게 전가시키는 이데올로기가 지배하고 있다. 금을 발굴한 자들에게 이곳은 천국이었으며, 금이 더 이상 채굴되지 않게 되자 이곳에서는 석유라는 새로운 금이 나왔다. 캘리포니아 해안에서 석유의 발굴과 채취에 혈안이 된 것은 금을 채굴하는 것과 마찬가지로 부(富)에 대한 욕망의 표현이다. 그리고 이것은 영화산업과 관련을 가지고 있는데, 영화의 재료들은 석유의 산물로부터 생산되기 때문이다. 이 석유 덕분에 "신산업시대에 어울리는 꿈"[227]의 새로운 산물이 공장에서 대량으로 생산되었고, 이는 지속적인 물질적 풍요를 가져왔다. 자본의 축적에 열을 올리는 금세광부들의 후손들이 "꿈의 공장"을 세웠다는 것은 영화예술이 부(富)와 행운의 놀이의 수단이 된다는 것을 의미한다.[228] 이들이 만든 예술은 행운을 잡는, 벼락부자가 되는 지름길이고 아름다운 사람들이 등장하여 풍요롭고 아름다운 삶이 펼쳐지는 이 생산물은 안락한 삶에 대한 꿈을 실현시켜 주는 수단이 되었다. 따라서 이 생산물은

---

225) Vgl. ebd.

226) Vgl. ebd.

227) J. Knopf: a.a.O., S. 154.

228) Vgl. Größere Vermögen bringen die Träume vom Glück /Die man hier auf Zelluloid schreibt.(8연, 3-4행) 넷째 연 다음에 계속되어 있는 연들은 시의 해석에 대한 길잡이가 된다.

이제 할리우드의 새로운 "생필품"229)이다. 그러나 꿈의 공장에서의 대량생산으로 인하여 영화예술의 질이 저하되는 것은 자명하다. 미학적인 면들이 고려되지 않고 상품화에만 관심을 기울이고 있는 할리우드의 영화계를 브레히트는 폭로하고 있다. 동시에 그는 영화에서 보여주는 낭만적인 삶은 이 경쟁사회에서는 그야말로 허망한 '꿈'에 불과하며, 현실의 생활은 다음 연에서 묘사되어 있는 천사들의 미소처럼 가짜웃음으로 도포되어 있음을 암시한다. 정신적 가치는 경시되고 육체적 안락만이 일반적 가치가 되어버린 이곳 도시들은 영화필름의 기름 냄새로 뒤덮여 있다. 셋째 연에서 브레히트는 "꿈의 공장"의 아름다운 인간들을 이 도시명에 상응하는 천사라고 일컫는다.230) 할리우드 영화계의 여성들이 이 그룹에 속한다.231) 이들은 근본적인 생계 수단이 되어버린 영화중심지에서 "이중적인 매춘"232)에 의해서 생활하고 있다. 덧붙이면 상업성만이 지배하고 있는 이곳에서의 예술행위를 브레히트는 '매춘'이라고 여기는데, 지상의 천사들은 웃음과 예술을 팔고 있는 것이다. 이들의 영광의 지속은 자신의 미를 얼마나 오랫동안 보존하느냐에 달려있다.233) 이 사실을 천사들도 알고 있지만 자본주의의 늪 속에서 헤어나지 못하고 체념한 채 만면에 미소를 띠고서 매춘을 계속한다. 하지만 반지성적이고 무반성적인 사회분위기와 성의 상품화가 지배하는 현실에서는 이들만을 성공한 사람으로 대우한다.

---

229) J. Knopf: a.a.O., S. 154.

230) Vgl. ebd.

231) Vgl. D. Tiele: a.a.O., S. 56.

232) J. Knopf: a.a.O., S. 54.

233) Vgl. D. Tiele: a.a.O., S. 56.

넷째 연에서 브레히트는 예술가의 경우도 마찬가지라고 말한다. 음악가와 작가가 짝을 지어 거리로 나간다는 것은 천사가 매춘하는 것과 다를 바가 없는 일이다. 몸을 팔기 위해서 작곡가는 사중주곡 대신에 매춘 사중주곡을 지니고 있다. 여기서 몸을 판다는 것은 지식인이 자신의 정신적인 산물을 행상해야 함을 암시한다. 바흐와 단테라는 이름으로써 브레히트는 이전에 비교적 자유롭게 문필활동을 했던 이들이 닦아왔던 기반을 상실하고 이제는 날품팔이 지식인이 되어버린 할리우드에 살고 있는, 망명한 예술가들의 고통을 나타내고 있다.[234] 특히 브레히트는 이 자조 어린 상징으로써 절친한 친구이며 작곡가인 아이슬러와 자신의 불구적 상황을 고백하고 있다.[235] 예술가로서 자유를 누리려는 자, 즉 상품화에 관계치 않고 작품의 예술성을 지니려는 자는 이곳에서의 실패를 감수해야 한다. 그럼으로써 그런 자는 생계를 위협받거나 예술가로서 면모를 잃고 말며, 그들에게 이 도시는 지옥이 된다.

V. 맺는말

위에서 다룬 몇 편의 시는 '일벌레'인 브레히트가 미국망명 시기에 남긴 시의 양에 비하면 극히 일부에 지나지 않는다. 그는 반자

---

234) Vgl. ebd. S. 55.
235) Vgl. Brecht: GBA., Bd. 12, S. 402.

본주의적인 시뿐만 아니라 숱한 반파시즘적인 시를 남겼다. 하지만 이 시기에 생성된 시 전반을 다루는 것은 광범위한 주제이라 이 글에서는 미국 망명 초기의 시로 국한하여 그의 망명생활을 살펴보았다.

자본주의에 대한 투쟁을 곧 파시즘과의 투쟁으로 여겼던[236] 브레히트에게 자본주의의 본산지인 미국에서의 망명생활은 그의 일생에서 가장 어려운 고통의 시기였다. 예술성과는 무관하게 작품을 평가하는 상업성, 인간의 얼굴마저도 값이 매겨져 있는 듯한 상품화 된 사회, 이용가치만을 내면화하고 있는 허위세계에서의 망명생활은 지상의 '지옥'에서의 생활이었다. 브레히트의 모든 작품이 현실에 창작동기를 두고 있듯이, 이 시기의 시들 역시 자신의 투쟁의 대상이었던 자본주의 사회에서의 사적인 체험을 시화한 것이다. 하지만 그의 시들은 주관적인 심정적 차원을 넘어서서 시대상황과 사회모습을 여실히 보여준다. 특히 앞에서 살펴보았던 「할리우드 비가」는 할리우드의 진정한 모습을 선명히 들춰내고 있다. 이 시는 마치 할리우드의 발전사 및 부(富)의 축적과정을 미학화한 정보서라는 느낌을 준다.

브레히트의 미국 망명생활은 마지막까지 유쾌하지 못했다. 공산주의에 지대한 관심을 가졌던 이유로 늘 연방수사국 (FBI)의 감시 하에 있었던 그는 전쟁이 끝난 직후에는 반미행위위원회 (HUAC)에서 반미활동에 대한 조사를 받아야만 했다. 히틀러의 전쟁은 이미 종말을 고했음에도 미국 망명 6년 동안 나름대로 어느 정도 기반을 확보하고 있어서 브레히트는 이 역겹고도 증오스러운 할리우드를

---

236) Vgl. Brecht: GW. 20, S. 188f.

서둘러 떠나고자 하지 않았다. 그러나 이 사건은 끔찍한 할리우드 주변에서의 생활을 마침내 청산하게 하는 계기가 되었다. 1947년 10월 30일에 심문을 받은 그는 31일 파리행 비행기에 올랐다.

브레히트는 미국에서 시인으로서도 극작가로서도 영예를 얻지 못했다. 그가 망명기간 내내 노력했고 소망했던 브로드웨이에서의 공연은 미국을 떠날 때까지 이루어지지 않았고, 그의 여러 편의 시가 번역되긴 했으나 시들을 발표할 출판사를 찾지 못했으며 타자기로 씌어진 「망명시기의 시들」은 사진 복사되어 발표되어야만 했었다.237) 하지만 그는 레이널과 히치코크 (Reynal & Hitchcock) 출판사에서 편찬한 『엄선된 시들Selected Poems』에 시인으로서 인정되고 있다.238) 브레히트는 미국을 떠난 지 10년 이상이 지난 후에야, 그러니까 타계 후부터 그는 유명한 극작가로서 극 이론가로서 시인으로서 미국에서 본격적으로 학계에서뿐만 아니라 현장에서도 깊이 연구되어 오고 있다. 더욱 주목할 만한 점은 미국에서 '국제 브레히트 학회'가 확고한 자리를 잡고 있으며, 시카고 대학에 의해 편찬된 백과사전 '브리태니커'는 저명한 미국 극작가 오닐에게 단지 4면만을 할애하고 있는 반면에 브레히트는 6면에 걸쳐 싣고 있으며 독일 망명객으로서 미국에서 황태자의 대접을 받았던 토마스 만에게도 5면만을 할당하고 있다.239)

---

237) Vgl. H. Engberg: Brecht auf Fünen. Exil in Dänemark, Wuppertal 1974, S. 252.

238) Vgl. ebd.

239) J. Schäfer: Brecht und Amerika. S. 201f, in: Helmut Koopmann und Theo Stammen (Hrsg.): Bertolt Brecht-Aspekte seines Werkes, Spuren seiner Wirkung, München 1983.

참 고 문 헌

1차 문헌

Brecht, Bertolt: Große kommentierte Berliner und Frankfurter Ausgabe (=GBA), Hrsg. v. Werner Hecht, Jan Knopf, Werner Mittenzwei und Klaus-Detlef Müller, Bd. 12 -15 (Gedichte 2-5), Frankfurt a. Main 1988ff.

-------------: Gesammelte Werke (=GW.) 20. Schriften zur Politik und Gesellschaft. Hrsg. v. Suhrkamp Verlag in Zusammenarbeit mit Elisabeth Hauptmann, Frankfurt a. Main 1967.

-------------: Briefe. Hrsg. v. Günter Glaeser, Frankfurt a. Main 1981.

-------------: Arbeitsjournal (=AJ.) Bd. I 1938-1942, Bd. II 1942-1956, Frankfurt a. Main 1973.

-------------: Über Lyrik (=ÜL), Hrsg. v. Elisabeth Hauptmann und Rosemarie Hill, Frankfurt a. Main 1971.

2차 문헌

박영구: 흔들리는 사람에게. 브레히트 망명시집, 한마당, 1993.

이승진: 브레히트 시론. 시 장르의 확대. 실린 곳: 세계의 문학 66호 ('92 겨울호), S. 284-314.

Engberg, Harald: Brecht auf Fünen. Exil in Dänemark 1933-1939, Wuppertal 1974.

Knopf, Jan: Brecht-Handbuch. Lyrik, Prosa, Schriften. Eine Ästhetik der Widersprüche, Stuttgart 1986.

Lyon, James K.: Bertolt Brecht in Amerika. Frankfurt a. Main 1984.

Marsch, Edgar: Brecht-Kommentar zum lyrischen Werk. München 1974.

Mennemeier, Franz Norbert: Bertolt Brechts Lyrik. Aspekte. Tendenzen, Düsseldorf 1982.

Mittenzwei, Werner: Das Leben des Bertolt Brecht, Bd.I-II, Frankfurt a. Main 1987.

Schäfer, Jürgen: Brecht und Amerika, in: Helmut Koopmann und Theo Stammen (Hrsg.): Bertolt Brecht – Aspekte seines Werkes, Spuren seiner Wirkung, München 1983, S. 201-218.

Schwarz, Peter Paul: Lyrik und Zeitgeschichte. Brechts Gedichte über das Exil und späte Lyrik. Heidelberg 1978.

전후 사회의 궁핍과 피폐

Ⅰ. 들어가는 말

전후문학이라 함은 세계대전을 소재로 하거나 배경으로 삼은 작품뿐만 아니라 세계대전 직후의 문화적 풍토를 담은 소설이라 할 수 있을 것이다. 독일의 전후문학은 2차 세계대전에서 패배한 독일의 현실, 즉 정신적으로 물질적으로 완전히 폐허가 된 상태를 반영하여 '폐허문학'이라 지칭하고 있다. 시기적으로는 종전 후의 10여년을 가리키고 있으며, 이를 주도한 작가군은 1947년 새로운 문학을 형성해보자는 의도에서 젊은 작가들이 주축이 되어 창설된 47그룹이다. 47그룹을 통해서 등단한 전후세대의 대표적인 작가가 하인리히 뵐이다.

제 2차 세계대전에 참전하였던 하인리히 뵐은 특히 이 시대체험을 문학적으로 형상화 하였다. 그러나 그는 이를 개인적 차원에 국한시키지 않고 사회적인 문제와 동시대인의 문제로 영역을 넓혀

작품에 수용하고 있다. 따라서 그의 문학은 그 시대의 기록물이라고 해도 지나침이 없다.

특히 뵐은 하찮은 소시민의 일상이 전쟁의 영향으로 인해 파괴되었을 때 그들의 삶의 모습이 어떻게 변하는지, 또 이들이 현실에 어떻게 대응하는지를 구체적으로 보여준다. 그러니까 뵐이 문제 삼고 있는 것은 국가와 체제 또는 이데올로기가 아니라 개인의 생존적인 고통이다. 그의 관심은 사회의 횡포에 대한 개인의 고통에 있지, 그 원인을 밝히거나 어떤 체제나 제도, 이데올로기의 모순을 들추어내는 데 있지 않다. 그에게는 전쟁과 체제, 제도 자체가 악이다. 이념과 조직과 숱한 서류뭉치가 선량한 인간을 억압하고 학대하기 때문이다. 그래서 뵐은 익명의 힘 또는 집단의 폭력이 저지르는 횡포와 잔인성이 어떤 것인가를 생생하게 보여주면서 그 밑에서 신음하는 초라한 소시민의 처절한 모습을 그대로 드러낸다. 그 소시민들은 강한 신념을 지니고 있지도 않고 적극적인 저항의식이나 대결의 태세도 갖추고 있지 못하다. 이들은 울분과 저주를 삭이며 살아갈 뿐이다.

또한 뵐은 궁핍의 문제를 치열하게 다루면서도 계급대립에서 오는 경제적 착취관계를 드러낸 프롤레타리아문학으로 빠지지 않는데, 이는 그의 문학이 이데올로기를 내세우지도 격정적인 언어를 쏟아내지도 않으며 근본적으로 휴머니즘에 그 뿌리를 두고 있기 때문이다. 전쟁이 직접적인 배경이 된 소설에서도 전쟁의 원인을 캐묻고 논리적으로 분석하기보다는 단순히 전쟁의 비정함과 잔인함을 폭로하고 인간의 존엄을 강조하는 휴머니즘에 바탕을 두고 있다.

또한 뵐은 서구에서 당대의 문학과 담론의 대상이었던 실존주의에 젖어들지 않고 현실을 절제된 언어로 객관적이고 사실적으로 담아낸다. 뵐의 작품은 얼핏 보기에는 실존적, 허무주의적인 분위기를 지니고 있다. 그러나 이는 의욕을 상실할 수밖에 없는 시대적·역사적 상황에 의한 자연스러운 표출이다. 작중인물들이 한결같이 가슴 속에 품고 있는 무기력과 절망감은 매우 분명하고 구체적인 정치적 사회적 배경을 가지고 있고, 그것의 영향은 근본적으로 라인지방의 가톨릭 환경과 밀접히 연관되어 있다. 그들은 결코 존재 자체에 의문을 갖지 않는다. 더구나 작가는 암울한 사회 환경에도 불구하고 꿋꿋하게 살아갈 수 있도록 그의 주인공들에게 따뜻한 시선을 보내어 위로하고 용기를 준다. 때문에 그들이 절망하고 좌절할지라도 늘 희미한 희망을 가지고서 삶에 재도전한다.

뵐은 독일에서 1947년부터 작가생활을 시작하여 50년대에 여러 단편과 장편을 발표함으로써 작가로서의 자리를 굳혀갔다. 특히 전후의 궁핍상과 사회의 사물화현상으로 인한 가치관의 전도와 인간의 변질 그리고 이 사회를 동조하는 교회를 적나라하게 보여주고 있는 1953년의 장편소설 『그리고 아무 말도 하지 않았다』는 작가로서 성공을 다지게 한 작품이다.

그러나 뵐이 가장 선호하는 장르는 단편이다. 1961년과 1967년에 쓴 한 글에서 그는 "단편이 가장 매력적이고, 가장 아름다운 장르"라고 적고 있다. 또한 10년이 지난 후에도 그는 여전히 자신을 타고난 단편작가라고 여겼다. 그러나 사실상 그의 대부분의 단편은 1955년 전에 집필된 것이고, 가장 중요한 단편집은 1950년에 출판된 『나그네여, 슈파로 …… 가는가』이다. 이러한 점에서 볼 때도 뷜은 전후시대의 대표적인 작가라 할 수 있다. 전쟁 직후의 독일 문학을 지배하고 있던 장르가 단편이기 때문이다. 뷜은 당시를 회고하며 "그것은 시대풍조였으며, 그 시대에 상응하는 표현방식이었을 뿐만 아니라, 45년 이후 독일에서 필요로 하는 문학의 모델적인 성격에도 일치하는 장르였다"고 말한다. 전쟁 후 폐허가 되어버린 독일에는 모든 물자가 부족한 상황이었는데, 종이 역시 충분치 않아 단편소설을 썼던 것이다. 뷜의 숱한 단편소설에는 전쟁에 대한 환멸, 죽음과 절망, 살아남은 사람들의 무의욕, 무력감, 무관심, 비참한 환경, 기회주의자와 인간성 상실이 주제가 되고 있다. 예를 들어보면 「장사는 장사다」, 「나의 슬픈 얼굴」, 「우편엽서」, 「다리에서」, 「암흑 속에서」, 「드룽과의 재회」, 「식사당번」, 「사절」, 「이별」, 「페퇴키의 주점」, 「어린이들도 시민이다」, 「X에서의 체류」 등이다.

이 글에서는 뷜의 단편소설의 백미인 「장사는 장사다」를 살펴보겠다.

Ⅱ. 「장사는 장사다」

뷜의 「장사는 장사다 Geschäft ist Geschäft」는 1950년에 발표된 일인칭 독백소설이다. 소설은 이름 없는 한 귀향병이 과자와 담배를 이제 당당히 합법적으로 팔고 있는 암상인이자 옛 동료였던 에른스트를 보는 장면으로 시작한다. 그는 전쟁 시에 운명을 같이했고 전쟁이 끝난 직후에도 우정을 나누었던 '나'의 지우이다. 그때에 그는 친절했고 인정이 있었으며 그와 '나'는 그야말로 막역한 사이였었다.

암시장의 시대가 지나고 새로운 시대를 향해 달려가고 있는 사람들 속에서 아직도 전쟁의 상흔을 벗어나지 못하고 있는 '나'는 지난 시절을 "그때"로 표현한다. 그 때는 제2차 세계대전과 그 직후의 암시장의 시대 1945~1948년을 말한다.[240] 덧붙여 설명하면 그때는 화폐개혁 이전이고 내가 옛 친구를 본 오늘은 화폐개혁 이후로 암흑기를 벗어나기 시작하는 시기이다. '나'는 매번 "그때 damals"와 "지금 jetzt"이라는 시간부사의 대비를 통하여 그 동안의 변화와 단절을 표출한다. '나'는 그때에 연대감을 가졌던 이들, 전쟁에서 함께 했던 이들과 '우리'라고 표현함으로써 여전히 그들과 일체감 속에 있다. 그러나 대부분의 사람들은 아무 일도 없었던 것처럼 이전의 자기 자리로 되돌아갔고 모든 것은 정리 정돈되었다. 사람들은 전쟁이라는 전차에서 평화라는 전차로 아주 쉽고도 빨리 바꿔 타버렸다.[241] 암거래 물품이던 것들은 제재에서 풀려 합법적이고도 자유롭게 거래된다. "초콜릿, 사탕, 담배, 모두 판매!"를 외치고 있는 옛 동료 에른스트의 얼굴은 이미 윤기가 흐른다. "그의 얼굴은 이제 규칙적으로 고기를 먹는 사람이 갖는 그러한 얼굴을 하고 있고", 번화한 네거리에 통나무로 된 노점을 소유

---

240) Vgl. R. Hirschenauer/A. Weber (Hrsg.): Interpretationen zu Böll, München 1976, S. 94.

241) Vgl. ebd.

하고 있다.(560)[242] 점포는 편안한 느낌을 주도록 멋지고 하얗게 도색되어 있고 비와 추위를 막기 위해 튼튼하게 갓 만든 함석지붕으로 덮여 있다.

밀매하던 암상인의 오명을 벗고 "그는 이제 떳떳해져서" 장사수완을 발휘하고 있다. 오늘 '내'가 그를 보고 아는 체를 하자, "무슨 말씀이십니까?"하고 그는 전혀 처음 보는 사람을 대하듯 정중하게 예의를 갖춘다. 경제력이 지배하는 사회에서 '에너지'도 '능력'도 없이 절망에 절어 있는 초라한 행색의 남자는 그에게 도움이 되지 않는다. 자본주의 사회에서 인간관계는 이용가치에 따라 결정되기 때문이다. 그럼으로써 사람들의 인간관계는 사물의 관계로 추락하고 돈의 양이 점점 더 유일하고도 강한 특성이 되어 간다.[243] 가치관이 변한 사회, 아주 갑자기 등을 돌린 사람들 속에서 말없이 혼자 서있는 '나'는 생각한다.

사람은 돈을 가지고 있어야 한다. 그것을 무시할 수 없다. 계량기가 있고 전등이 있다. 물론 가끔 빛이 필요해서 전등을 켠다. 그러면 돈이 위에 전구로부터 흘러나간다. 빛이 필요하지 않을지라도 지불해야만 한다. 계량기가 있다. 아무튼 집세가 문제다.(562)

사람이 쉴 수 있는 공간을 생각하자 '나'의 외로움은 더욱 고조된다. '나'의 "집에는 언제나 돈을 받으려는 사람들이 밀려든다. 집세를 받으려고 온 안주인, 전기세를 받으러 온 남자." 그들은 '내'

---

242) Böll: Werke. Romane und Erzählungen. Bd. I. Köln/Wien. 1987. 이하 텍스트의 인용은 이에 의하며 쪽수만 본문의 ( ) 안에 표시한다.

243) Vgl. E. Fromm: Gesamtausgabe.. Bd. IX.. Stuttgart 1980, S. 70.

가 할 수 없는 것을 요구할 뿐이지, '내'가 내적 위기를 극복하는
데 필요한 따뜻한 위로의 말이나 용기를 북돋아 주는 위안은 해주
지 않는다. '내'가 그들과 공유하고 있는 것은 단지 비참했던 전쟁
체험과 굶주림에 고통 받을 때에 서로 도왔던 하찮은 일들뿐이다.
다른 사람들은 기억 속에서 이미 지워버린 사실들을 그는 되새기
면서 변화한 사회에 동참하지 못하고 문밖에서 바라보고 있다. 이
처럼 인간성이 살아 있었던 과거에 대한 지향은 그의 반사회적인
인식을 드러낸다. 개인은 사회적인 강요에 반항하고 자신의 정체성
을 지키려고 노력함으로써만이 항상 진정 살아있는 개체가 될 수
있을 것이다.

> 이제 직업이 있어야만 한다. 그들이 그렇게 말한다. 그때에 그들
> 모두는 직업은 필요치 않고 단지 군인만이 필요하다고 말했다. 그
> 런데 이제 직업이 있어야 한다고 그들은 말한다. 아주 갑자기.(561)

뷜은 여러 작품에서 익명의 힘들을 단순히 그들로 표현하는데,
여기서도 '나'는 분명한 명칭 없이 매번 "그들", "사람들" 또는 "그
것"이란 대명사를 사용하고 있다. 이러한 비개인적인 대명사의 표
현은 독자에게 익명성을 더욱 강화시키는 역할을 한다. 그들은 얼
굴도 이름도 없고 단일화되어 있지도 않으며 자기들끼리만 의견을
교환한다.244) 소설에서 그들은 의사일 수도 있고 기업인 또는 관청
일 수도 있으며 믿을 수 없고 이해할 수 없는 "여론"이기도 하
다.245) 이 여론은 몇 년 후에는 조용히 흔적도 없이 사라져 버린

---

244) Vgl. R. Hirschenauer/A. Weber (Hrsg.): a.a.O., S. 99.

다. 이 속성을 파악한 '나'는 지배하고 있는 여론을 무심하게 중얼
거릴 뿐이지, 나 스스로 직업을 가져야겠다고 다짐하지 않는다. 이
전에 '나'의 희망은 상인이 되는 것이었다. 그런데 지금은 의욕상실
증에 걸려 있다. "나는 확실히 망가졌어. 너무 오랫동안 전쟁에 참
여 했어"(561)라고 스스로가 인정하듯이 전쟁의 상처가 '나'의 모
든 기력을 앗아가 버렸다. 요컨대 "전쟁이 인간에게 입힌 상처는
불치"[246]인 것이다. '내'가 전쟁에서 받은 또 다른 충격은 무의미한
노동과 시간과 자본의 의미 없는 투자이다. 다리와 건물을 오랜 시
간과 자본을 투자해서 건립한 후에 적군의 진군을 막는다는 이유
에서 불과 몇 분이 지나지 않아 파괴시킨다.[247] 이를 명백히 체험
했고 기억하고 있는 사람이 어떻게 과거를 잊어버리는 사회와 동
화할 수 있겠는가? 곧 파괴시켜 버릴 한 채의 건물을 짓고 다리를
세우는 데 얼마나 많은 시간이 걸리는지 '나'는 계산해본다. 그러면
서 "무엇 때문에 일을 해? (……) 무의미한 일이야"라고 단정한다.
무의미함에 대한 이러한 깨달음이 그를 과거의 기억을 지우려는
사회와 융화하지 못하게 한다.[248] '나'의 태도는 전쟁으로 인한 "우
리 세계의 파괴는 (……) 사람들이 추측하듯 몇 년 후에 회복시킬
수 있는 성질의 것이 아니라는 점을 기억시키는 일이 전후세대의
과업이다"[249]는 뵐의 말을 연상시킨다. 극복되지 않은 과거를 잊을

---

245) Vgl. ebd.

246) Böll: Essayistische Schriften und Reden (=ESR), Bd. 2, Köln 1979, S. 35.

247) 뵐은 전쟁의 부조리한 경영으로 인하여 인력과 시간과 국가의 재정이 낭
     비되고 있음을 『아담, 너 어디에 있었느냐?』와 『9시 반의 당구』에서 더
     욱 구체적으로 서술한다.

248) Vgl. R. Hirschenauer/A. Weber (Hrsg.): a.a.O., S. 99.

수 없음은 뵐의 작품에 지속적으로 나타나는 주제 중의 하나이다. 그의 주인공들은 청산되지 않은 과거를 잊을 수도 없고 잊으려 하지도 않는다.

'나'는 전쟁에서 도둑질을 배웠다. 지금도 '나'는 가끔 석탄, 땔감, 빵을 훔친다. 언젠가 지하실에 살 때는 갈탄을 훔치다가 들킨 적이 있다. 다음날 신문에 "귀향병의 비참"이라는 기사가 실렸다. 그럼에도 '나'는 양심의 가책을 느낄 수 없었고 지금의 도둑질에 대해서도 반성하지 않는다. 그의 사회적 도덕관은 다른 사람들이 지금 가지고 있는 것과 다르기 때문이다.[250] 대부분의 사람들은 시민 자본주의의 도덕관을 내면화하고 있고 이 도덕관을 지침으로 삼아 비인간적인 사회 상황을 유지하고 있으며 관료 독점자본주의에 충실히 복종하고 있다. 이러한 도덕성은 "돈의 이성"[251]에 의해 존재하고 그 생명을 유지해 간다. 요컨대 돈은 후기 자본주의의 사회에서 불가능한 것도 가능하게 하는 "가시적인 신"이다.[252] 뵐은 이를 다음과 같이 표현한 적이 있다.

당신이 무엇인가를 가졌다면 당신은 무엇인가이다.[253]

이 짧은 소설을 통해 뵐은 가치관이 전도된 사회, 내면의 혼돈 속에서 외적인 질서로 치장한 사회를 폭로하고 있다.

---

249) Böll: ESR, Bd. 2, S. 35.
250) Vgl. R. Hirschenauer/A. Weber (Hrsg.): a.a.O., S. 99.
251) Böll: Werke. Romane und Erzählungen, Bd. II. Köln/Wien 1987, S. 1026.
252) H. Schulz: Gesellschaftskritik und Realismus in der westdeutschen humanistischen Literatur, Diss., Ost-Berlin 1964, S. 244.
253) Böll: ESR, Bd. 1, S. 455.

Ⅲ. 맺는말

『장사는 장사다』의 '나'는 옛 친구가 5페니히가 부족한 채 사탕을 사려고 하는 한 꼬마를 가차 없이 쫓아 보내는 것을 보고 "장사는 장사지Geschäft ist Geschäft"(566)라고 시민 자본주의 사회에서 장사수완을 여지없이 발휘하고 사업능력을 축적하고자 하는 그를 이해하려고 한다. 그러면서도 옛일을 떠올리며 이전의 에른스트, 열린 마음으로 친절하고 남을 도울 줄 알았던 옛날의 에른스트가 훨씬 마음에 든다고 중얼거린다. 달리 표현하면 뵐은 상업성을 무조건적으로 비판하고 있지는 않으며 그의 관심은 오로지 인간미의 회복에 있다. "돈의 이성"이 인간의 이성을 지배하고 "욕망에 대한 만족이 삶의 의미가 되고 그에 대한 노력이 새로운 종교"[254]가 되어가는 사회를 자각시키기 위함이다. "사람이 인간으로서 가난해지면 가난해질수록 적대적인 본질을 강화하기 위해 점점 더 돈을 많이 필요로 한다."[255] 이 물질만능의 세계에 굴복해버리는 자는 인간의 중요한 특성을 상실하고 말기 때문에 작가는 이를 우려하고 있는 것이다.

---

254) E. Fromm: Gesamtausgabe. Bd. V, Stuttgart 1980, S. 405.
255) E. Fromm: Gesamtausgabe. Bd. IX, Stuttgart 1980, S. 70.

『카산드라』와 생태페미니즘

Ⅰ. 들어가는 말

크리스타 볼프Christa Wolf가 1983년에 발표한 『카산드라 Kassandra』는 1980년대에 쟁점이 되었던 '여성'과 '평화'라는 두 주제를 담고 있다.256) 1979년 브뤼셀에서 NATO가 이중조약을 결의한 이후,257) 동서 양 진영은 강력한 군사력만이 평화를 가져올 수 있다는 논리로 군비의 균형을 외치며 점점 더 무장화해 갔다. 그러자 독일의 작가들은 무장해제운동과 평화운동을 적극적으로 펼쳤다. 당시 크리스타 볼프 역시 이 운동에 참여하였으며 현대자본주의사회 속에 똬리를

---

256) Vgl. A. Stephan: Frieden, Frauen und Kassandra, In: Manfred Jurgensen (Hrsg.): Wolf. Darstellung-Deutung -Diskussion, Bern/München 1984, S. 162.

257) 소련이 1977년부터 신형 핵탄두중거리 미사일 (SS 20)을 동유럽에 배치하자, NATO는 1979년 브뤼셀에서 이중결의를 하였다. 이중결의란 퍼싱 II 중거리 미사일과 쿠르즈 미사일을 유럽에 배치시키고, 모스크바와 대화를 나누는 것이다.

틀고 있는 전쟁의 위험을 이렇게 우려하였다.

    각각 방어준비라 부르는 전쟁준비의 필요성을 내세우는 양측의 보도는 우리에게 충격을 주고 있습니다. 세계의 실상을 눈앞에 보고 있다는 것은 심리적으로 견디기 힘듭니다. 양측의 로켓 생산 속도에 상응하는 미칠 듯한 속도로 글을 쓰려는 동기가, 즉 무언가 영향을 미치겠다는 희망이 힘을 잃어갑니다.

    Die Nachrichten beider Seiten bombadieren uns mit der Notwendigkeit von Kriegsvorbereitungen, die auf beiden Seiten Verteidigungsvorbereitungen heißen. Sich den wirklichen Zustand der Welt vor Augen zu halten, ist psychisch unerträglich. In rasender Eile, die etwa der Geschwindigkeit der Raketenproduktion beider Seiten entspricht, verfällt die Schreibmotivation, jede Hoffnung, 'etwas zu bewirken'.[258]

또 다른 곳에서 볼프는 "평화의 정착보다 중요한 것은 아무 것도 없다"고 강력히 피력하며 "적자생존의 원칙이 지배하는 현대 산업사회에서 문학이야말로 끝까지 평화를 추구하는 학문"이라는[259] 것을 강조하였다. 따라서 그녀는 평화에 대한 희망을 추구하며 "우리 문명이 현재 처박혀 있는 모순의 뿌리를 더듬겠다"는[260] 데에 생각이 미친다. 그 결과물이 바로 소설 『카산드라』이다. 『카산드라』는 "전적으로 시대상황의 흔적 하에서 생겨난"[261]

---

258) Wolf: Dokumentation. In: German Quarterly 57 (1984), Nr. 1, S. 107.

259) Wolf: Die Dimension des Autors. Essays und Aufsätze, Reden und Gespräche, Darmstadt und Neuwied 1987, S 623.

260) Ebd., S. 930.

261) Ebd.

작품으로 우리의 문명사회, 즉 가부장적 남성사회와 그 사회에서 밀려난 여성들을 그리고 있다.

볼프는 현대 인류문명이 파멸로 치닫는 원인이 "본래Ursprung 로부터의 소외"에[262] 있다고 본다. 즉 그는 "사냥을 하기 위해 처음 무기를 발명하고 먹이를 놓고 경쟁하는 다른 그룹에 그 무기를 사용함으로써 그리고 모권사회 구조를 지닌 덜 효율적인 그룹이 가부장적이고 경제적으로 효율적인 그룹으로 넘어감으로써" 그리고 이 그룹의 "점점 더 많은 생산물을 얻으려는"[263] 욕망이 인류를 파멸의 지경에까지 몰고 왔다고 지적한다. 그러니까 현대 문명의 파괴성은 가부장제의 필연적 결과이며 이 남성들의 역사가 전쟁, 약탈, 기아, 성폭력, 생태계 파괴를 낳았다는 것이다. 가부장제의 남성들이 만든 문명과 문화와 경제체제가 자본주의의 사회이다. 그리고 이 사회의 경제는 여성의 가정에서의 무임금노동과 공장에서의 저임금노동에 의하여 발전해왔고 개발과 발전이라는 명목으로 자연을 정복하고 착취하면서 그의 발달에 박차를 가해왔다. 따라서 자연과 여성은 가부장적 자본주의에 의한 공동의 희생자이다. 볼프는 바로 이 약자의 입장, 즉 상처받고 객체가 되어 버린 여성의 입장에서 현대 문명사회의 문제를 바라본다. 요컨대 볼프는 소설에서 여성의 눈을 통해 인간 보편의 문제, 즉 인류의 문제를 이야기한다. 그러니까 볼프는 소설을 통해 인간과 인류의 문제를 보여주려는 것이지 남성과 여성의 대립을 드러내려는 것은 아니다.

---

262) M. Quernheim: Das moralische Ich. Kritische Studien zur Subjektwerdung in der Erzählprosa Christa Wolfs. Würzburg 1990, S. 270.

263) Wolf: Voraussetzungen einer Erzählung: Kassandra. Frankfurter Poetik - Vorlesungen. Darmstadt u. Neuwied 1983, S. 107f.

그래서 그는 정복과 착취의 장본인인 남성도 권력의 메커니즘 속에서 결국은 피해자일 수 있다는 점을 간과하지 않으며 부정적으로 여기는 여성들도 등장시킨다.[264] 궁극적으로 그는 지혜롭고 생명력 있는 남성과 여성을 내세워 양성이 화합하고 조화를 이루어 나가는 세계를 추구한다. 이 때 볼프의 소설은 생태페미니즘적인 관점에서 읽을 수 있는 토대가 마련된다. 생태페미니즘은 생태학과 페미니즘을 결합시킨 용어로서 서구의 물질문명이나 자본주의의 바탕이 되는 남성중심의 문화나 정치 및 가치관 등을 문제 삼고 그것에 대한 나름대로의 대안을 제시하고자 한다. 즉 "가부장적이며 자연 파괴적인 사회를 환경 친화적이며 부드러운 사회로 만들려는 시도를 보여주는 것"이다.[265]

요컨대 볼프는 『카산드라』에서 타자를 배려하고 인정하며 평화롭게 살아가는 한 공동체를 제시함으로써 가부장적 사회에서 전쟁 준비로 권력을 굳히는 남성지배의 모순을 지적하고 모든 생명체가 존중받는 사회를 그려내고 있다. 그러면 생태페미니즘적 관점에서 볼프의 『카산드라』를 고찰해보자.

---

264) 예컨대 모든 남성을 적으로 여기는 아마존의 여왕 펜테질리아와 마조히즘적인 폴릭세나와 같은 인물이다.

265) 김용민: 생태문학의 정의와 분류, 실린 곳: 『독일어문학』, 12집 (1999.12), S. 206.

Ⅱ. 『카산드라』 자세히 읽기

Ⅱ.1. 힘의 주체

알렉산더 슈테판은 동시대적 독일어권 문학에서 소설 『카산드라』만큼 전쟁의 언어적, 심리적, 지적인 전제조건들에 몰두한 적이 없다고 평가한다.[266]

가부장 사회의 남성들은 흔히 권력과 금력을 지속시키고 강화하기 위해 타인을 억압하고 사건을 조작해 나간다. 트로야의 남성 권력자들이 바로 이러한 방식으로 권력을 창출하고 유지해간다. 이들은 전쟁을 일으키기 위해 사전 작업을 꾸며 나가는데, 이는 언어조작에 의해 이루어진다. 그러니까 트로야의 왕권은 그리스로 배가 출항해야 함을 주장하고, 그때마다 국민들이 그리스에 대한 적대감을 키워 나가도록 부추긴다. 그럼으로써 왕권은 전쟁에 대한 명분을 마련한다.

먼저 트로야 정권이 매번 구실을 만들어 그리스로 배를 출항시키는 과정을 살펴보면 이러하다.

첫 번째 배는 새로 쌓은 성벽과 트로야 시의 안전여부를 그리스 사제 피티아에게 문의하고 신탁을 받아오기 위하여 그리스를 향하여 출항한다. 왕권은 첫 번째 배가 출항하기 전에 트로야 사람들을 동원하여 거대한 환송식을 치른다. 따라서 트로야 사람들은 첫 번째 배의 귀항을 크게 기대한다. 하지만 배의 출항의 배경에는

---

266) Vgl. A. Stephan: a.a.O., S.162.

다른 의도가 숨어 있다. 즉 그리스 연맹국들에 의해 경제적인 위협을 받고 있는 트로야가 헬레스폰트 항으로 가는 통로에 대한 관세를 협상하기 위함이었다. 배는 협상을 실패한 채 돌아온다. 그러자 왕권은 자의로 배와 함께 온 그리스 사제 판토스를 마치 노획물인 것처럼 트로야 사람들에게 선전한다. 이 왜곡된 여론형성에 궁정서기관들이 기여한다. 그들은 트로야 왕권의 이데올로기를 트로야 사람들에게 주입시키기 위해 언어조작을 감행한 것이다. 이 대목은 당시에 트로야가 경제력과 여왕의 권한이 약화되면서[267] 부권이 강화되고 있음을 보여준다.

두 번째 배는 스파르타에 체류 중인 왕의 누이 헤지오네를 데려오는 임무를 띤다. 배는 "왕의 누이가 아니면 죽음을Königsschwester oder den Tod!"[268]이라는 선동적인 구호를 외치며 출항하고 프리아모스 왕은 이 일을 자신의 명예와 관련시켜 그리스와의 자존심 대결로 비화시킨다. 이때 선동적인 구호는 사람들을 단결시키고 자신의 권리를 기꺼이 희생할 정도로까지 분위기를 조장한다. 하지만 두 번째 배는 헤지오네 커녕은 예언가 칼하스Kalchas마저 잃고 돌아온다. 그리스 예언가 칼하스가 트로야에 유리하게 예언한 것에 대한 책임추궁이 두려워 고향에 남아 버렸기 때문이다. 권력가들은 칼하스가 트로야에 머물 때 언제나 거짓예언을 강요하였었다. 그러나 궁정은 칼하스가 그리스에 볼모로 잡혀 있다고 사실을 조작하여 발표한다. 그럼으로써 그는 트로야 사람들에게 그리스에 대한 적대감을 고취

---

267) II.2. 밀려난 객체 참조.

268) Wolf: *Kassandra*, München 2000, S. 39. 이하 작품의 인용은 본문의 괄호 안에 쪽수만을 표시한다.

시키는 수단으로 이용된다. 이때에도 지배계층은 "진실의 유통"을 소수의 권력계층에 국한하고 언어를 정보의 "조작을 위한 수단"으로 전락시킨다.[269]

세 번째 배의 출항은 파리스 Paris와 얽혀있다. 파리스는 트로야를 멸망시킬 저주를 받고 태어났기 때문에 살해당해야 한다는 부권지지자들의 주장에 따라 살해당하게 되어 있었다. 하지만 그는 모권지지자에 의해 비밀리에 성장하였고 궁정으로 돌아와서 부권지지자들과 합세한다. 소외되어 있던 파리스는 그리스 메넬라오스 왕의 부인 헬레나를 납치하기로 계획한다. 그리고 이 기회를 오이멜로스가 이용한다. "하급 서기와 크레타 출신 여노예의 아들"인 오이멜로스는 파리스의 갑작스런 등장으로 인하여 트로야 사람들 사이에서 일어날 수 있는 소문을 재빨리 차단하여 왕의 명예를 지켜준다. 위기관리 능력을 인정받은 오이멜로스는 왕으로부터 "능력 있는 남자"라는 칭호를 받고 왕궁경비대의 책임자로 신분 상승한다. 이로써 그는 어전회의에 참석할 수 있는 권한을 갖고 국가의 중대사에 관여하며 자신의 입지를 확보해 나간다.

> 있어야 할 자리에 있는 유능한 남자. 그러나 그러한 자리를 스스로 만들어 냈다.
>
> Ein fähiger Mann am rechten platz. Doch hatten diesen Platz der Fähige für sich erfunden.(59)

뿐만 아니라 오이멜로스는 정신무장을 꾀하고 적의 이미지를 창출해간다. 예컨대 그는 그리스의 메넬라오스 왕이 트로야를 방문

---

269) M. Quernheim: a.a.O., S. 275f.

했을 때 그를 "손님"이라고 부르지 않고 "염탐자Kundschaft" 또는 "장래의 적der künftige Feind"이라고 부르게 한다. 이어서 오이멜로스는 왕의 보호를 받고 막대한 권한을 행사할 수 있는 "특별권한Sonderbefugnisse"을 획득한다.

오이멜로스는 지금까지 왕실의 구성원들과 관리들을 짓누르고 있던 보안의 그물을 온 트로야 위로 던졌다. 그것은 모든 사람을 겨냥했다. 성의 요새는 어둠이 깔려오면 차단되었다. 언제라도 그가 필요하다고 여기기만 하면 사람들이 가지고 다니는 모든 것에 대한 엄격한 검색이 실시되었다.

Er warf sein Sicherheitsnetz, das bisher die Mitglieder des Könighauses und die Beamtenschaft gedrosselt hatte, über ganz Troia, es bedarf nun jedermann. Die Zitadelle nach Einbruch der Dunkelheit gesperrt. Strenge Kontrollen alles dessen, was einer bei sich führte, wann immer Eumelos dies für geboten hielt.(107)

왕은 통치자로서 가부장적 체제를 공고히 하기 위해서 오이멜로스의 협조를 필요로 했다. 왕과 오이멜로스는 "서로를 필요로 하는 한 짝"(97)이 된 것이다. 조작은 또 다른 조작으로 이어지고 이를 감당하기 위해서 폭력을 낳고 무력의 사용으로 심화되어 간다. 따라서 오이멜로스는 체제와 조직에 내재되어 있는 부권사회의 고유한 요소, 즉 파괴력을 구현하고 있는 상징적 인물이라 하겠다.[270] 파리스의 전략은 실패하였으나 오이멜로스의 언어조작과 헛소문의 유포로 인하여 트로야 사람들은 파리스를 영웅으로 받든

---

270) R. Nicolai: Christa Wolf. *Kassandra*, Interpretation, München 1989, S. 70.

다. 그가 헤지오네의 '납치'에 맞서 헬레나의 납치로 보복했기 때문이다.[271]

그러나 그리스는 파리스가 이집트 왕에게 빼앗겨 버린, 트로야에는 없는 헬레나를 찾고자 한다. 따라서 전쟁은 불가피해진다. 하지만 트로야 사람들은 전쟁을 야기한 권력정치의 진정한 배후나 경제적인 이해관계에 대해서는 무지하다.[272]

전쟁은 트로야 권력자의 "언어규정die Sprachregelung"에 따라 "기습Überfall"으로 명명된다.(76) "기습"이라는 용어에는 피해자라는 의미가 내포되어 있다. 보충하면 이 언어에는 트로야가 나라를 방어하기 위해서 불가피하게 전쟁을 수행할 수밖에 없다는 "지배자의 기만적 책략"이[273] 내재되어 있다. 결국 선동된 국민들은 나라를 구하겠다는 의무감에 도취되고 희생물이 된다. 반면에 오이멜로스와 같은 인물은 영웅으로 칭송되어 역사를 엮어 나간다. 사이비 영웅들은 "오로지 승리"만을 공허하게 외치다가 국가를 멸망으로 몰고 간다. 그러니까 트로야 남성들의 권력지향성이 국가를 몰락시키는 원인이 된 것이다. 요컨대 남성들의 "소통이 없는 아집과 병적인 지배욕"[274]이 수직적 사회체제를 야기하고 일방통행적인 관료체제를 낳는다. 조작과 억압과 폭력으로 유지해가는 남성적 약육강식의 사회는 파멸을 향해 치닫기 마련이다. 결론적

---

271) 박설호: 유토피아 연구와 크리스타 볼프의 문학, 서울 (도서출판 개신) 2001, 222 쪽.

272) Vgl. M. Quernheim: a.a.O., S. 276.

273) Ch. Maisch: Ein Schmaler Streifen Zukunft, S. 76.

274) M. Quernheim: Ein schmaler Streifen Zukunft. Christa Wolfs Erzählung *Kassandra*, Würzburg 1990, S. 274.

으로 볼프는 이 트로야의 영웅들의 사고와 현대 산업사회의 가부장적 가치체계가 같은 선상에 있음을 드러내고 있다.

또한 그는 오이멜로스와 같은 인물들을 시대를 초월하여 계속 살아남을 수 있는, 그리고 자신의 생존과 권력의 유지를 위해서는 어떤 일도 감수하는 인간의 전형으로 묘사한다.

> 오이멜로스, 그 앞에 나[=카산드라]는 다시 섰다.(……) 무표정하고, 뻔뻔스럽고 개선의 여지가 없는 그 얼굴.(……) 그는 정말로 살아남았다. 그리고 그리스인들은 그를 필요로 할 것이다. 우리가 어디로 가든지, 그 인간은 이미 거기 와 있을 것이다. 그리하여 우리를 밟고 지나갈 것이다.(142)

가부장사회는 이러한 방식으로 유지되어 가고 문명과 진보라는 미명으로 확대되어 간다. 소설에는 다음과 같은 구절이 있다. "어떻게 인지는 모르나 그것[=새 시대, 즉 부권사회]은 모든 틈새를 통해 침입해 왔다. 우리 곁에서 그것은 오이멜로스란 이름을 달고 있었다." 즉 볼프는 오이멜로스의 이름을 인류를 위협하는 일체의 것을 대표하는 상징으로 사용하고 있다. 풍요와 진보를 보장한 현대기술문명은 삶의 터전을 파괴한 대가로 이루어진 것이다. "과도한 승리는 승리자 자신을 위협한다"는[275] 사실을 볼프는 인식시켜 주고 있다.

---

275) 이진우: 기술시대의 생명윤리, 실린 곳: 『문학과 사회』, 1996 봄.

Ⅱ.2. 밀려난 객체

소설에서 볼프는 바흐오펜과 톰슨 및 랑케 그라베스에 의지하여 그리스 신화의 뿌리는 전적으로 모권적 속성이었다는 견해를 펼친다.[276] 특히 랑케 그라베스는 모권시대의 종말을 기원 후 2세기경으로 본다.[277] 즉 그는 그리스인을 포함한 호전적인 종족의 침입 때에 모권적 사회형태와 여성신의 세계가 부계적 문화로 바뀌었다고 판단하는데,[278] 이 논리에 따라 볼프는 소설에서 트로야의 모권사회로부터 부권사회로의 변화과정을 여왕 헤카베로부터 왕 프리아모스로의 왕권교체를 통해 보여준다. 평론가 크리스테 마이쉬는 볼프의 이러한 해석이 타당하다고 여긴다.[279]

카산드라가 유년시절에 본 어머니 헤카베는 "이상적인 여왕"이었으며 왕좌와 같은 의자에 앉아 있었다. 아버지는 "정답게 미소를 지으면서 낮은 걸상을 어머니의 의자 곁으로 끌어당기곤 했다." 그러나 카산드라는 모권사회가 부권사회로 전환되고 남성들이 권력을 창출해 가는 과정을 직접 경험한다.

소녀시절에 카산드라는 아테네 신전에서 초경을 치른 소녀들의 처녀성을 떼는 의식에서 남성들의 힘을 확인한다. 그녀는 그 신전 의식에서 "선택되는 그리고 선택되지 못한 수치"(19)를 경험하며 모든 것을 감수하고라도 여사제가 되리라 다짐한다. 즉 그녀는 여

---

276) Vgl. Wolf: Voraussetzungen einer Erzählung. a.a.O., S. 61.

277) Vgl. R. Nicolai: Christa Wolf. *Kassandra*, Interpretation, München 1989, S. 29.

278) Ebd.

279) Ch. Maisch: a.a.O., S. 73.

성을 사물 취급을 하고 대상화시키는 남성들의 횡포를 체험한다. 뿐만 아니라 세 번에 걸쳐 그리스로 배를 출항시킴으로써 전쟁을 예시하고 부권을 강화해 가는 전략들을 깨닫는다.

델피로 갔던 첫 번째 배와 함께 온 그리스의 사제 판토스는 모권사회의 제식을 변화시킨다. 좀더 설명하면 헤카베 여왕의 모권사회에서는 신전에서 인간 제물, 즉 여왕이 사랑하는 소년이 제물로 바쳐졌다. 그러나 문명화된 그리스의 사제 판토스는 인간 제물 대신에 동물 제물을 바친다. 이것은 진보를 의미하며 모권사회의 전통이 무너져 감을 뜻한다.

그러나 사실 모권사회는 카산드라가 태어나기 이전부터 흔들리는 징조가 있었다. 이는 헤카베가 파리스를 잉태하기 전의 태몽과 관련이 있다. 헤카베는 꿈에서 "나무토막을 낳았고 그것으로부터 불타는 수많은 뱀이 기어 나왔다."(59) 이 꿈의 의미는 "불의 수호신인 뱀의 여신이 각 가정에서 자신의 권리를 다할 수 있도록 하기 위해서 이 아이가 태어난다"는 것이다. 이 뱀의 여신은 "여성적 신성"이다.[280] 결론적으로 이는 모권사회의 부활을 암시한다. 따라서 남성들은 "여러 마리의 뱀은 파리스에게 드리워 있는 저주"라고 해석을 하고 아이를 살해해야 한다고 주장한다. 그리고 남성들의 주장이 여성들을 누른다. 이 사건은 이미 트로야 사회에 남성의 힘이 발휘되고 있음을 제시한다. 이후에도 파리스는 부권을 강화시키는 역할을 한다. 왜냐하면 저주받고 태어난 파리스가 죽지 않고 궁정으로 돌아왔다는 사실이 부권사회에 불안을 야기할까 보아서, 그만큼 억압이 커져갔기 때문이다. 앞에서 보았듯이, 궁정의 수비

---

280) R. Nicolai: a.a.O., S. 85.

대장 오이멜로스가 남성권력의 전선에 떠올라서 이 일을 해결해
나가고 점점 트로야 전체로 자신의 권한을 확장시켜 나간다. 이러
한 와중에 여왕 헤카베는 어전회의에 참석을 금지당하고 정치로부
터 배제되어 간다. 심지어 여왕이 총애하는 아들 헥토르마저도 여
왕의 어전회의의 참여를 "보호"라는 미명으로 배제한다.

> 어머니, 이해를 좀 하세요 라고 그는 말했다. 어머니를 보호하자는
> 거예요. 이제 전쟁 중 어전회의에서 이야기되어야 하는 것은 여성의
> 일이 아니에요.
> Versteh doch, Mutter, sagte er. Mann will dich schonen. Was
> jetzt, im Krieg, in unserm Rat zur Sprache kommen muß, ist
> keine Frauensache mehr.(97)

가부장적 사회가 된 트로야는 여성신 키벨레의 숭배를 금하
고[281] 모권적 문화의 잔재를 말살시켜 버린다. 카산드라는 이런
트로야의 변화된 모습을 이렇게 말한다.

> 내가 영원 하리라고 여겼던 궁중의 내적 질서는 의심스러워하는
> 내 눈길 앞에서 변해갔다. 마치 강 위를 떠내려가는 나뭇가지, 지푸
> 라기 그리고 풀잎들이 보다 강한 흐름을 따라가는 것과 같았다. 그
> 강한 흐름은 왕당파였다.
> Während vor meinem ungläubigen Blick die innere Ordnung
> des Palastes sich veränderte, die ich für ewig hielt, so wie auf
> einem Fluß die kleinern Hölzer, Strohhalme und Gräser, die er

---

281) "누가 키벨레였나? 그때 유모는 주춤했다. 그 이름을 입 밖에 내는 것이
    그녀에게 금지되어 있었다는 사실을 알게 되었다." In: Wolf: Kassandra,
    S. 22.

mit sich führt, der stäkeren Strömung folgen. Die stärkere
Strömung war die Partei des Königs" (99)

남성들은 체제유지를 위하여 폭력을 사용한다. 예컨대 두 번째 배의 출항 후 그리스에서 돌아오지 않은 칼하스에 대한 비밀을 누설한 사람은 가차 없이 벌을 받게 된다. 바로 카산드라의 하녀 마르페싸가 마구간에서 열두 명의 남자로부터 치욕을 당하는 혹독한 대가를 치른다. 그리스에 포로로 있다는 프리아모스 왕의 여동생 헤지오네는 본인의 의사에 따라 스파르타인 텔라몬의 부인이 되었다. 때문에 헤카베 여왕은 헤지오네가 유괴되었다고 억지를 부리는 것은 "웃음거리"에 지나지 않는다고 어전회의에서 주장한다. 하지만 헤지오네를 구출하기 위한 두 번째 배는 출항한다. 이로써 헤카베는 "구출행위 Rettungsaktion"의 의도를 파악하게 된다. 즉 헤지오네는 부권의 강화와 전쟁의 발판을 마련하기 위한 구실이었다. 다시 한 번 프리아모스 왕은 모권의 상징인 헤카베를 누르고 가부장적 힘을 과시한 것이다.[282]

카산드라는 프리아모스 왕의 총애를 독차지한 딸로서 일찍이 정치에 눈을 뜨며 무조건적으로 "나의 목소리로 말하는 것"을 소망하고 아폴론 신으로부터 예언의 능력을 부여받는다. 그러나 그녀가 아폴론의 남성적 접근을 거부하자, 그는 그녀에게서 예언의 신빙성을 빼앗아 버린다. 즉 카산드라의 예언은 효력이 없으며, 예언자로서 그녀의 존재는 무가치하다. 결국 카산드라는 성적 대상으로 간주되었으며 역사의 참여로부터 배제되고 만 것이다.

---

282) Vgl. R. Nicolai: a.a.O., S. 81.

카산드라가 사랑하고 따랐던 아버지와의 관계도 마찬가지다. 수평적 관계를 유지한 모권사회의 여왕 헤카베는 일찍이 "아이는 나를 필요로 하지 않는다"고 카산드라의 자율성을 인정해준다. 그러면서도 어머니는 그녀에게 "아버지의 영혼에 너무 깊이 빠져들지 말라"고 충고한다. 그러나 왕인 아버지는 카산드라를 끌어안으며 "아가, 지금 우리 편에 서지 않는 사람은 우리를 반대하고 있는 것이다"라고 은연중에 복종을 강요하며 "공헌에 따라 찬사와 벌을 받는다"고 (75) 경고한다. 이는 그녀가 아버지의 뜻대로 행동하고 약속을 지킬 때에만 자유롭게 행동할 수 있다는 의미이다. 따라서 카산드라가 현실을 정확하게 파악하고 허위의 사실들과 음모에 대하여 항변하며 전쟁의 중단을 요구하자, 왕은 딸을 감금시킨다.

> 프리아모스 왕은 자신에게 복종하지 않은 딸에 대하여 세 가지 처리수단을 가지고 있었다. 그는 그녀를 미친 것이라고 공포할 수 있었다. 그는 그녀를 감금시킬 수 있었고, 그녀에게 원하지 않은 결혼을 강요할 수 있었다.
> Priamos der König hatte drei Mittel gegen eine Tochter, die ihm nicht gehorchte: Er konnte sie für wahnsinnig erklären. Er konnte sie einsperren. Er konnte sie zu einer ungewollten Heirat zwingen.(83)

이처럼 권력의 주체인 남성은 그 권력을 유지하기 위해서 무엇이든지 정치적 희생양으로 삼으며 폭력을 휘두른다. 이것이 가부장제의 위력이다. 부권사회에서의 여성에 대한 억압이야말로 사회의 계층적인 구조를 공고히 했으며 전쟁추구라는 이기주의적인 광기를 잉태시켰다고 볼프가 보여주고 있듯이, 제도는 구조의 문제이다. 그리고 이 구조는 기득권의 재생산에 유리하게 작용한다. 밀려나고 객체화된 카산드라는 갈등을 겪고, 이 갈등은 결국 광기와 발작으로 표출된다. 이는 아픔과 고통의 표현이지만 궁중세계로부터 벗어나 진정한 자아를 발견하는 계기가 된다.

II.3. 카산드라의 주체 찾기

카산드라는 왕이 총애하는 딸로서 어렸을 때부터 권력욕과 명예욕으로 차 있었고 예외적인 존재로 인정받고자 하는 특권의식을 가지고 있었다.

> 나는 벌써 오래 전에 실재하는 사람들과의 접촉을 기피했다. 나는 접근하기 어려움을 필요로 했고 요구했다. 그리하여 여사제가 되었다.
> Entzog mich, wie lange noch, den Berührungen der wirklichen Leute. Brauchte und verlangte Unnahbarkeit. Wurde Pristerin.(23)

사제라는 직책으로 그녀는 남성들의 권력계층으로 편입한다. 그러나 사제가 되어 역할을 수행하면서 그녀는 진실을 알게 된다. 즉 카산드라는 사제들이 오로지 권력자의 지배를 합리화시켜주는 하수인에 불과하다는 것을 인식한다. 그녀는 가장 믿고 사랑했던 아버지 프리아모스 왕과 부딪히면서 자신의 정체성에 대한 의문을 제기한다.283)

내가 단지 형편에 따라 사용했던 '우리'는 흔들렸고, 허약했고 혼
란스러웠다. 그것은 아버지를 포함하고 있었다. 그러나 그 말이 나
도 여전히 포함하고 있었을까? (……) 내가 집착하고 있는 나의
'우리'는 투시되고 약하고 더 초라해졌다. 따라서 나의 자아조차도
나에게 점점 더 감지하기 어렵게 되었다.(99f.)

진실을 알려야 하는 여사제로서 자신이 "오랫동안 가까이 있는
것들에 대해 눈이 멀어 있었음"을 깨닫게 될 때, 카산드라는 현재
의 진정한 상황을 알고자 하는 참다운 "인식욕구"를 갖게 된다.
그녀의 인식욕구는 주변세계에 대한 통찰을 가능하게 하는 동시에
자기 자신에 대한 성찰로도 이어진다. 즉 그녀는 부권의 거짓세계
를 원하지 않으면서도 "오랫동안 그 세계를 다스리는 신들에게 헌
신적으로 봉사하고자" 하였고 그것이 그녀의 "소원 속에 존재하는
하나의 모순"이었다는 것을 깨닫는다. "지배자들과 일치하려는 그
녀의 성향과 그녀의 인식욕구"(67) 사이의 갈등의 심화는 광기로
나타나고 발작을 일으킨다. 그러니까 카산드라의 발작들은 진실을
인식하면서도 기득권을 놓고 싶지 않은 욕망 때문에 일어난 것이
다. 이는 자신이 인식한 바를 인정하지 않고 특권의식을 유지하려
는 욕망이 밖으로 표출된 형태로 일종의 도피에 불과하다. 그녀가
특권의식과 권력욕구를 잘라내는 데에는 오랜 시간이 소요된다.
왜냐하면 자신의 실존의 모순을 인식하면서도 아직 근원적 결단을
내릴 내적 능력을 갖추지 못했기 때문이다.[284] 세 번의 발작을 일

---

283) Vgl. H. Mauser: Zwischen Träumen und Wurfspeeren, Kassandra und
    die Suche nach einem Selbstbild, In: Wolfram Mauser (Hrsg.):
    Erinnerte Zukunft, Würzburg 1985, S. 304.
284) Vgl. 김임구: 문명의 자기파괴와 극복시도. 실린 곳: 『독일문학』, 63집

으킨 후에야 그녀는 자신의 진정한 내면세계를 체험한다.

> 나의 발작적 광기는 자신을 위장하여야만 했던 고통의 끝이었다. 나는 사실 발작을 몹시도 즐겼다. 마치 발작이 두꺼운 수건이라도 되는 양 그것으로 나를 감쌌고 차곡차곡 발작에 젖어들게 하였다. 발작은 나의 음식이고 음료였다. 그것은 검은 우유였고 쓴 물이었으며 쉰 빵이었다. 나는 나 자신에게로 귀환했으나 나란 존재는 없었다.
> Wahnsinn als Ende der Verstellungsqual. Oh, ich genoß ihn fürchterlich, umgab mich mit ihm wie mit einem schweren Tuch, ich liess mich Schicht für Schicht von ihm durchdringen. Er war mir Speise und Trank. Dunkle Milch, bitteres Wasser, saures Brot. Ich war auf mich zurükgefallen. Doch es gab mich nicht.(64)

그러니까 카산드라에게 일어나는 이 고통은 자아를 찾는 과정이다. 즉 이는 "주체화의 고통der Schmerz der Subjektwerdung"[285]인 것이다.

카산드라가 이 고통을 극복하고 주체를 찾도록 도움을 주는 사람은 아리스베이다. 그는 카산드라가 인식한 모순을 광기와 발작을 통하여 극복하려고 하는 의도를 간파한다. 그녀는 "자기 연민을 버리라Schluss mit dem Selbstmitleid"(66)고 말하고 이 광기로부터의 해방은 "그녀 자신의 손에 달려 있다"고 충고한다. 카산드라는 내면의 눈을 열어 자기 자신을 돌아볼 수 있는 용기를 가진다. 그녀는 고통도 "언젠가는 지나갈 것이다Einmal muß es doch vorüber sein"(135)라는 깨달음에 이르고 아버지의 세계로부터 벗

(1997), S. 167.

285) Wolf: Voraussetzung einer Erzählung, S. 89/Vgl. R. Nicholai: a.a.O., S. 75.

어나 진정으로 해방감을 느낀다.

II.4. 에코토피아: 스카만더 강변의 공동체

어둠과 절망 속에 있는 카산드라가 빛을 찾는 곳은 이다산 기슭의 스카만더 강변에 있는 동굴이다. 이곳에서는 모두가 동등하게 공존하면서도 여성이 주도하는 "새로운 형태"의[286] 공동체적 삶이 펼쳐진다. 이 공동체는 트로야와 그리스 간의 전쟁이 진행되고 있을 때, 양 진영의 여성과 소수의 남자들이 모여 이루어졌다. 그러니까 이 공동체는 트로야와 그리스 양 진영의 모두에게 열려 있으며 모권적 문화를 유지하고 있다. 여자들은 키벨레 여신에게 "기도했고 제물을 바쳤으며 여신상 주위에서 접촉의 축제Berührungsfest"를 통해 자연스럽게 다른 사람들과 접촉함으로써 서로 사귀었다. 흔히 여성성의 메타퍼로 사용되는 '동굴'의 입구는 버드나무 "뿌리가 마치 여자의 음모처럼 뻗어나 있고"(22) 문이 없으며 그저 숲으로 가려져 있을 뿐이다. 이로써 볼프는 이 공동체의 개방성과 포용성의 이미지를 드러낸다. 이곳은 '고향'의 이미지를 떠올리게 한다. 고향이 문명의 힘이 닿지 않은 전원적인 모습을 연상시키고 따뜻함과 편안함을 주듯이, 이곳에 오면 사람들이 마음의 평화를 얻고 고향을 느낀다. 이런 곳에서는 경쟁이나 상대방 누르기와 밀어내기가 자리를 잡을 수 없으며 "자신을 자신 속에서 항상 생산해 낼 수 있는 미소 짓는 생동력, 분리되지 않은 것, 삶 속의 정신, 정신 속의 삶das

---

286) Wolf: Die Dimension des Autors, S. 845.

lächende Lebendige, das imstande ist, sich immer wieder aus sich selbst hervorzubringen, das Ungetrennte, Geist im Leben, Leben im Geist"이 실현된다.

'고향'과 같은 곳에서 대모역할을 하는 아리스베는 그야말로 생명력과 포용력 그 자체이다. 앞에서 보았듯이, 아리스베는 카산드라가 위기를 극복하고 주체성을 찾을 수 있도록 하는 길잡이 역할을 한다. 또한 이 공동체의 지도자 안히세즈는 젊은이들의 정신적 지주이다.

> 안히세즈였다.(……) 무조건으로 슬퍼하거나 주저하지도 않고 온 마음으로 동굴에서 우리의 삶을 사랑했던 이가. 그는 꿈을 실현했고 젊은이들에게 어떻게 인간이 대지 위에 두 다리를 딛고 서서 꿈꿀 수 있는지를 가르쳤다.
> Anchises war es, (……), der von ganzem Herzen unser Leben in den Höhlen liebte, ohne Vorbehalt, ohne Trauer und Bedenken. Der sich einen Traum erfüllte und uns Jüngen lehrte, wie man mit beiden Beinen auf der Erde träumt.(141)

그는 규율이나 강요에 의해서가 아니라 자립적으로 판단하고 희망적으로 살아갈 수 있도록 지도한다. 따라서 죽음의 장소인 전쟁터로부터 도망쳐 온 사람들이 이곳에서 "죽이는 것과 죽는 것 사이의 제 삼의 것, 삶Zwischen Töten und Sterben ist ein Drittes: Leben"(124)을 발견한다. 승리와 패배라는 이원론적인 사고를 배제하고 자연스러운 생명력으로 충만한 안히세즈는 아무리 하찮은 것이라도 함부로 취급하거나 없애버리지 않고 모든 생명체를 존중한다. 예컨대 나무의 생명을 인정하는 모습에서도 그의 생명사랑을 읽을 수 있다.

한번도 그는 먼저 자상하게 나무와 대화를 하기 전에 그것을 벤 적이 없었고 그가 그 나무로부터 얻은 씨나 어린 순을 땅에 심어 계속적인 삶을 보장하지 않고는 벤 적이 없었다.

Nie ließ er einen Baum fällen, ohne sich vorher ausführlich mit ihm zu besprechen, nie ohne ihm vorher mit einem Samen oder Reis, das er von ihm gewann und in die Erde senkte, sein Weiterleben zuzusichern.(98)

그는 그 누구도 죽기 전에는 생명을 포기하지 말고 배우는 것을 멈추지 않아야 한다고 조언한다. 또한 그는 사람들을 대할 때 이해관계를 따지지 않고 선입견 없이 진심으로 대한다.

그는 자신을 해하고자 하는 사람들에 대해서도 스스럼없이 생각해 주었다. 예를 들어 오이멜로스에 대해서도 그러했다. 나[=카산드라]는 오이멜로스에 대해 편견 없이 명랑하게 말한다는 것은 생각조차 할 수 없었다. 그를 두려워하거나 미워하지 않고 오히려 이해해주고 동정심을 갖는다는 것을 도저히 생각할 수 없었다.

Auch über die ihm übel wollen, denkt er unbefangen nach. Zum Beispiel Eumelos. Nie wäre mir doch in den Sinn gekommen, vorurteilsfrei und heiter über Eumelos zu reden. Ihn nicht zu fürchten und zu hassen, sondern zu verstehen und Mitleid für ihn zu empfinden.(96)

사랑과 생명이 있는 곳에서 카산드라는 새로운 '우리'를 발견하고 소속감을 갖게 된다. 또한 그녀는 살아 숨쉬는 자연 속에서 노래하고 이야기를 나누며 진정한 현존을 느낀다.

하지만 이 공동체는 실제로는 전혀 영향력을 미칠 수 없다. 그럼에도 이러한 공동체적 사회는 "절멸과 죽음에 직면한 전쟁의 한복판인 여기 그리고 지금 실질적으로 살려는 구체적 희망의 모델"[287]이 될 수 있다. 이 공동체가 결국 외부의 공격에 의해서 파멸될지라도 평화로운 공존을 체화하며 살아가려고 노력하는 것 자체만으로도 충분히 아름답다. 때문에 볼프는 이러한 공동체의 가능성을 보여줌으로써 독자에게 희망을 주고 이에 대한 노력을 호소한다. 요컨대 볼프는 이 소설에서 그동안 인류가 추구해온 물질문명, 과학, 합리가 낳은 모순을 보여주고 포용과 감성과 배려가 우선시되는 사회 또는 여성적 가치관이 중시되는 사회의 구축에 대한 열망을 표출하고 있다.

Ⅲ. 맺는말

집착과 탐욕 및 조작과 과도함을 드러낸 남성적인 권력이나 기계문명을 비판하면서 주변으로 밀려난 여성의 현실 판단력이나 진실추구 및 타인의 인정 등을 높이 평가한 볼프는 자칫 오해를 불

---

287) R. NIcolai: a.a.O., S. 53.

러올 소지, 즉 남성과 여성을 이분화해 뺏고 빼앗는 관계로 투쟁을 조장한다는 비판을 결국 무산시켰다. 다시 말하면 남녀의 이분법적인 대립이나 남성의 광기의 자리에 여성의 광기로 대체시키는 것이 아니라,[288] 카산드라가 갈등과 고통의 과정을 겪은 후에 얻어진 설득력 있는 결말을 내놓는다. 볼프는 지금까지의 역사가 감성과 영성이 결여된 이성은 불안과 광기로 변질되기 쉽다는 것을 경험하게 해주었기 때문에[289] 감수성, 생명력, 자연 친화력과 같은 요소들을 되살려 "본래로부터 소외"되지 말자고 주장하는 것이다. 감성은 이성과 마찬가지로 인간정신 행위의 축이고 인간을 가장 인간답게 하는 속성 중의 하나이다. 때문에 볼프는 이성과 감성 및 정신과 육체가 분리되지 않고 총체성이 구현되는 스카만더 강변의 공동체를 우리 사회가 추구해야 할 한 대안으로 제시한다. 그리곤 "어쩌면 미래에는 승리를 삶으로 변화시킬 수 있는 인간이 존재하게 될지도 모른다"고 희망을 가진다. 볼프는 이렇게 말한다.

> 내가 카산드라와 같은 소재를 취하였던 실제 이유는 우리 문화에서 가상할 수 있는 파괴와 자기 파괴의 위험이었다. 우리는 어떻게 이 위험으로부터 벗어날 수 있을까? (……) 우리는 사랑하고 사랑받고 거부되지 않고 거부해야 할 필요가 없는 가능성을 발전시켜야 한다. 유토피아적인 길 말이다.
> Der eigentliche Grund, warum ich solch einen Stoff wie Kassandra nahm, war die Gefahr der möglichen Vernichtung und Selbstvernichtung unserer Kultur: wie kommen wir da heraus?

---

288) Vgl. Wolf: Voraussetzungen einer Erzählung, S. 115.
289) 가이아: 새로운 이름 에코페미니즘!, 실린 곳:『if』, 1997 가을, 258 쪽.

(……) Man müsste die Möglichkeit entwickeln zu empfinden, zu lieben und geliebt zu werden, nicht abgelehnt zu werden und nicht ablehnen zu müssen. Ein utopischer Weg[290]

볼프는 이러한 길로의 안내를 바로 문학이 할 수 있음을 이 소설을 예로 들어 보여주고 있다. 왜곡된 현실 속에서 작가가 제시하는 하나의 대안이 유토피아적으로 보일 수 있으나 "어떤 세계에서 우리가 살고 있는지 아주 정확히 파악한다면 실현 가능하다"[291]고 하인리히 뵐이 주장하듯이, 유토피아적 비전이 없다는 것은 미래에 대한 희망이 없다는 말이나 다름없다. 그리고 보다 나은 삶을 위한 인간의 노력은 그 자체만으로도 충분히 아름답고 삶의 기쁨이 된다. 때문에 볼프는 모든 생명체가 공존하는 새로운 공동체를 제시함으로 그러한 사회의 건설을 위한 노력을 요구한다. 요약하면 모든 생명체의 유기적 연관성과 상호의존성을 바탕으로 주체와 객체의 차별 없이 사랑으로 하나 되는 사회를 구축해 보자는 것이다. 생태페미니즘 또한 이러한 사회를 꿈꾸며 타자와의 조화와 사랑을 이야기한다. 사랑의 붕괴는 곧 생태계의 파괴를 의미하고 인류의 멸망을 뜻하기 때문이다.

---

290) Wolf: Dokumentation. In: German Quarterly 57, 1984, S. 106.

291) H. Böll: Im Gespräch. Heinrich Böll mit H. L. Arnold, München 1971, S. 57.

참 고 문 헌

1차 문헌

Wolf, Christa: *Kassandra*. München 2000.

----------- : Voraussetzungen einer Erzählung: *Kassandra*. Frankfurter Poetik - Vorlesungen. Darmstadt u. Neuwied 1983,

----------- : Die Dimension des Autors, Darmstadt und Neuwied 1987.

----------- : Dokumentation. In: The German Quarterly 57, 1984.

2차 문헌

가이아: 새로운 이름 에코페미니즘! 실린 곳: 『if』, 1997 가을.

김용민: 생태문학의 정의와 분류, 실린 곳: 『독일어문학』, 12집 (1999).

김임구: 문명의 자기파괴와 극복시도. 실린 곳: 『독일문학』, 63집 (1997).

박설호: 유토피아 연구와 크리스타 볼프 문학, 서울 (도서출판 개신) 2001.

이진우: 기술시대의 생명윤리. 실린 곳: 『문학과 사회』, 1996 봄.

Gerdzen, Rainer/Wöhler, Klaus: Matriarchat und Patriarchat in Christa Wolfs *Kassandra*, Würzbrg 1991

Maisch, Christne : Ein schmaler Streifen Zukunft. Christa Wolfs Erzählung *Kassandra*, Würzburg 1990.

Mauser, Helmturd: Zwischen Träumen und Wurfspeeren. *Kassandra* und die Suche nach einem Selbstbild, In: Wolfram Mauser (Hrsg.): Erinnerte Zukunft, Würzburg 1985.

Nicolai, Rosemarie: Christa Wolf. *Kassandra*, Interpretation München 1989.

Stephan, Alexander: Frieden, Frauen und *Kassandra*, In: Manfred Jurgensen (Hrsg.): Wolf. Darstellung-Deutung-Diskussion, Bern/München 1984.

Quernheim, Mechthild: Das moralische Ich. Kritische Studien zur Subjektwerdung in der Erzählprosa Christa Wolfs. Würzburg 1990.

●●● 문학과 영화

문학과 영화

Ⅰ. 문학과 영화

오늘날 사람들은 영상매체에 더 많은 시간을 할애한다. 특히 젊은이들은 활자매체보다 스크린을 더 선호하고 그에 더 익숙해 있다. 한편 문학계에서는 문학의 위기를 논하면서도 그 활성화를 위해 장르의 확장을 모색하기보다는 영화를 문학작품에 비해 질이 떨어진다고 여기거나 단순히 상업적이라고 치부하는 경향이 있다. 물론 그 이유는 영화가 인간사회에 대한 진지한 성찰이 없이 오락에 치중하며 흥행에만 열을 올리기 때문일 것이다. 그러나 이제 영화는 단순히 상업적이고 대중적이며 소설은 고상한 예술성이 풍부한 작품이라는 일반적인 평가는 적절치 않다. 왜냐하면 현재의 베스트셀러가 출판시장의 조작에 의해 양산되고 있는 실정이며 소설 역시 영화 못지않게 대량 복제되는 상업주의적 속성을 가지고 있기 때문이다. 그리고 영화도 문학과 마찬가지로 시대와 사회의 반영물이다. 마크 세크너는 「미국의 리얼리즘, 미국의 리얼리티」라는 글에서 "흔히 생각하는 것과는 달리, 영화는 소설의 몰락이 아니라 구원이 된다. 더 나아가 나는 미국 소설의 현 건강이 거의 전적으로 영화산업에 달렸다고 말하겠다. …… (중략) …… 작가들은 청중이 필요하고 그 어느 작가도 당대의 취향으로부터 완전히 자유로운 작가는 없다"[292]고 주장한다. 또한 문학작품과 문예영화 제작에 관심을 갖고서 좋은 소설로 좋은 영화를 만들고자 애쓰는 감독들이 있다. 그러므로 이제 영화를 무조건적으로 비난할 것이 아니라 영화를 "문학텍스트의 이동이자 확장"[293]으로 파악하고 문학의 다른 방법으로의 활성화를 위해서 문학과 영화와의 관계를 재검토하고 조망해 보는 것은 문학의 위기를 논하는 시기에 나름대로의 의미를 가질 수 있을 것이다.

사실 영화는 지식 산업과 과학의 역사에서 오랫동안 그리고 광범위하게 사랑을 받은 대중 매체이다. 대중문화 중 가장 손쉽고 값싸게 향유할 수 있는 장르이기 때문이다. 그리고 이 영화의 번창에 기여한 공신 중의 하나가 문학이다. 문학의 장르 중에서 영화가 탄생된 이래 소설은 영화의 보고 寶庫였다. 문학은 인간 삶의 모습을 총체적으로 보여줄 뿐만 아니라 다양한 소재로 영화의 이야기 폭을 확장시키고 풍요로운 양상을 가져다줄 수 있었기 때문이다. 거기다 문학작품의 인지도는 독자를 관객으로 끌어들여 성공적인 결과를 가져오는 이중효과를 거둘 수 있었다. 즉 이미 작품을 읽고 감동을 받은 독자들이 영화에 대해 호기심을 갖는 경우와 훌륭한 작품이라고 정평이 나 있는 작품을 아직 읽지 못했을

---

292) 김성곤: 문학과 영화, 민음사 1997, 63쪽에서 재인용.
293) 같은 책, 24 쪽

경우 영상매체를 통해 손쉽게 접할 수 있는 좋은 기회가 되었던 것이다. 때문에 세계영화사에서 소설은 영화의 성장과 발전의 귀중한 자양분으로 기여해 왔다.

독일의 경우도 마찬가지다. 영화의 역사가 시작되면서부터 영화와 문학과의 관계는 긴밀했다. 오랜 문예학 전통을 가지고 교양Bildung을 중시하는 독일에서 영화는 저속하고 통속적인 대중문화로 치부되었기 때문에 영화계는 예술성과 그 문화적 가치와 수준을 인정받기 위해서 문학의 명성에 기대었다. 그래서 고전문학과 손을 잡았고 가장 먼저 1896년 괴테의 『파우스트Faust』가 영화화되었다.[294] 프랑스의 루이 뤼미에르에 의해 영화화 된 《파우스트》는 1907년 자막이 삽입되기 전까지 무려 10번이나 각색·영화화되었다. 1910년에는 문학의 영화화라는 용어가 등장하였고 1912년부터 1929년까지 17년 동안 무려 230편 이상의 독일문학작품이 영화화되었다.[295] 동시에 영화는 과학기술의 발달에 힘입어 꾸준히 발전하고 예술의 정당성을 확보해갔다. 그럼에도 불구하고 독자적인 문화전통과 교양을 중시하는 독일에서는 문학과 예술을 별개의 예술장르로 여기려는 경향이 여전히 존재했다.[296]

영화를 저급하고 상업적인 것으로 여기는 경향에 대한 근본적인

---

294) Alfred Estermann, Der Verfilmung, Bonn 1965, 15f.

295) Chritsian-Albrecht Gollub, Deutschland verfilmt, 1880-1980 In: Sigird Bauschinger······ Bern/Muenchen 1984, 22.

296) 반면에 베르톨트 브레히트와 발터 벤야민과 같은 예술가들은 영화를 복제화 시대와 대중문화 시대의 도래에 따른 필연적인 출현으로 여겼다. 널리 알려진 바와 같이 브레히트의 경우, 실패로 돌아갔지만 자신의 희곡을 영화화하기 위해 열정을 쏟은 적이 있다. 또 「할리우드 비가」에서는 할리우드를 "꿈의 공장"이라고 냉소적으로 표현하기도 했다.

변화는 1960년대에야 일어났다. 그것은 독일의 영화가 세계영화사에서 확실한 획을 그은 '뉴 저먼 시네마' 덕분이다. 따라서 이 글에서는 특히 독일영화사에서 '문학의 영화화'에 지대한 공헌을 한 '뉴 저먼 시네마'에 대해서 알아보고 '뉴 저먼 시네마' 대표 중의 한 인물이며 문학의 영화화로 가장 성공했다는 평가를 받고 있는 폴커 슐뢴도르프에 초점을 맞추어 보겠다. 또 국내외에서 흥행에 크게 성공하고 그의 명성을 확고히 한 영화 《카타리나 블룸》을 원작과 비교·고찰해보겠다.

II. 뉴 저먼 시네마New German Cinema

II.1. 생성 배경과 특성

1933년 이래 정권을 잡고 영화산업을 장악했던 나치 정부가 무너지자 독일의 영화산업도 붕괴되었다. 이어 독일영화 시장은 미국 주도의 영화산업에 의해 점령당한다. 1949년 독일이 동서로 분단되자, 서독 정부는 신용융자를 제공함으로써 영화제작에 다시 활력을 불어넣고자 한다. 그 결과 1950년에서 56년 사이에 많은 영화가 만들어졌다. 하지만 그 수준에 있어서는 큰 변화가 없었다. 1957년 이후 텔레비전의 시청률이 증가하자, 영화시장의 관객은 급격히 저하되었다. 결국 1961년 베를린 영화제에서는 최우수 영화상 수상작이 나오지 않고 만다. 이는 사실 독일영화의 종말을 의미하는 거나 마찬가지였다.

이때 '아버지 영화는 죽었다'는 모토를 내걸고 새로운 영화세대가 등장한다. 이 새로운 영화 세대는 단편 영화를 만들며 영화제작 기법을 배운 알렉산더 클루게Kluge, 폴커 슐뢴도르프Schlöndorff 베르너 헤어조크Herzog, 빔 벤더스Wenders, 라이너 베르너 파스빈더 Fassbinder, 장 마리 쉬트라우프Schtraub, 한스 위르겐 지버베르크 Sieberberg 등의 젊은 감독이다. 그들은 매년 루르 강가에 있는 오버하우젠Oberhausen에서 자신이 만든 단편영화를 발표한다. 1962년 2월에는 《제 8회 오버하우젠 단편영화제》를 가졌고, 여기에 모인 26명의 감독이 '오버하우젠 선언Oberahusen Manifesto'을 하기에 이른다.

> 전통 독일영화의 몰락은 우리가 거부하는 정신세계의 경제적 기반을 드디어 무너뜨렸다. 이로써 새로운 영화가 도래할 기회가 왔다.(……) 우리는 새로운 독일 장편영화를 창작하고자 하는 우리의 목표를 선언한다. 이 새로운 영화는 새로운 자유를 필요로 한다. 기존 산업의 관례들로부터의 자유, 상업적 파트너로의 영향으로부터의 자유, 여러 이해집단의 간섭으로부터의 자유. 우리는 새로운 독일 영화를 만들어 낼 수 있는 구체적인 정신적, 형식적, 경제적 구상들을 갖고 있다. 우리는 경제적 위험부담을 공동으로 떠맡을 준비가 되어 있다. 낡은 영화는 죽었다. 우리는 새 영화를 믿는다.[297]

오버하우젠 선언에 참가한 젊은 감독들의 새로운 영화를 '뉴 저

---

297) 오버하우젠, 28.02.1962. In: John Standford: The New German Cinema, S. 13.

먼 시네마'라고 부른다. 이 젊은 감독들은 주로 전후시기의 미국문화와 미국영화의 세례를 받고 성장한 세대이다. 그러니까 뉴 저먼 시네마란 명칭은 기존의 독일영화와는 다른 작업을 추구하던 일련의 젊은 감독들에 의해 침체에 빠진 독일 영화가 소생된 것을 말한다. 이들은 60년대 초반 심각한 영화 위기의 상황에서 새로운 영화미학을 추구하고 보수적인 기존영화사들의 제작방식에서 탈피하여 공공지원을 받으며 새로운 제작과 배급방식을 추진했다는 점에서 영화산업 측면에서도 혁신을 가져온 운동이다.[298] 이들은 대부분이 과거의 나치역사를 비판하고 철저한 반성을 촉구하며 정치적 계몽과 사회적 약자에 초점을 맞추면서 영화 형식의 개혁을 주장하였다. 그러나 이탈리아의 네오리얼리즘이나 프랑스의 누벨바그처럼 특정한 양식이나 중심이론을 공유하지는 않았다. 또 할리우드 스타일에 반감도 갖지 않았다. 이들은 유리한 제작 환경을 만들고자 하는 공통된 필요에 의해 연대하였던 것이다. 따라서 뉴 저먼 시네마의 영화는 감독 개개인의 개성이 분명한 실험영화들로 이루어져 있다.

II.2. 문학의 영화화

'뉴 저먼 시네마' 그룹은 '오버하우젠 선언' 이후 1965년에야 비로소 본격적으로 장편영화 제작을 할 수 있는 기회를 맞는다. 즉 1965년 '청년독일영화위원회Kuratorium Junger deutscher Film'가

---

298) 영화연구, 영화연구학회 발행, 도서출판 큰사람, 2000, 560쪽.

설립되었기 때문이다. 이 위원회가 정부로부터의 자금지원을 받아서 신인 감독들에게 영화 제작비를 이자 없이 보통 300,000마르크를 지원해주었다. 이들의 영화제작으로 독일영화는 1920년대 표현주의 영화이후 세계영화사에 한 획을 그을 수 있는 계기를 마련한다.

1966년 오버하우젠 선언을 주도했던 알렉산더 클루게가 최초로 《어제와의 이별 Abschied von Gestern》을 제작하였다. 작가이자 감독이었던 클루게는 이 영화의 대본을 직접 썼다. 《어제와의 이별》은 베니스 영화제에서 은사자상을 포함하여 8개 부문에서 수상을 하였다. 이는 뉴 저먼 시네마가 국제적 인정을 받은 순간이었으며 독일영화사에서 최초의 일이었다. 같은 해에 칸영화제에서는 폴커 슐뢴도르프의 《젊은 퇴를레스Der junge Törless》가 국제비평가상을 받으며 장 마리 쉬트라우프의 《화해하지 않은Nicht versöhnt》 역시 호평을 받았다. 《젊은 퇴를레스》는 로베르트 무질의 소설 『사관생도 퇴를레스의 혼란』을 영화화 한 것이고 《화해하지 않은》은 하인리히 뵐의 동명소설을 영화화한 작품이다.

이후 기존 상업영화계의 로비활동으로 위원회의 예산이 삭감되고 이미 한 편의 영화를 성공시킨 감독에게 재정지원을 제한하는 법안이 통과된다. 즉 1968년 영화진흥법이 재정된 것이다. 이로써 상업영화가 부상하게 된다. 더구나 실험적인 영화에 모험을 하기보다는 할리우드 영화에 더 치중하는 배급업자나 극장주들로 인해 젊은 감독들은 어려움에 봉착한다. 이때 두 가지 대안이 나온다.

그 하나는 작가영화사의 결성이다. 클루게와 벤더스를 포함한 13 명의 감독이 1971년 공동출자하여 독립 배급회사를 설립한 것이다. 여기에 후에 베르너 파스빈더도 동참한다.

다른 하나는 1974년 11월 4일에 체결된 영화와 독일 텔레비전(독일 제 1방송 ARD과 제 2방송 ZDF)과의 협약 Film und Fernseh-Abkommen이다. 재정이 탄탄한 텔레비전과의 협약을 통해서 젊은 감독들은 시청률이나 대중을 의식하지 않고 영화를 만들 수 있는 재정을 확보한다. 왜냐하면 협약 이전에는 많은 자본을 가진 TV 방송사가 극장용 영화들을 너무 빨리 사버려 영화산업의 발전에 악영향을 미쳤기 때문이다. 이 협약으로 방송사는 매년 독일영화의 공동제작을 위해 일정액을 제공하고, 가능성 있는 영화의 제작을 위해서는 매년 백만 마르크를 선불 지원해야 했다. 그 대신에 방송사는 극장에서의 영화 상영 5년 후에 영화를 TV에서 상영할 수 있는 권한을 부여받았다.

또 같은 해에 영화진흥법이 개정된다. 1974년 개정된 영화진흥법은 흥행 면에서 성공한 감독들에게 후원금이 주어지기보다는 좋은 영화로 완성될 가능성이 있는 영화시나리오를 감독들이 제출하면 그것을 심사하여 후원금을 배당하는 소위 '영화프로젝트진흥' 조항이 포함된다. 이 조항은 결과적으로 뉴 저먼 시네마가 문학작품을 제작하도록 하는 직접적이고 중요한 동기가 된다. 즉 영화대본이 '영화 프로젝트 진흥위원회' 심사를 통과해야 했기 때문에 낯선 창작 시나리오보다 유명한 문학작품을 각색하였던 것이다. 위원회의 위원들은 전문 영화인들이 아니라, 다양한 직종을 가진 일반인들로 구성되었기 때문에 창작 시나리오를 세심히 읽고 검토할 능력과 안목이 없었다. 결국 영화제작 후원금을 받으려면 감독들은 소위 위원회용 영화를 만들어야만 했다. 이러한 상황에서는 개성이 있는 예술적인 영화가 탄생될 수가 없다. 그러다 보니 이 시기에는 감독들의 취향에 따른 문학작품이 영화화되는 것이 아니라 고전이나 명작들이 주로 영화화되었다. 어떻든, 결과적으로는 이 시기에 가장 많은 문학작품이 영화화되었다. 약 296편이 탄생했으니 말이다. 그러나 이처럼 풍부한 작품의 생산이 감독들의 예술적 창작욕구나 열정을 대변하는 것은 아니었다. 요컨대 영화후원제도는 많은 문학작품을 영화화해냈지만 감독들의 창의력과 창작욕을 억압하는 모순적인 양상을 띠었다.

뉴 저먼 시네마의 대표들은 약 20 년 간 걸작들을 내놓으며 세계영화사에 확실한 자리 매김을 하였다. 이후 1982년 뉴 저먼 시네마의 대표 파스빈더가 죽자, 막을 내린다.

라이너 베르너 파스빈더는 문학작품을 가장 완성도 높게 영화화하였다는 평가를 받고 있다. 그 영화는 1972년과 1974년 사이에 제작된 《에피 브리스트 Effi Briest》이다. 《에피 브리스트》는 테오도르 폰타네의 1895년의 동명소설을 영화화한 것이다.

그러나 독일 영화사에서 문학의 영화화로 가장 성공한 감독은 폴커 슐뢴도르프이다.

Ⅲ. 폴커 슐뢴도르프

1939년 3월 31일 비스바덴에서 의사의 아들로 태어난 슐뢴도르프는 그 곳에서 인문계 학교를 다니다가 1956년 17 살에 교환학생으로 프랑스로 간다. 그는 독일로 돌아오지 않고 파리의 리쎄 앙리 까트르Lycee Henri Quatre에서 고등학교 졸업시험을 통과하고 파리에서 정치·경제학을 공부한다. 졸업 후 1년 간 영화 공부를 위하여 프랑스 국립영화학교 앵스띠뛰 데 오뜨 에뛰드 씨네마또그라피끄Institut des Hautes Etudes Cinematographieques에 들어간다. 이후 1960년대에 활동하던 누벨바그의 감독들, 말Louis Malle, 멜빌J. P. Melville, 레네Alain Resnais 밑에서 5년 동안 조감독으로 활동하며 일을 배운다.

독일로 돌아온 뒤로 1966년에 첫 장편영화 《젊은 퇴를레스》를 만든다. 영화는 로베르트 무질 Musil의 소설 『사관생도 퇴를레스의 혼란』을 각색한 작품으로 《칸영화제》에서 국제비평가상을 받았다.

1969년에는 '할렐루야 필름' 영화사를 설립하고 1973년부터는 리하르트 하우프 R. Hauff와 함께 '비오스콥 필름 Bioskop-Film'을 운영한다. 자신이 만든 영화의 주연을 맡았던 마르가레테 폰 트로타Margarethe von Trotta와 결혼하여 공동 작업을 계속해 나간다.

슐뢴도르프는 영화감독으로서 많은 것을 요구하거나 대단히 지적인 작가영화를 만들지는 않았다. 또 그의 영화가 상업적으로 성공했을지라도, 사실은 상업적인 오락영화를 만드는 감독도 아니다. 그는 미학적 소재들을 가지고 영화가 성공할 것이라는 확신으로 작업을 했고, 영화는 성공을 거두었다. 이때 중요한 것은 그의 대부분의 영화가 문학을 원전으로 하고 있다는 것이다.

문학을 소재로 한 영화 중 가장 큰 실망을 가져온 작품은 《미하엘 콜하스-반항아》이다. 국제적인 제작과 세계적인 배우들에 의해 생산된 영화가 관객동원에 실패했기 때문이다. 평론가들도 혹평을 하였다. 이로써 그동안 슐뢴도르프가 맺고 있었던 미국영화 시장과의 관계는 깨지고 만다.

그러자 슐뢴도르프는 다음 영화를 준비하기 위해서 독일 텔레비전과 손을 잡는다. 텔레비전용 영화를 만든 것이다: 《바알》, 《벼락부자가 된 콤바흐의 가난한 사람들》, 《루트 할브파스의 도덕》. 다행히도 텔레비전 방영 바로 전에 한 미국배급사가 극장개봉을 위해 영화를 샀으나 관객동원에는 성공하지 못한다.

슐뢴도르프가 국내뿐만 아니라 국외에서도 명성을 날릴 수 있는 기회는 1975년에 찾아온다. 세 편의 텔레비전용 영화를 만들고 난 다음, 그는 공동작업자인 아내 마르가레테 폰 트로타와 함께 하인리히 뵐의 소설 《카타리나 블룸의 잃어버린 명예》를 동명으로 영화화한 것이다. 영화는 국내외에서 크게 흥행한다.

다음 작품 《확인 사살》은 크게 성공하지 못한다.

슐뢴도르프는 몇 개의 오락용 텔레비전 영화를 제작한 다음 다시 정치적 영향력을 목표로 한 영화 제작에 동참한다. 1978년에 거장들의 합작영화 《가을의 독일Deutschland des Herbst》의 생산에 함께 한 것이다. 이어서 1979년 귄터 그라스의 베스트셀러 작품 『양철북Die Blechtrommel』을 영화화하여 칸영화제에서 '황금종려상'을 수상하고 다음해에는 최고의 외국영화로 미국영화산업계의 영예인 '오스카상'을 수상하는 영광을 안는다. 이는 독일영화계에서는 1927/28년에 영화배우 에밀 야닝이 최초로 '오스카상'을 수상한 이후 수십 년 만에 일어난 일이어서 더욱 영예스러웠다. 1970년대는 슐뢴도르프가 국내 및 국제영화시장에서 가장 큰 성공을 거둔 시기이다.

1980년 선거의 해에 《후보》(1980)를 제작하고 1981년에 니콜라스 보른의 소설 「Circle of Deceit」을 《사기Die Fälschung》라는 제목으로 영화화한다. 1991년에는 막스 프리쉬의 『호모 파버Homo Faber』를 역시 동명으로 영화화 한다.

슐뢴도르프의 영화는 현실 비판적이고 정치적인 색채가 강하지만 영화의 결말을 관객의 판단에 맡기는 열린 형식을 취하고 있다. 하지만 그가 주로 문학작품을 각색한 영화를 만들다보니 뉴저먼 시네마의 동료감독들, 예컨대 파스빈더, 헤어초크, 벤더스 등에 비해 개성이 없다는 평가를 받기도 한다.

새로운 시나리오보다는 문학작품을 각색하기를 더 좋아하는 이유를 묻자, 슐뢴도르프는 이렇게 말한다.

> 내가 가장 많이 몰두하고 나에게 가장 영향을 끼친 것은 문학입니다.[299]

그의 경우에 인생의 주요한 경험들을 독서에서 얻을 정도로 문학이 직접적인 경험보다 더 많은 깨달음을 주었고 그의 인생에서 큰 역할을 했다는 것이다. 동시에 그는 이미 성공한 문학작품이 매력적일 뿐만 아니라 성공을 가져온 작품의 수준 높은 내용 때문이라고 덧붙인다. "그러나 책의 성공과 영화의 성공이 비례하는 것은 아니며, 『카타리나 블룸』과 『양철북』과 같은 작품들은 베스트셀러

---

299) Vgl. Rainer Lewandowski, Die Filime von Volker Schloendorff, Hildesheim/ New York S. 22.

가 되지 않았을지라도 나를 유혹했을 것"이라고[300] 강조한다.

또한 그는 영화감독들에게는 시나리오를 창작할 만한 시간적 여유가 없을 뿐만 아니라 자신이 독서광이지만 글쓰기에는 아주 서툴다고 고백한다.

> 최고 형태의 시나리오는 물론 문학작품입니다. 작가는 책 한 권을 위해 수년을 매달립니다.(……) 우리는 시나리오를 쓸 때에 8주를 부여받습니다. 좋아요. 석 달을 준다고 합시다. 그 때에도 문학작품과 같은 수준의 시나리오는 나올 수가 없습니다. 그래서 난 수준 미달의 시나리오를 생산해 내니 차라리 문학을 영화화하겠다고 말하는 것입니다. 난 이곳에서 문학작품과 비교할 만한 진지함으로 시나리오 작업을 할 수 있는 사람을 알지 못합니다. 물론 난 전혀 못쓰죠.(……) 나는 대단한 독자이지만 글을 직접 쓸 만큼 실천력은 없습니다.(……) 난 완전히 글에 있어서는 젬병이거든요, 단지 마르가레트와 함께 작업합니다. 우리는 정말로 시나리오를 쓴 적이 있는데, 그때에도 난 펜을 든 적이 없습니다. 문학은 나에게 살아있는 것입니다.[301]

따라서 그는 소설을 영화화할 때, 그 문학적 수준에 맞추려고 노력하는 것이 아니라 책에 담겨있는 삶의 질과 삶에 대한 진술을 드러내고자 한다.

2000년에는 통일 이후 동독 여성을 다룬 《총소리 후의 정적》을 베를린 영화제에 출품하여 최우수 유럽영화상과 공동 여우주연상을 수상하였다. 또 2002년에는 8명의 거장이 합동으로 제작한 '텐

---

300) Ebd. 23f.
301) Ebd.

미니츠 첼로'에 동참하였다. 2004년 역시 그의 전형적인 주제 중의 하나인 과거 역사에 대한 성찰과 사회 비판적 요소가 담긴 《아홉 번째 날》을 제작하였다.

Ⅳ. 하인리히 뵐의 소설 『카타리나 블룸의 잃어버린 명예』의 영화화

Ⅳ.1. 들어가는 말

이 글에서는 하인리히 뵐의 소설 『카타리나 블룸의 잃어버린 명예: 폭력은 어떻게 발생하며 어디까지 갈 수 있는가Die verlorene Ehre der Katharina Blum oder: Wie Gewalt entstehen und wohin sie fahren kann』(이하『카타리나 블룸의 잃어버린 명예』로 약칭)를 영화화하여 슐뢴도르프 감독의 명성을 세계적으로 드높였던 작품을 살펴보고자 한다. 『카타리나 블룸의 잃어버린 명예』는 키펜호이어-비치 출판사에서 1974년 7월 출판되었고 그에 앞서 먼저 주간지 《슈피겔Der Spiegel》에서 게재를 시작하여 4회에 걸쳐 연재하였다. '슈피겔'지에 문학작품이 연재되는 것은 처음 있는 일이었다. 이것은 이 소설이 심상치 않은 논쟁적인 글임을 암시하고 그만큼 세간의 주목을 받을 것임을 의미한다. 소설은 6주내에 15만 부가 팔리고, 학생들의 교재로 이용되었으며 영국에서는 고등학생들의 졸업 시험 때에도 가장 자주 선택되는 텍스트 중의 하나가 되었다.[302] 뵐은 1971년 간행하여 1972년 노벨문학상을 수상한 『여인과 군상 Gruppenbild mit Dame』의 성공에 이어 이 소설로 인해 또다시 베스트셀러 작가가 되었다.

소설은 작가가 영화화를 처음부터 생각하고 있었음직한 대목을 곳곳에서 찾아볼 수 있으며, 실제로 폴커 슐뢴도르프 감독은 마르가르테 폰 트로타와 함께 소설을 각색하여 뮌헨의 비오스코프 영화사와 파라마운트 오리온 영화사와 서독방송국의 합작으로 1975년 영화화하였다. 감독은 "상업적인 영화", 즉 "서독의 평균적인 프로덕션에 걸맞은 작품이 아니라 국제적인 수준에 맞는 대작을 만들고자 하였고",[303] 영화는 그의 의도대로 국내외에서 크게 흥행하였다. 테러가 독일전체를 위협하고 공포를 야기해서 매우 예민해져 있던 상황에 바로 시사적인 문제, 지금까지 금기시되어 온 정치 문제를 직접 대중영화의 소재로 삼았다는 자체만으로도 영화는 성공의 근거를 마련하였다.[304] 게다가 당시 독일의 현실을 여과 없이 기록적으로 보여준 것이 대성공의 원인이었다.[305] 영화는

---

302) Vgl. J.H. Reid: Heinrich Böll. Ein Zeuge seiner Zeit, München 1991, S. 238

303) Klaus Eder: Die verlorene Ehre der Katharina Blum. In: Medium: Zeitschrift für Hörfunk, Fernsehen, Film, Bild, Ton. Frankfurt a.M. 3/1973, S. 24

304) Thomas Koebner (Hg.): Filmklassiker Bd. 3 1965-1980, Stuttgart 1995, S. 378.

305) Viktor Böll: Böll und Schlöndorff zur Verfilmung der Katharina Blum. In: Praxis Deutsch, 1983 H.1, S. 66

또한 1974년 영화사와 방송국 간의 영화-TV 협약 이후 최초의 영화사와 방송국의 합작품이어서 더욱 의미가 있었다.[306] 안젤라 빈클러Angela Winkler가 카타리나 역을, 디터 라저 Dieter Laser가 퇴트게스의 역을, 마리오 아도르프Mario Adorf가 바이츠멘네 경감 역을 맡았다.

이 글의 목적은 영화 제작자의 의도와 이야기 전개방식이 하인리히 뵐의 문학 텍스트와 어느 정도 일치되고 있으며 차이는 어디에 있는가를 밝히고, 소설이 어떻게 영화로 치환되었는지를 보여주는 데 있다. 또한 영화인의 관점에서가 아니라 문학인의 시각으로 문학텍스트와 영화의 차이점과 일치점을 논하고 문학텍스트가 영화화됨으로써 발생하는 의식적, 무의식적인 변화를 살펴보고자 한다. 따라서 개개의 영화배우가 자신의 배역을 얼마나 잘 연기해 냈는지에 대한 언급이나 장면에 대한 세세한 분석은 삼가겠다. 이는 필자의 역량을 벗어나는 일이기도 하다.

IV.2. 소설의 생성 배경

1966년과 1969년의 기민당과 사민당의 대 연합정부 시기 동안에 대학생과 청년층은 권위에 반대하며 정치적, 사회적 개혁을 원외에서 부르짖었다. 이들 원외 재야세력 (APO)의 잔여 세력인 바더

---

306) Heidemarie Fischer-Kesselmann: Heinrich Bölls Erzählung „Die verlorene Ehre der Katharina Blum" und die gleichnamige Verfilmung von Volker Schlöndorff und Magarethe von Trotta. In: Diskussion 1984, H. 76, S. 186.

-마인호프 그룹Baader-Mainhof-Gruppe은 70년대 초 과격한 테러 행위를 가하여 사회적 물의를 일으켰고, 국민들을 불안케 하였다. 당시 정치가, 은행가, 기업가들이 살해당하거나 납치되었다. 테러리스트들에 대한 정부의 탄압은 극심하였으며, 경찰들에게는 가택수색과 거리단속에 대한 막대한 권한이 부여되었다. 1971년 12월 23일 일간지 ≪빌트≫는 제 1면에 "바더-마인호프 일당은 살인 행각을 계속하다 Baader-Meinhof-Bande mordet weiter"라는 커다란 표제 밑에 한 은행 강도의 사진을 보도하고, 이것이 바더-마인호프의 소행인 것처럼 기사화하였다. 경찰이 정확한 수사 발표도 하기 전에 ≪빌트≫지는 바더-마인호프가 마치 법정에 선 것처럼 보도한 것이다. ≪빌트≫지는 많은 지방 일간지를 거느리는 서독의 신문 재벌 악셀 슈프링어가 1952년부터 발간하기 시작한 선정적인 통속 신문으로 주로 독자의 호기심을 자극하는 섹스나 오락 등의 저속한 대중문화 보도에 편중되어 있으며, 극우파적 경향이 강한 일간지이다. ≪빌트≫지의 횡포에 대해 뵐은 1972년 1월 10일 발간된 '슈피겔'지에 「울리케는 특사를 원하는가, 아니면 불구속 보호조치를 원하는가? Will Ulrike Gnade oder Freies Geleit?」라는 글을 기고하여 언론의 폭력을 인권침해라고 맹렬히 비난하였다. 그는 바더-마인호프 그룹에 대한 선先유죄판결과 그들을 몰아붙이는 대중선동 캠페인에 반대하면서 또 다른 유혈행위가 있기 전에 테러리스트들에게 그들의 행위를 숙고할 기회를 주고 서로 신중해지자고 호소하였다. 그러나 반응은 정반대로 나타났다. 뵐은 극우파 신문과 우익 인사들로부터 집중 공격을 당하고 무정부주의적인 흉악범의 동조자로 낙인찍혔다. 아렌스는 "뵐의 일당은 바더-마인

호프보다 더 위험하다"[307]고 사주하기도 하였다. 일은 여기서 그치지 않고 계속되어, 1972년 6월부터 1977년 11월까지, 이 기간 동안에 뷜의 가족은 무기나 숨겨 놓은 범죄자들을 찾기 위한 가택수색을 네 번이나 당하는 고초를 겪는다. 뿐만 아니라 뷜 자신이 바더-마인호프와 비슷한 경우를 경험한다. 1974년 서베를린에 사는 아들의 집이 수색 당했는데, 실제로 수색이 있기도 전에 슈프링어의 ≪빌트≫지는 이를 보도했던 것이다.[308] 유명 인사로서도 언론과 공권력의 막강함에 무력한 개인의 상황을 몸소 체험한 뷜은 점점 더 약자를 보호하려는 입장을 굽히지 않게 되고, 젊은이들을 억압하고 탄압할 것이 아니라, 그들을 포용해야 한다고 강력히 주장하고 나섰다. 이즈음 프랑스 작가 사르트르도 뷜과 지식인들에게 바더-마인호프 그룹의 죄수들을 도와줄 것을 부탁하였다.

뷜은 1974년 10월 19일에 가졌던 디터 칠리겐과의 인터뷰에서 소설 『카타리나 블룸의 잃어버린 명예』를 창작하게 된 동기에 대하여 다음과 같이 말한다.

내가 이 작품에서 묘사하고자 했던 바는 원래 바더-마인호프 논쟁과 관련된 브뤼크너 Brückner 교수의, 한 인간의 끔찍한 역할에 관한 것입니다. 그는 바더 마인호프 사람들과 접촉을 가졌고 그들에게 숙박을 제공했습니다. 그는 사실상 당연한 일을 했습니다. 그런데 어떻든 그의 심리 상태가 파괴되어 버렸습니다.(……) 그래서 문제가 제기되었습니다. 즉 직접적으로 그 그룹이 아니라, 거의 나병환자 취급을 받았던 모든 사람들의 문제인 것입니다."[309]

---

307) Zit. nach J.H. Reid: a.a.O., S. 217
308) Vgl.Viktor Böll: a.a.O., S. 64/ J.H. Reid: a.a.O., S. 218

언급한 바처럼 하노버 공대의 심리학과 연구소의 소장인 페터 브뤼크너 교수는 단순히 바더-마인호프 그룹의 멤버들에게 숙박을 제공한 사실 밖에 없는데, 대중매체의 심한 공격의 대상이 되고 1972년 1월에 해직을 당하였다. 그 후 무혐의가 인정되어 복직되긴 하였으나 그의 명예는 어처구니없을 정도로 실추되어 버렸다. 브뤼크너 교수는 이때의 상태를 다음과 같이 술회한다.

언제 어느 신문에 나에 대한 기사가 실렸느냐에 따라서 밤낮으로 익명의 전화가 수없이 걸려왔고 협박 편지들도 많았다. 거리에서는 많은 사람들이 내게서 등을 돌렸다. 나는 갑자기 당황했고 혐의와 모략을 받고 있었다. 나는 나인지 아닌지를 자문하였다.(……) 1972년 가을에 나는 일요신문에서 울리케는 침대에서 남자들을 생기 있게 만드는가라는 표제 아래 내 초상을 발견하였다.(……) 왜곡된 보도에 의하여 나는 인간 이하의 인간이 되어 있었다."[310]

이러한 배경을 가지고 탄생된 소설 『카타리나 블룸의 잃어버린 명예』에 대해서 뵐은 이렇게 말한다.

어느 누군가가 그와 같은 대중 신문에 게재되어 하루, 이틀간 갑자기 화젯거리가 된다. 아무도 그 이후 그 사람의 인생에 무슨 일이 일어났는가를 아는 사람이 없다. 나는 이 이야기를 정식으로 연

---

309) Dieter Zilligen: Interview Heinrich Böll. Zit. nach Hanno Beth: Rufmord und Mord: die publizistische Dimension der Gewalt, S.71f. In: Heirich Böll. Eine Einführung in das Gesamtwerk in Einzelinterpretationen, Regensburg 1975.

310) Zit. nach : Hubert Höring: Betroffen-belastet-diffamiert. In: Der Spiegel, Nr. 34, 1974, S. 7

구하고 자료를 수집하였고 그것을 가지고 갑자기 그런 중상모략에 빠지는 완전히 무명의 별로 중요치 않은 우리 시대 어떤 여인의 이야기를 만들었다."[311]

또한 소설은 신문과 경찰이 긴밀히 협조하고 있음을 드러냄으로써 작가 자신의 경험을 바탕으로 하고 있다. 당시 작가 자신이 언론과 사회와 첨예하게 대립하고 있었던 만큼 그의 주요 작품들 중에서 가장 논쟁이 많았던 작품이다. 그에 따라 언론계에 대한 뵐의 "문학적 복수"[312] 라는 비평이 있기도 했지만, 소설은 베스트셀러 목록에서 1위를 차지했고 이에 대해 뵐은 매우 만족해했다. 그것은 소설이 가지고 있는 영향력을 나타낼 뿐만 아니라 ≪빌트≫지에 대한 비판적인 정신을 일깨워 주었기 때문이기도 했다. 그러나 소설의 모토로 뵐은 "이 이야기의 인물과 사건은 자유롭게 창작된 것이다. 어떤 저널리즘의 실행을 묘사하는 데 있어서 ≪빌트≫지의 것과 유사한 점들이 있다면, 그것은 고의적인 것도 우연도 아니며 불가피했을 뿐이다"[313]라고 못 박음으로써 ≪빌트≫지의 항의에 대

---

311) Böll: Drei Tage im Marz. Ein Gespräch zwischen Heinrich Böll und Christian Linder, Köln 1975 S. 68f.

312) Thillo Wydra: Volker Schlöndorff und seine Filme. Orginalausgabe, München 1998, S. 105.

313) "Personen und Handlung dieser Erzählung sind frei erfunden. Sollten sich bei der Schilderung gewisser journalistischer Praktiken Ähnlichkeiten mit Praktiken der ≫Bild≪-Zeitung ergeben haben, so sind diese Ähnlichkeiten weder beabsichtigt noch zufällig, sondern unvermeidlich." In: Böll: Die verlorene Ehre der Katharina Blum oder: Wie Gewalt entstehen und wohin sie führen kann, Köln 1987, S. 11. 이하 텍스트의 인용은 이에 의하며 본문의 괄호 안에 쪽수만 표시한다.

해 미리 대처할 뿐만 아니라 동시에 ≪빌트≫지를 향한 엄연한 비판임을 암시하고 있다.

Ⅳ.3. 소설의 분석

하인리히 뵐은 능숙한 이야기꾼이다. 그의 뛰어난 능력 중의 하나는 주제를 문학적으로 형상화하는 방식이다. 달리 표현하면, 그는 시대의 문제점을 들추어내기 위하여 이를 분석하는 것이 아니라 바로 그 상황에 처해 있는 인물을 객관적이고 사실적으로 묘사한다. 그럼으로써 현실성과 설득력을 획득한다.

뵐은 소설에서 여주인공 카타리나 블룸을 등장시킨다. 그녀는 우연한 기회에 경찰에서 수배 중인 한 남자를 알게 되고 첫눈에 반하여 사랑에 빠진다. 이로 인해 그녀는 경찰의 조사를 받고 특히 '불바르 차이퉁'314) 의 기삿거리가 되어 중상모략을 당하며 세상으로부터 버림받는다. 결국 그녀는 자신의 잃어버린 명예를 보상받기 위해 '차이퉁ZEITUNG'의 기자를 살해한다.

소설은 전지적 관찰자시점을 취하고 있다. 이 전지자적 화자는 실제 등장인물은 아니지만 내재하고 있는 독자적인 인물로서 매번 사건에 개입하고, 독자는 그의 시각을 통해 사건을 경험하게 된다. 즉 그는 독자와 사건 간의 중개자 역할을 하면서 독자를 사건으로 접근시킨다. 서두에서 화자는 철저히 조사된 사실을 토대로 주인

---

314) 특히 주로 선정적인 내용을 담은 저속한 통속 신문인데, 소설에서는 단순히 '차이퉁ZEITUNG'으로 표현되어 있다.

공인 카타리나 블룸의 사건에 대하여 객관적인 보고를 하겠다고 다짐한다. 그러나 정보의 출처를 단지 부분적으로만 제공하고 몇 가지는 언급되지 않은 채로 내버려둘 때 이 다짐은 힘을 잃고 만다. 이를 그는 다음과 같이 설명한다.

다음과 같은 보고에서는 몇몇의 부수적인 정보의 출처와 서두에서 단지 한 번만 언급되고는 다시는 언급이 없는 세 가지의 주된 출처가 있다.(……) 비교적 중요한 몇 가지의 부수적인 출처와 사소한 몇 정보처들은 여기에서 언급되어질 필요가 없다. 왜냐하면 그들의 연류, 착종, 파악, 편견, 당혹, 진술은 보고 자체에서 생겨날 것이기 때문이다.

Für den folgenden Bericht gibt es einige Neben- und drei Hauptquellen, die hier am Anfang einmal genannt, dann aber nicht mehr erwähnt werden. …… Die Nebenquellen, einige von größerer, andere von geringerer Bedeutung, brauchen hier nicht erwähnt zu werden, da sich ihre Verstrickung, Verwicklung, Befaßtheit, Befangenheit, Betroffenheit und Aussage aus dem Bericht selbst ergeben.(11f.)

또한 화자는 자신은 탐색하고 재현하는 보고자일 뿐이며 사건을 꾸며내고 조립하는 것으로 생각되지 않기를 바란다고 강조한다. "만약 보고가 — 여기에서 정보처에 대해 너무 많이 얘기되는데 — 때때로 물 흐르듯이 느껴진다면 용서를 바란다. 불가피하였다. 정보의 출처와 흐름에 직면하여 우리는 구성을 말할 수 없으며 아마도 그 대신에 결합의 개념 (……)을 도입해야 할 것이다."(12) 정보자료를 결합함으로 줄거리가 질서정연하게 시간순으로 전개되지 않는다고 설명하고 이를 물의 흐름에 비유한다. 그리고는 좀더 분명한 이해를 위해서 웅덩이를 예로 들어 설명한다.

　이 개념은 자신이 판 웅덩이 안에서 옆에서 그리고 웅덩이와 함께 놀아본 일이 있는 어린이라면 (또는 어른도) 아주 잘 알 것이다. 웅덩이가 처리할 수 있는 물의 가용량을 하나의 통합로로 모을 때까지 물길들을 서로 연결시켜 주고 물을 빼주고 또 막아주고 바꿔주게 된다. 그럼으로써 물은 낮은 수면으로, 가능하다면 질서 있게 올바르게 정식으로 당국에 의해 개설된 하수관이나 배수관으로 연결되어 진다.

　Dieser Begriff sollte einleuchten, der je als Kind (oder gar Erwachsener) in, an und mit Pfützen gespielt hat, die er anzapfte, durch Kanäle miteinander verband, leerte, ablenkte, umlenkte, bis er schließlich das gesamte, ihm zur Verfügung stehende Pfützenwasserpotential in einem Sammelkanal zusammemführte, um es auf ein niedrigeres Niveau ab-, möglicherweise gar ordnungsgemäß oder ordentlich, regelrecht in eine behördlicherseits erstellte Abflußrinne oder in einen Kanal zu lenken.(12)

　요컨대 모든 개개의 정보들은 "하나의 통합로"에 이를 때까지 공평하게 결합되어야 한다. 이를 위해서 화자는 사건의 진행을 순차적으로 연결시키고 때로는 지나간 일을 돌아보기도 하고 부족한 부분을 보충하기도 한다. 이러한 일들은 결코 다른 것은 계획되지 않은 "명백한 정리의 과정Ein ausgesprochener Ordnungsvorgang"일 뿐이다. 이처럼 화자는 독자를 본래 사건으로 끌어들이기 이전에 자신의 계획과 의도를 미리 밝히는 데 심혈을 기울이며 아주 진지하고 예민해 있다. 그는 사실과 증인들의 진술을 모으고 배열하며 이 과정을 독자가 함께 경험하도록 유도하는데 그 이유는 바로 자신이 그토록 열망하는 보고의 객관성을 보증하기 위함이다. 즉 그는 탐정 일을 수행하고 있는 것이다. 그러면서도 탐정소설을 쓰지 않기 위해서, 또 이야기로부터 생성되는 긴장감을 제거하기 위해서 뵐은 베르톨트 브레히트가 자주 사용했던 방법 중의 하나인 줄거리의 선취를 택한다.315) 좀더 설명하면 뵐은 이미 서두에서 자신의 견해를 밝힌 후에 두 번째 전조로서 살인 사건의 발생을 신문기사 형식으로 냉정하게 보고한다. 즉 시작부분에서 결말을 독자에게 내맡겨 버림으로써 살인 장면에서 피할 수 없이 야기될 수 있는 긴장감을 제거한다. 그래서 그는 '무슨' 사건이라는 문제로부터 사건이 '어떻게' 일어나는지에 중점을 둔다. 다시 말하면 그는 폭력이 어디까지 갈 수 있는가를 미리 보여줌으로써 결말에 일어날 수 있는 예상들을 깨버리고 독자가 화자와 함께 이야기의 과정에, 즉 살해의 동기와 개개의 세부사항의 조사에 참여하도록 유도한다. 그래서 결국 블룸의 살해행위를 철저히 분석된, 수긍할 만하고 일관된 결과로써 이해하게 된다.

화자는 양심적으로 그리고 의식적으로 적확한 언어를 선택함으로써 차이퉁의 왜곡된 표현이나 음모와 대조를 이루고자 하며 "단순한 사람들의 의사표현을 돕는다"(88)는 '차이퉁'의 주제넘은 관점과 허위를 비난한다. 카타리나가 경찰서의 첫 심문에서 "치근거

---

315) Vgl. A.K. kuhn: Schlöndorffs Die verlorene Ehre der Katharina Blum. Melodrama und Tendenz. In: Film und Literatur. Literarische Texte und der neue deutsche Film, Hg. v. Sigrid Bauschinger, Bern/München 1984, S.90

림Zudringlichekeit"과 "다정함Zärtlichkeit"을 구분 짓고 조서에 이를 명백히 구별하여 써 줄 것을 경찰에게 요구하는 것도 같은 이유에서이다. 처음에 화자는 자신의 정보의 출처가 정확한지, 믿을 만한 지를 의심하며 간접화법을 많이 사용한다. 예를 들어 12장에서 바이츠멘네 경감이 카타리나의 집을 기습하였을 때 그가 카타리나에게 "……했다고 한다soll"와 같은 형태로 보고한다. 그러나 이 표현에 대한 정보의 출처를 제시하지 않은 채 이미 카타리나의 두 번째 심문에서는 바이츠멘네가 "잔인하게 기회를 이용하였다"(31)고 말함으로써 객관적인 보고의 작업과정으로부터 점차적으로 멀어진다. 그리고 이런 가치판단을 한 정보제공자가 아니면 화자 자신이 내리는 지는 분명치 않다. 그러므로 어떤 인물이 어떤 과정에 대해 또는 어떤 또 다른 인물에 대해 진술을 하는지를 재구성한다는 것은 독자에게는 점점 더 어려워진다.[316]

이제 바이츠멘네는 다시 아버지같이 되어 그녀에게 말했다. 그녀가 남자친구를 갖는 것은 결코 나쁜 일이 아니며 - 그는 여기서 결정적으로 심리학적 실수를 한다 - 치근대지 않고 아마도 그녀에게 부드러웠을 남자친구 말이다. 그녀는 이혼했으며 더 이상 정조를 지켜야할 의무가 없다. 그리고 세 번째 결정적인 실수 - 만약 치근대지 않고 다정함에 어떤 물질적 이익들이 생긴다면. 그건 결코 비난받을 일이 아니라고 말했다.(31)

위의 예문에서처럼 화자는 바이츠멘네의 행위를 "결정적인 심리학적 실수"라고 판단한다. 따라서 그가 앞에서 강조했던 '중립적인

---

316) Vgl. ebd., S. 92

보고자'라는 공언은 무산되고 말며 점점 더 강력히 주인공을 지지한다." 이제 블룸에게 계속되는 공포가 임박해 있다는 사실이 여기서 알려져야 한다"거나 "경고장: 더욱 나쁜 곳이 올 것이다"와 같은 편파적인 표현들은 단지 처음에만 중립적이고 보고자적인 자세를 취했을 뿐 실제로는 점점 더 전지자적 시점의 서술태도로의 발전을 여실히 보여주고 있다. 뿐만 아니라 카타리나에게 마지막 말을 하게 함으로써 이는 정점에 달한다. "마지막으로 전달할 반쯤은 즐거운 것이 아직 남아 있다: 카타리나는 블로르나에게 범행과정을 설명했고 살인 이후 뫼딩의 집에 도착할 때까지의 6시간 반에서 7 시간을 어떻게 보냈는지도 말했다. 사람들은 이 묘사를 말 그대로 인용해야 할 즐거운 입장에 처해있다. 왜냐하면 카타리나는 모든 것을 기록하여서 블로르나에게 소송 때 이용하라고 넘겨주었기 때문이다."(113)

그러니까 카타리나 블룸의 돌발적인 사건과 그녀의 행동을 객관적으로 보고하려는 화자의 시도는 실패로 끝나고 만다. 객관적인 서술태도를 포기하는 것은 블룸의 내면 ─ 사실 그는 이를 알아서는 안 된다 ─ 에 대하여 명확하게 서술하는 화자의 표현을 통해서도 상징화된다. 이는 앞서 강조한 화자의 의도와 심히 풍자적이고 반어적인 서술태도 사이에서 생겨나는 모순들과 증폭되는 불일치 때문이다. 그러나 화자의 이런 호감과 지지는 카타리나에게만 제한되어 있는 것이 아니고 그녀의 편에 선 인물들, 즉 블로르나 부부에서부터 괴텐까지 미치고 있다. 이들은 정감 있고 인간미를 지닌 모습으로 나타난다. 객관적인 보고에 대한 힘을 잃어버린 화자는 이들을 한 그룹으로 묶어 '차이퉁'에 대립시키며, "차이퉁이 그(블로르나), 괴텐, 카타리나, 블로르나 부인에 대해서 쓴 모든 것을 상상할 수 있기"(103)를 바란다고 독자에게 호소한다. 그러나 뵐이 서두에서 화자가 다짐하는 원칙을 지키지 못함으로써 소설에서 객관적인 보고를 한다는 것 자체가 가능할 수 있는 지의 여부에 대한 문제를 제기하고 있다[317]고 볼 수는 없다. 오히려 실제로는 화자와 처음부터 끝까지 한 번도 일관성 있게 이루어지지 않는 그의 서술의도가 뵐이 원하는 아이러니컬한 총체적인 형상에 꼭 들어맞는다. 특히 이 점은 문학 텍스트의 핵심 역할이 왜 화자에게가 있는지를 보여준다. 결국 점점 더해가는 자기 성찰과 줄거리를 재구성해야 한다는 과제의 어려움을 호소하는 화자의 하소연은 스스로에게 부과했던 과제를 제대로 수행할 수 없음을 입증한다.

마지막 방법인 우회, 유도, 전향이 시작되기 전에, 여기서 말하자면 기술적인 중간보고가 있어야 할 것이다. 이 이야기에서는 너무 많은 것이 일어난다. 이 이야기는 고통스럽고 거의 통제할 수 없을 정도로 줄거리가 너무 강하다.

Bevor die letzten Um-, Ein- Ablenkungsmanöver gestartet werden, muß hier eine sozusagen technische Zwischenbemerkung gestattet werden. In dieser Geschichte passierte zu viel. Sie ist auf eine peinliche, kaum zu bewältigende Weise handlungsstark.(83)

사건의 전면에 많은 일이 발생했는데, 그 배경에는 더 많은 것이 숨어 있을 것이다. 그래서 그는 경찰들의 전화도청에 대해서 비교적 장황하게 다루고 그 도덕성을 문제 삼기도 하며 사업가 뤼

---

317) Vgl. ebd., S. 93.

딩의 후식에 대하여 여비서와 가정부가 언쟁한 도청내용을 여러 줄에 걸쳐 비꼬기도 한다. 이렇게 여러 관점에서 사건을 관찰하는 뵐의 반어적인 서술기법은 소설의 본디 멜로드라마적인 내용을 완화시키고 그러한 요소를 후면으로 밀어내는 역할을 한다.[318] 그럼으로써 화자는 카타리나의 살해행위가 '차이퉁'에 의해 당했던 모욕에 대한 혐오스런 반응이 아니라 당연한 것임을 나타내는 데 성공한다. 특히 이는 화자가 주인공을 위해 적극적으로 개입한 결과이다. 그 과정을 질서 있게 배열하고 객관적인 보고를 하겠다는 공언을 이루지 못했지만, "폭력이 어떻게 생성되고 어디까지 갈 수 있는가?"라는 부제가 보여주고자 하는 목표에는 도달하였다. 이는 뵐의 아이러니, 특히 이미 서두에서 드러나지만 이야기가 진행되면서 점점 더 강하게 나타나는 카타리나에 대한 호감과 지지 덕택이다. 소설에서는 이처럼 사건이 화자에게 완전히 예속되어 있기 때문에 이 화자가 영화와 소설을 비교 분석하는 데 핵심 역할을 한다. 따라서 화자가 영화에서는 어떠한 기능을 하고 있는지, 어떻게 치환되었는지를 살펴보는 것이 이 둘을 비교 분석하는 관건이 될 것이다.

Ⅳ.4. 문학텍스트와 영화의 비교

폴커 슐뢴도르프의 의도는 "경찰과 언론의 공조"를 나타내기 위해 "뵐의 풍자적인 반 (反) 빌트 차이퉁 소설로부터 아주 강한 감

---

318) Vgl. ebd., S. 85.

정적 영향력을 지닌 엄격하고 사실적인 영화스토리를 만드는 것"
이었다 319)

앞서 언급한 바처럼 뷜에게 중요한 것은 사건이 어떻게 전개되
어지는가에 있는 반면에 슐렌도르프는 무엇에 즉, 카타리나 블룸
에 관한 멜로드라마적 이야기에 초점을 맞추고 있다. 영화는 탐정
물의 성격을 띠고 있는데, 이는 관객이 항상 사건의 한가운데에
있기 때문이다. 반면에 뷜은 일어난 사건을 안내하듯이 선취함으
로써 사건에서 발생되는 긴장감을 의도적으로 배제시킨다.

그렇다면 뷜 소설의 특징인 미묘한 반어적 언어는 슐뢴도르프의
영화에 어떻게 치환되어 있을까? 사이사이 저변에 깔려 있는 텍스
트의 형태로든 주석의 형태로든 또는 줄거리를 가시화하고 전달하
는 구체적인 인물을 이입시킴으로써든, 어떤 방법으로도 슐뢴도르
프는 화자의 직접적인 형상화를 포기한다. 감독은 이러한 역할의
인물을 완전히 해체시키고 이 기능을 영화적 방법을 통해 실행한
다. 반어적 언어 대신에 영화는 때때로 희극적으로 작업되고 언어
적 요소들은 이야기로 치환된다. 그래서 과장되고 그로테스크로까
지 이끌어지는 개개 장면의 묘사는 원래 사건에 비추어 보면 부수
적인 것으로 생각될 수도 있다. 예를 들면 한 남자를 체포하기 위
해서 카타리나의 집안으로 쳐들어오는 경찰들의 중무장한 복장이
나 무기를 지닌 경찰의 무리와 단지 목욕 가운만을 입고 있는 한
여인과의 대조적인 장면, 또 이때 실수에 의한 사격 등이 그러하
다. 그리고 감시 임무를 위해 카니발 복장으로 변장하고 있는 경

---

319) O.V: Film: Schlöndorffs "Blum" und "Bild". In: Der Spiegel, Nr.
    19/1975, S. 158.

찰의 탈의실 문을 불시에 열어보는 카타리나에게 카메라가 맞춰진 경우도 마찬가지이다. 머리에서 발끝까지 완전히 중무장한 경찰의 무리와 목욕가운만을 걸친 여인과 대립하는 불협화적인 장면은 우스꽝스러움을 자아낸다.

이러한 유의 장면들과 세부묘사들 그리고 소도구들은 이야기를 진척시키지는 않으나, 사건의 시간적, 상황적 배후를 명백히 가시화하는 역할을 한다. 그러면서 이러한 것들은 개인 대 한 무리의 무장경찰과 완전히 비대칭적인 상황, 또는 카니발 장면 등에서 일어나는 멜로드라마적 사건의 모순을 중재한다. 특히 이러한 장면들을 매개로 하여 카타리나의 살해의 동기를 형상화하고, 경찰, 언론, 국가의 공조체제에 대항한 개인의 무력함을 바이츠멘네, 퇴트게스, 하흐와 같은 인물들을 통하여 구체화한다. 이 공조는 바이츠멘네 경감과 퇴트게스 기자가 정보들을 교환하고 공동작업을 위해 다음 단계의 문제들을 논의하는 장면에서 가장 뚜렷이 나타난다. 왜냐하면 언론에게는 여러 가능성들이 개방되어 있으며 이 가능성들은 또 경찰에게 아주 유익하나 허락되어 있지 않기 때문이다. 이것은 카타리나의 대모代母이자 먼 친척인 볼터스하임 부인이 자기 조카가 '차이퉁'에 의해 모욕당하고 비방당했다고 경찰에서 하소연할 때 마찬가지로 주제화된다. 이 자리에 있던 하흐 검사는 언론의 자유의 중요성을 강조함으로써 상황을 진정시키는데, 그럼으로써 결국 언론의 음모를 동조한다. 이러한 요소는 소설에서 보다 영화에서 훨씬 더 명백히 드러난다. 장르의 특성을 십분 발휘하여 감독은 험악한 인상과 커다란 체구의 인물을 내세움으로써 흔히 생각할 수 있는 바이츠멘네 경감의 이미지를 부각시킨다. 소설에서는 바이츠멘네 경감이 때로 "아버지처럼"이라고 표현된 반면에 영화에서는 처음부터 불가침의 기관을 대표하여 공격적이고 난폭하게 행동한다.[320] 괴텐이 경찰의 철저한 포위망을 빠져나갔다는 것을 알았을 때, 바이츠멘네는 거의 자제력을 잃고 카타리나의 침대를 뒤집어엎고 그녀의 손에 들린 아침식사 빵을 쳐서 떨어뜨린다. 그는 첫 가택수사에서 카타리나와 처음 만나게 되는데, 이 초면의 자리에서 카타리나에게 "그와 그 짓을 했지Hat er dich gefickt?"라고 거의 단정적으로 거칠게 묻는다 ─ 뵐의 소설에는 그가 정말로 이런 질문을 던졌는지 명백히 드러나 있지 않다. 그리고 만약 그녀가 경찰에 협조하지 않는다면 괴텐을 죽이겠다고 협박할 때는 더없이 폭력적이다: "그가 총을 맞아 병신 되기를 원치 않는다면 그가 어디 있는지 우리에게 말하시오. 나는 그를 찾게 될 것이오. 그리고 그가 총을 맞는다면 누가 어려움에 처하게 될 것인지는 자명하오."[321] 이러한 태도는 바이츠멘네라는 인물을 분명하게 드러낸다. 그럼으로써 전면에 드러난 그의 의도는 처음부터 자명하고 카타리나는 단지 그의 조악함에만 반응한다. 소설에서 카타리나는 실제로 행동하기 보다는 그녀의 행동이 화자에 의해 전달된다. 그에 반해 영화는 장르의 특성이 인물화에 있는 만큼 직접 행동한다.

그러면 슐뢴도르프는 소재를 어떻게 처리하여 영화로 치환하는지 좀더 구체적으로 살펴보자.

---

320) 영화는 바이츠멘네가 본 Bonn의 대리인임을 제시한다.

321) "Wenn Sie nicht wollen, daß er zum Krüppel geschossen wird, dann sagen Sie uns, wo er ist. Ich werde ihn kriegen und wenn dann geschossen wird, ist doch klar, wer auf der Strecke bleibt"

슐뢴도르프는 1975년 카니발 시기에 일어나는 사건을 엄격히 시간순으로 전개시킨다. 그는 고전비극에 따른 연대기적인 5막의 구성, 즉 발단, 전개, 위기, 절정, 파국의 형태로 구성하고 있으며[322] 사건의 날짜들을 페인드인을 통해 알린다. 이는 소설에서 화자가 심혈을 기울여 면밀히 조사한 보고와 일치한다.

감독은 첫 장면을 배 위에서 주변을 훔쳐보고 있는 괴텐의 모습, 이후 곧 포르쉐 자동차를 훔쳐서 달아나는 그의 모습을 경찰 카메라를 통하여 흑백으로 보여준다. 이때 그는 괴텐을 망원경의 십자선에 세움으로써 상황을 모르는 관객들에게 긴장감을 불러일으킨다. 여기서 한스 베르너 헨체의 불안한 무조의 음악이 이 불길한 장면의 긴장을 더욱 강화시킨다. 이렇게 슐뢴도르프 감독은 그의 멜로드라마적 작업방식을 알린다.[323] 이어서 장면은 카니발 음악과 소음 때문에 요란스러운 카페 폴크트로 갑작스럽게 바뀐다. 헤르타 쉬멜은 카페에서 전화로 카타리나에게 볼터스하임 부인의 집에서 있을 파티를 위한 파트너를 "낚을 것"이라고 말하는데 이를 괴텐이 엿듣는다. 이 전화내용을 근거로 나중에 바이츠멘네 경감은 괴텐이 그 파티에 동행할 수 있도록 카타리나가 고의적으로 카페 폴크트로 그를 보낸 것이라고 그녀를 몰아붙인다. 즉 카타리나는 이미 오래 전부터 괴텐을 알고 있었다는 것이다. 이어

---

322) Vgl. Werner Faulstich: Kritische Bemerkungen zu dem Beitrag Heinrich Bölls Erzälung Die verlorene Ehre der Katharina Blum und die gleichnamige Verfilmung von Volker Schlöndorff und Magarethe von Trotta von Heidemarie Fischer-Kesselmann. In: Diskussion Deutsch, 1984, H. 78, S. 450

323) Vgl. A.K. Kuhn: a.a.O., S. 97.

지는 장면에서 괴텐은 포르쉐 자동차를 타고 볼터스하임의 집으로 간다. 그는 경찰의 추적을 받고 있음을 알고 철도건널목에서 이들을 따돌린다. 이것이 영화에 재차 탐정물의 성격을 부여한다. 관객은 처음부터 사건의 한복판에 있으며 사건전체가 엄격히 시간순으로 재현되기 때문에 이 처음 장면들의 의미는 영화가 계속 진행되는 중에야 비로소 밝혀진다.

처음 몇 장면에서 이미 뵐의 진행방식이나 서술기법이 슐뢴도르프와의 것과는 다르다는 것이 드러난다. 철저하고 정확한 세부적인 재구성을 위해 뵐은 '무엇'이 일어났는가를 미리 제시하였다. 그러나 이 세부적인 재구성이 시간 순서로 이어지지 않으며, 그때그때 입수된 상황으로부터 알게 된 세부사항들은 총체적인 이해를 위한 다음의 과제와 필요한 퍼즐의 부분들이다. 그의 핵심은 폭력이 어떻게 형성되고 그것이 어디까지 갈 수 있는가 하는 점에 있다. 반면에 슐뢴도르프는 사건에서 긴장감을 자아내며 '차이퉁'의 기사를 왜곡시키고 음모하는 데 대한 비판, 테러-히스테리적인 경찰의 조처에 대한 비판 그리고 경찰과 검찰과 언론 사이의 명백한 공동 작업에 대한 비판을 뚜렷이 영상화시킨다. 그럼으로써 그는 이 긴장을 스크린 위에서 그로테스크 풍으로 이끌어간다. 그리고 이런 기이하고 우스꽝스러운 표현들로 인해 때로 사실들은 현실성과 설득력을 잃어버리게 된다.

영화는 대사에 있어서는 원작에 충실하고 화자가 제공하는 배후에 대한 정보들 중에서 많은 부분들을 사건 주변부에서 일어나는 대사나 인터뷰로 또는 페이드인 되거나 낭독되는 신문기사로 변형시켜서 매끄럽게 삽입시키고 있으며 억지로 짜맞춘 장면이라는 인상은 주지 않는다.

한스 베르너 헨체가 만든 무조음악을 사용하고 있는 점도 고찰해 볼 만하다. 슐뢴도르프는 영화음악을 수평적으로 또는 배경으로서 깔거나 대화 장면에 삽입하는 전통적 방법과는 달리 침묵의 장면들에 삽입시킨다. 보충하면 주로 경찰과 국가권력의 비인간적인 수사과정과 '차이퉁'의 왜곡된 보도 그리고 그것이 주인공에게 미치는 영향들을 나타내는 장면들에 삽입시킨다.[324] 예를 들면 카타리나와 괴텐이 그녀의 동네에서 위협적으로 보이는 경찰 카메라의 십자선에 잡혀 있는 흑백장면이나 그녀의 집으로 경찰이 접근할 때 불협화적인 기괴한 음악이 깔린다. 중무장한 경찰의 무리가 카타리나의 집에 들이닥칠 때는 타악기의 최강음이 요란하게 울려 퍼진다. 이런 음악의 삽입으로 탐정영화의 성격이 고조된다. 그리고 카타리나가 호기심이 가득 찬 이웃들과 기자들의 무리에 둘러싸여 마치 강력범이 체포되어 가듯이 경찰에 끌려가는 장면에서도 깨지는 듯한 음악이 동반되고 이웃이 던져 놓은 성폭력적인 글이 적힌 메모를 현관 앞에서 발견하고 급히 집으로부터 도망치는 장면에서는 약하게 깔렸던 음악이 점점 고조된다. 또한 카타리나가 도미니카 수도원에서 슈트로이블레더의 설득을 뿌리치고 뛰쳐나올 때에도 음악이 깔리는데, 영화에 첨가된 이 수도원 장면으로 슐뢴도르프는 교회에 대한 비판을 확대시킨다. 우루바누스 신부가 기업가 슈트로이블레더의 위임에 따라 카타리나를 수도원으로 불렀다는 사실은 언론과 기업과 교회의 공조를 의미한다. 이 비판은 카메라가 교황의 사진과 포도주 병들과 값비싼 흰 탁자보에 고정

---

324) Vgl. ebd.

됨으로써 성화상적으로 상징화된다.325) 이 상징은 교회의 부패와 귀족적인 기호 그리고 교회가 현상유지의 보호자임을 나타낸다.326) 요컨대 도주와 여러 반응들이 매번 음악으로 인해 구체화되는데, 사실 이는 선율이라기보다는 화성적으로 조화를 이루지 못하는 기괴한 음들, 날카롭고 깨지는 소리들로 상황을 더욱 위협적이고 긴박하게 만드는 데 일조한다. 이 무조음악은 살해 장면에서 절정에 이른다. 퇴트게스가 접근할 때에 음악은 점점 더 고조되어 긴장을 최고조로 끌어올린다. 그러다가 방문이 잠김과 동시에 갑자기 끝난다. 이때 퇴트게스는 슐뢴도르프가 첨가한 독백을 하는데 이 독백이 결국 살인을 야기한다. 이렇게 영화 속의 음악은 뵐이 아닌 슐뢴도르프에 의해 의도된 긴장을 고조시키며 결국 살인까지 범하게 되는 카타리나에게 미치는 위협과 명예훼손을 더욱 증폭시킨다. 그로테스크한 후속 장면 Nachspiel에서는 음악이 다른 방법으로 사용된다. 더 이상 무조의 위협적인 요소가 아니며 장엄하면서도 유치한 장송곡이다. 이 음악은 본이야기와 후속 장면 사이의 단절을 더욱 여실히 하고 여기에 나타난 풍자적 요소를 드러나게 한다. 이 장면은 앞으로 더 자세히 언급될 것이다.

그러면 카타리나의 살인행위가 영화에서는 각각 어떻게 동기를 부여받는지 살펴보자.

슐뢴도르프는 주인공의 명예훼손과 모욕의 과정을 '차이퉁'을 통해 주로 드러내나, 동시에 이에 협조하며 개인을 보호하는 대신에 굴복시키는 공권력을 통해서도 보여준다. 멜로드라마에서 갈등은

---

325) Vgl. ebd., S. 98
326) Ebd.

주인공의 내면 자체에서 일어나는 것이 아니라 인물과 외부와의 관계 사이에서 일어나는데,[327] 슐뢴도르프 역시 이러한 갈등구조를 형성하고 있다. 그는 등장인물을 극단적으로 이원화하고 있다. "선인"들은 카타리나 블룸 주변에 그룹을 형성하고 있으며 괴텐, 블로르나 부부, 볼터스하임 부인이 이에 속한다. '악인'들은 무엇보다도 퇴트게스와 바이츠멘네이다. 이러한 이분법적 구성으로 인해 카타리나는 어쩔 수 없이 희생양의 역할을 떠맡게 된다. 뿐만 아니라 그녀가 흰 블라우스를 입거나 흰 숄을 두르고 등장함으로써 결백함이 암시된다. 이러한 이분법적 구성으로 슐뢴도르프는 인물들을 소설에서보다 훨씬 더 뚜렷이 이원화한다. 이는 언론과 권력기관이 공조하여 행하는 폭력에 대항하는 한 여인의 미약하고 소리 없는 외침을 주로 이미지와 영상으로 처리하여야 하는 영화 방법상의 특성 때문일 것이다.

슐뢴도르프는 관객과 카타리나가 일체감을 느끼는 과정을 무엇보다도 퇴트게스가 매번 천박하고 냉정하고 양심이 없고 오로지 특보를 내는 데에만 혈안이 되어 있는 인물로 등장시킴으로써 조장해내고 있다. 보충하면 카메라 유도에 의해 처음에는 그가 마치 침대 옆이 아니라 침대 속에 있는 것처럼 보이는 카타리나 어머니의 병상에서라든지 카타리나의 고향마을에서 이웃들에게 질문할 때, 또는 신문기사를 편집부에 전화로 전달할 때 등의 장면을 통해서 관객은 그에게 혐오감을 갖고서 점점 카타리나와 일체감을 이루어 간다. 카타리나와는 달리 관객은 살해 장면 전에 이미 퇴트게스를 알고 있으며 저널리즘의 노예인 그의 비인간적인 태도와

---

327) Ebd. S. 88

경솔하고 호들갑스럽고 거만한 행동과 어투에 의해서도 그의 인간 면면을 감지할 수 있었다. 게다가 그의 복장과 굽이 높은 구두 등의 외모는 거부감까지 갖게 한다. 또한 "신사 방문객 Herrenbesuch"인 슈트로이블레더와의 관계를 팔아서 다시 한번 돈을 벌어보자는 그의 제안에 카타리나의 감정은 극단으로 치닫고, 그의 이런 태도에 관객은 역겨워하며 그녀의 살인행위에 타당성을 부여하기까지 한다. 사실 이야기를 시간순으로 함께 체험하고 있는 관객에게 살인은 뜻밖의 행위이다. 그럼에도 이미 언급했던 여러 긴장요인들을 지니고 있는 이 영화의 탐정적인 성격이 살인이 반드시 필요했을까 하는 질문을 불필요하게 만든다. 범죄를 다루는 작품에서 살인이란 결코 특별한 일이 아니며 의문이 제기될 만한 가치가 있는 것도 아니기 때문이다. 퇴트게스의 장례식에서 살인 행위는 "확고하고 자유롭고 민주적인 기본질서를 동요ein Rütteln an den Festen der freiheitlichen-demokratischen Grundordnung"시킨다는 이유로 지탄을 받으며 카타리나의 "사격은 언론의 자유에 대한 도전행위"이고 "차이퉁을 공격하는 사람은 우리 모두를 공격하는 것이다Wer Zeitung angreift, greift uns alle an"는 추도문은 감독의 저항적 풍자의 표현으로 이 살인행위에 재차 동기를 부여한다. 신사방문객의 별장 "열쇠사건Schlüsselgeschichte"을 사겠으며 그로 인해 카타리나 자신은 다시 한 번 스타가 되는 것이니 얼마나 유익한 것이냐고 그리고 그녀가 사람들에게서 잊혀지지 않기 위해서는 "배후에서 계속 이야기 거리를 쏟아 놓아야 한다"고 일방적으로 떠들어 대며, 또 함께 일하기 위해서는 개인적으로 가까워져야 하니까 "이제 우리가 먼저 한번 꽝 해보자 [bumsen] wir jetzt erst mal'n bißchen"는 퇴트게스의 속삭임에 카타리나는 피스톨로 답한다. 피스톨과의 성교로 답변을 받게 하는 뷜의 언어유희를 슐뢴도르프는 이 살해 장면에서 성공시킨 것이다. 문자와 영상이라는 장르의 차이로 인하여 어쩔 수 없이 포기되었던 반어적인 언어가 이 장면에서 십분 발휘된다. 이는 영화에서는 때로 희극적으로 치환되었을 때 나타났다. 반면에 뷜의 경우에는 반어적 언어가 이야기를 이끌어가는 기선基線이다.

Ⅳ.5. 맺는말

앞에서 드러난 소설과 영화의 차이점들을 근거로 하여 이제 영화에 대한 작가 뷜의 견해와 평가를 살펴보자. 특히 소설과는 다른 결말에 주목해 보겠다. 이 결말뿐만 아니라 새로이 첨가시킨 회상 장면들은 뷜의 동의를 얻어 이루어진 것이다. 한 인터뷰에서 그는 "영화의 결말이 소설의 결말보다 더 마음에 든다"[328]고 말했다. 그는 이 결말을 더 수긍할만한 것으로 여기기 때문이다. 소설의 마지막 부분에서 작가는 독자가 퇴트게스에 대한 분노를 느낄 소지를 주지 않고 서두에서 언급한 살인사건을 다시 한 번 카타리나의 시각에서 묘사할 수 있는 기회를 준다. 때문에 그녀는 결백한 순교자의 역할을 떠맡게 되고 독자는 분노 없이 악한이 사라진 데 대한 홀가분함만을 느낀다. 반면에 영화의 결말은 관객을 격분

---

328) Viktor Böll: Böll und Schlöndorff zur Verfilmung der Katharina Blum,
    S. 65.

시킨다. 카타리나를 하나의 상품으로 여기며 시장가치만을 생각하고 떠들어대는 퇴트게스의 마지막 독백과 장례식에서의 추도문이 바로 관객의 눈앞에서 펼쳐지기 때문에 관객은 이에 분노한다. 결국 거대한 언론매체의 상품화의 대상이 된 데 대한 개인의 무력함과 난감함을 슐뢴도르프는 소설에는 없는 퇴트게스의 독백과 후속 장면을 첨가시켜서 명백히 드러낸다. 개인의 무력함은 카타리나와 괴텐의 멜로드라마적인 포옹장면에서도 나타난다. 연행되어 가는 경찰서의 지하복도에서 조우할 때 카타리나는 지금까지의 질린 듯하면서도 냉정하고 고집스런 표정과는 달리 함박웃음을 지으면서 행복에 넘치는 얼굴로 괴텐에게 달려가 포옹하고 경찰에 의해 강압적으로 떨어진다. 느닷없는 이 장면은 준비가 충분치 않고 거의 동기부여가 없기 때문에 그 의미가 의아스럽고 오히려 유치하게 작용하며 멜로 영화에서 가장 흔한 장면으로 치부될 수 있다. 그 외에 이 한 쌍의 연인은 사람들 속에서 춤추는 장면과 도청되고 있는 전화통화의 장면 그리고 두 번의 회상 장면에서만 서로 연관되어 등장한다. 이 장면은 각각 카타리나와 괴텐과의 대화를 담고 있으며 두 사람의 관계를 특징지어 주는, 즉 둘이 얼마나 깊이 서로 사랑하고 있는 지를 보여주며 카타리나의 심적 상태를 엿보게 해주는 기능을 한다. 또한 살해의 동기를 납득하게 하는 데 도움을 주나 줄거리의 진행 과정에는 별로 영향을 미치지 않는다. 시간순으로 전개된 영화는 소설과는 달리 카타리나의 미래에 대한 전망을 생략함으로써 카타리나가 감옥에 수감된 현재에서 끝나고 있으며, 오히려 소설에 없는 퇴트게스의 장례식 장면을 삽입시킴으로써 석방 후에 사회로의 재편입하고자 하는 카타리나의 미래가

아니라 미래에도 언론의 상업성과 횡포가 계속될 것임을 암시한
다. 카타리나의 살인행위는 언론의 폭력에 전혀 영향을 끼치지 못
한다. 언론의 영향력은 계속될 것이고 또 다른 희생자가 나올 것
이다. 퇴트게스의 장례식에서 이미 그의 후계자는 사건을 같은 방
법으로 설명한다. 퇴트게스와 사진기자 쇤너가 새 인물로 교체되
어서 퇴트게스의 가족의 고통을 상품화시키는 장면은 총체적인 상
업화를 설득력 있게 보여준다. 한 인간이 긴밀히 얽혀 있는 그물
망, 즉 익명의 이웃, 경찰과 검사로 대표되는 국가기관, 기업가와
대립하고 있다. 영화에서는 특히 교회와의 결탁도 두드러진다. 이
들은 모두 자신의 이익과 목적에 따라서 연계되어 있고 이 관계가
제도화되어 시스템을 이루고 있으며 결국에는 막강하고 거대한 한
힘에 집중된다.[329] 이 힘은 일반적이고 대중적인 의사소통을 위해
기본구조를 생산해내고 있는 언론이다.[330] 살해동기에 대하여 좀
더 명백하게 드러낸 영화의 결말을 더 마음에 든다고 뵐이 말하는
이유는 바로 여기에 있다. 총체적인 시장경제 논리가 소설에서는
확연히 드러나지 않았다. 정치적 요소는 영화보다는 소설에 더 많
이 내포되어 있으며 소설은 1년 후에 만들어진 슐뢴도르프의 영화
보다 일간지, 주간지, 여러 잡지 등을 통해 훨씬 더 강력한 언론의
반향을 보았다.

영화는 소설의 의도는 비켜갔지만 독립적인 작품으로 극찬을 받
았다. 감독은 영화 창작인으로서 원작을 그대로 재현하기보다는
자신이 바라본 관점에서 자신만의 새로운 시각과 견해로 영화화하

---

329) Vgl. Fischer-Kesselmann, Heidemarie: a.a.O., S. 453
330) Vgl. ebd.

는 것이 바람직할 것이기 때문이다. 또한 원작과 영화 사이의 차이는 같은 소재에 대한 접근방법이 근본적으로 달랐기 때문에 생겼으며 그 각각의 가능성과 장, 단점들은 이 글에서 이미 드러났다. 요컨대 작가 뵐과 영화감독 슐뢴도르프는 각자의 의도의 치환과 메시지 전달에 있어서 성공하였다.

참 고 문 헌

1차 문헌

Böll, Heinrich: Die verlorene Ehre der Katharina Blum. oder : Wie
    Gewalt entstehen und wohn sie führen kann? Köln 1987.
Böll, Heinrich: Interviews 1961-1978. Köln 1978.
Drei Tage im März. Ein Gespräch zwischen Heinrich Böll und Christian
    Linder. Köln 1975.

2차 문헌

Beth, Hanno: Rufmord und Mord: die publizistische Dimension der
    Gewalt. In: Heinrich Böll. Einführung in das Gesamtwerk in
    Einzelinterpretationen. Regensburg 1975.
Böll, Viktor: Böll und Schlöndorff zur Verfilmung der Katharina Blum.
    In: Praxis Deutsch, 1983, H.1
Faulstich, Werner: Kritische Randbemerkungen zu dem Beitrag "Heinrich
    Bölls Erzählung 'Die verlorene Ehre der Katharina Blum' und die
    gleichnamige Verfilmung von Volker Schlöndorff und Margarethe
    von Trotta" von Heidemarie Fischer-Kesselmann. In: Diskussion
    Deutsch, 1984, H.78.
Fischer, Robert/Hembus, Joe: Der neue deutsche Film 1960-1980.
    München 1981.
Grützbach, Frank (Hg.): Heinrich Böll: Freies Geleit für Ulrike Meinhof.
    1972.

Fischer-Kesselmann, Heidemarie: Heinrich Bölls Erzählung "Die verlorene Ehre der Katharina Blum" und die gleichnamige Verfilmung von Volker Schlöndorff und Margarethe von Trotta. In: Diskussion Deutsch 1984, H. 76.

Koebner, Thomas (Hg.): Filmklassiker, Bd.3 1965-1981, Stuttgart 1995.

Kuhn, A. K.: Schlöndorffs "Die verlorene Ehre der Katharina Blum." Melodrama und Tendenz. In: Film und Literatur. Literarische Texte und der neue deutsche Film, Hg. v. Sigrid Bauschinger, Bern/München 1984.

O. V.: Film: Schlöndorffs "Blum" und "Bild". In: Der Spiegel, Nr. 19/1975.

Wydra, Thilo : Volker Schlöndorff und seine Filme. Orginalausgabe, München 1998.

Zusammenfassung

Die Tradition der mittelalterischen Werte und die Entstehung des Feminismus

- Im Hinblick auf das Werk *Willehalm* Wolframs von Eschenbach-

Ritter und Minne spielen eine große Rolle in der Epik des Mittelalters, und jeder Dichter des Mittelalters ist damit beschäftigt. Der Minnedienst veranlaßt die Ritter zu den Handlungen, die den Inhalt der meisten Dichtungen ausmachen. Ritter sollen sich der idealen höfischen Damen würdig erweisen, und diese sollen nicht aktiv auf seine Rittertaten reagieren, sondern nur ruhig lächeln. Ihre hochmoralische Persönlichkeit an sich ist Lohn für seine Rittertaten. Die ideale höfische Dame ist zwar schön und geehrt, aber bei alledem eben nur "Objekt". Sie ist nur "Station für den Ritter auf seinem Weg der Selbstfindung und Bewährung". Insofern ist "die höfische Frauenverehrung auch eine Form der Frauenfeindlichkeit". Die Frau wird also in den meisten Fällen ein Opfer der Erzählstrategie. Ganz selten wird eine weibliche Protagonistin in höfischer Idealität vorgestellt, die durch politisches Engagement auffällt. Eine solche Ausnahmegestalt ist Gyburg in *Willehalm* Wolframs von Eschenbach. Die Protagonistin Gyburg steht dem Ehemann so selbstbewußt als Partnerin zu Seite, entwickelt eigene politische Konzepte und leitet dazu selbst in der Rüstung die Verteidigung ihrer Stadt. In diesem mittelalterischen höfischen Roman sehe ich eine feministische Perspektive. So konzentriert sich diese Arbeit auf die Frauengestalt Gyburg in *Willehalm*.

Wolfram übernimmt den Stoff der *Batalle d' Aliscans*, bearbeitet ihn aber. Er erzielt das Geschehen über die Grenzen französischer Geschichte hinausgehend eine globale, welt- und heilgeschichtliche Dimension. Die Um- und Ausformungsprinzipien betreffen besonders die weiliche Protagonistin Gyburg, Willehalms Frau. Wolfram vertritt die Auffassung, daß auch sie durch Tapferkeit, Mut, Vorsicht und Weisheit ihren edlen Charakter bestätigen kann. Deshalb zeigt er in jeder Szene, in der sie auftritt, wie sie sich in einer oder mehreren dieser Tugenden bewährt. Keiner der vier großen Auftritte Gyburgs ist in der *Bataile d' Aliscans* enthalten: Gyburgs Gebet (100,28-102,20), das Religionsgespräch mit Terramer (215,10-221,26), Gyburgs Bericht über die ersten Schlacht und die Kämpfe während Willehalms Abwesenheit (252,29-259,12), Gyburgs Rede an die Fürsten vor der zweiten Schlacht (306,4-310,29). In ihrer großen Rede empfielt sie dem Sieger das Erbarmen und fordert die Schonung der Heiden. Gyburg erinnert daran, daß auch die Heiden Geschöpfe Gottes sind, d.h. alle Menschen durch Gott miteinander verwandt sind. Das ist eine revolutionäre Gesinnung, die aus dem Gedanken der Gotteskindschaft den eingewurzelten Gegensatz zwischen Christen und Heiden überbrücken will. Gyburg ist die einzige, die zur Schonung aufruft, die zum Frieden mahnt. Wolfram läßt Willehalm nach dem Sieg den Appell erkennbar einlösen, wenn er den skandinavischen König Matribleiz freiläßt. Hier konkretisiert sich offenbar die Idee von der der Frau gnadenhaft verliehenen Stärke. Diese heilstifende Funktion der Frau postuliert ihre unmittelbare, nicht über den Mann bezogene Gottverbundenheit. Die Frau zeigt sich tapfer, klug, beherrscht, weitsichtig und entschluß- und willensstark, während der Mann weint, ohnmächtig wird, unbeherrscht, verwirrt und zaudernd ist. Dort, wo die unterschiedliche physische Disposition von Mann und Frau eine Rolle spielt, zeichnen sich Ausgleich und Ergänzung ab. Als Äquivalent zu den dem Mann von seiner körperlichen Konstitution her zukommenden leiblichen Kräften setzt die Frau ihre Geisteskraft mit den sich von ihr ableitenden intellektuellen Fähigkeiten ein. "Da ein derartiges Frauenbild auch nicht annähernd in der altfranzösischen Stoffquelle vorgezeichnet ist, legt das Ergebnis der Untersuchung den Schluß nahe, daß Wolfram im Zuge der Gattungstransformation vom Heldenepos zum höfischen Roman ganz bewußt einen literarischen Gegenentwurf zur negativen Anthropologie der Frau gestalten wollte." Damit ruft er gleichzeitig zur Bewahung der Menschlichkeit auf. In diesem Sinn ist der Humanismus der Feminismus.

Zusammenfassung

Gotthold Ephraim Lessings
Stellung zu den Juden

Lessings Lebenszeit gehört zur Epoche der Aufklärung für die Literatur- und Ideengeschichte. Ein Hauptthema aufklärerischer Diskussion ist das Problem der Toleranz zwischen verschiedenen religiösen Gruppen innerhalb einer Gesellschaft. Lessings Toleranzforderung ist vor allem konkret seine Stellungnahme für die Juden. Denn die Juden werden in ihren Menschenrechten durch Verfolgung und Unterdrückung durch die Christen verletzt. So sieht Lessing seine Aufgabe darin, die antisemitischen Vorurteile, die die Christen einstimmig haben, zu bestreiten. Einer Verbesserung der Lage der Juden müßte die Befreiung der Christen von diesen Vorurteilen vorausgehen, denn die Vorurteile sind wesentlich daran schuld, daß sich bisher noch niemand veranlaßt sah, hier eine Änderung zu versuchen. Sein einaktiges Drama *Die Juden* kann als Beitrag zu dieser Diskussion betrachtet werden. Im Lustspiel *Die Juden* steht ein Jude zum ersten Mal in der deutschen Literatur im Mittelpunkt. Ganz entgegen der Tradition des Lustspiels stellte Lessing keinen lasterhaften Juden dar, sondern einen edlen jüdischen Reisenden. Damit fordert er seine Landsleute auf, sie von Vorurteilen zu befreien und die Norm der Gesellschaft, die die Juden unterdrückt, zu korrigieren. Lessings Nathan besitzt noch aktivere und unmittelbarere

Vorbildfunktion als der reisende Jude. Nathan ist ein reicher Jude und vernünftig, mild und großzügig gegen alle, die seine Hilfe brauchen, ohne einen Unterschied nach der Religionszugehörigkeit zu machen. So nennen seine Landsleute ihn "den Weisen" und "den Guten". Seine Vernunft und Menschlichkeit sind das Resultat seiner eigenen Gesinnung. Seine Fundamentalanschauung ist Folgendes: "Sind Christ und Jude eher Christ und Jude, als Mensch? (⋯⋯) es genügt, ein Mensch zu heißen." Das ist die spezifisch aufklärerische Auffassung von der Humanität. Seine Tochter Recha ist die erste Repräsentantin der neuen Menschlichkeit, völlig unbehindert durch die Schranken irgendeiner positiver Religion. Die Ringparabel in der siebenten Szene des Ⅲ. Aktes ist der Kern des ganzen Dramas. Hier zeigt sich Lessings zentraler Gedanke: "(⋯⋯) der rechte Ring / besitzt die Wunderkraft beliebt zu machen: / Vor Gott und Menschen angenehm." Doch diese Wirkung wird nicht durch den Besitz des Ringes gewährleistet, sondern wird erst dann gegeben, wenn man jener Kraft innewerden will. Erst dann entsteht die Fähigkeit des Ringes, seinen Besitzer vor Gott und Menschen "angenehm zu machen". So fordert der Richter die drei Söhne zu einem Handeln auf, das in Übereinstimmung mit den Wirkungen eines "rechten" Ringes ist: "Es eifre jeder seiner unbestochnen / Von Vorurteile freien Liebe nach! / Es strebe von euch jeder um die Wette, / Die Kraft des Steins in seinem Ring' an Tag zu legen!" Was Lessing sagen wollte, läßt sich in einem Wort zusammenfassen: Toleranz, Duldung gegen Andersdenkende, vor allem Duldung gegen Andersgläubige.

Nathan, Saladin und der Tempelherr in *Nathan der Weise* sind nicht von ihren Religionen gefesselt. Dies bedeutet, daß die Solidarität der Menschheit und Menschenliebe auf Grund eines freien Geistes entwickelt werden können. Lessing zeigt uns einen utopischen Entwurf einer besseren Welt, in der jeder sich selbst als Mensch trotz der verschiedenen Religionsbekenntnisse verwirklichen kann. Es sind über zwei Jahrhunderte nach dem Drama vergangen. Heutzutage hören wir allerdings immer noch über den Judenhaß und die Ausländerfeindlichkeit. In diesem Sinne ist Lessings *Nathan der Weise* des 18. Jahrhunderts bis heute unsterblich.

Zusammenfassung

Schillers bürgerliches Trauerspiel
Kabale und Liebe

Allgemein ist *Kabale und Liebe* als Paradigma der Gattung "bürgerliches Trauerspiel" anerkannt. In dieser Arbeit werden zuerst einmal die Kennzeichen des bürgerlichen Trauerspiels behandelt, um *Kabale und Liebe* in der Tradition des bürgerlichen Trauerspiels zu untersuchen. Danach wird ausführlich auf die wichtigsten Personen im Stück eingegangen, die Familie Miller in der bürgerlichen und Vater und Sohn in der höfischen Welt, und gezeigt, wie diese innerhalb der Grenzen ihrer Herkunft und ihres Standes gefangen sind. Das Ziel der Arbeit ist somit vor allem, die typischen Merkmale des bürgerlichen Trauspiels an *Kabale und Liebe* zu verdeutlichen.

In Lessings *Emilia Galotti* wird die bürgerliche Moral als Kernthema der höfischen adligen Unmoral entgegengesetzt. Die Tochter unterstellt ihre eigene Identitätsfindung freiwillig der väterlichen Tugendnorm. Bei Schiller sind die inneren Widersprüche der Tochterrolle in der Kleinfamilie noch viel schärfer als bei Lessing herausgearbeitet. Das Scheitern der Liebesbeziehung über die Standesgrenzen hinweg verdeutlicht die unüberbrückbare Kluft zwischen Bürgertum und Adel.

Hinter dem Rücken bürgerlicher Selbstkontrolle, hinter christlicher Religiosität und fürsorglicher Tochterliebe enthüllt das Drama Ansätze einer interessegeleiteten Standesideologie. Die Verzagtheit des Anspruchs Luisens und die kompensatorische Märtyrerrolle sind dem Einfluß der väterlichen Verzichtsethik zuzuschreiben. Auf der anderen Seite geht Luise an den feudalabsolutischen Ansprüchen der Liebe Ferdinands zugrunde. Die Liebe des Barons Ferdinand ist bedrohlich nicht für die Unschuld, aber für das Leben des Bürgermädchens Luise. Sie selbst charakterisiert es kurz vor ihrem Tode: "O des frevelhaften Eigensinns! Ehe er sich eine Übereilung gestände, greift er lieber den Himmel an." In *Emilia Galotti* werden der Konflikt und die Katastrophe durch die Liebe an sich heraufbeschworen, während in Schillers *Kabale und Liebe* der ständischen Gegensatz der Liebenden zum unabwendbaren Konflikt und zur Katastrophe führt. Bei Ferdinand wie bei Luise ist das Tragische die innere Antinomie im Ständischen: Die Ständische Schranke ist ihnen nicht nur durch die Kabale von außen, sondern sie ist durch Art und Existenz beider von innen gesetzt. Wie in der Szene III, 4 ganz deutlich wird, wird das Drama deswegen zum bürgerlichen Trauerspiel, weil die Standesgrenzen hier nicht nur äußerliches Hindernis sind, sondern von innen her selbst gesetzte Schranke. Auf der anderen Seite kann aber auch keine Alternative zur bürgerlichen Moral angeboten werden: Ferdinands individualistische Liebestheorie ist mit keiner Gesellschaftsform verträglich und scheitert ja weniger an den äußeren Umständen als an den eigenen Absolutheitsansprüchen.

Zusammenfassung

Brechts politische Naturlyrik
im dänischen Exil

Bertolt Brecht, der Exilierte, fragt sich in seiner Zufluchtstätte auf der Insel Fünen in Dänemark, ob "in den finsteren Zeiten gesungen werden wird". Da werde auch "von den finsteren Zeiten" gesungen werden. In den finsteren Zeiten stellt Brecht die Lyrik in den Dienst des Kampfes gegen den Faschismus. Denn die Zeit verlangt den poliischen Kampf. Die Lyrik ist also bei ihm eine Waffe im Faschismuskampf. Daher lehnt er die Naturlyrik, eine idyllische, kontemplativ genossene Naturlyrik ab. Er meint, daß "ein Gespräch über Bäume fast ein Verbrechen" sei. Bei Brecht steht die Natur nicht mehr wie noch zur Zeit der Klassik und Romantik für sich. Er bindet der Naturthematik in das 'agitatorische' Gedicht ein, wie *Naturlyrik 1, Frühling 1938, Schlechte Zeit für Lyrik*.

Im Gedicht *Frühling 1938* wird die Bedrohug des Faschismus in Unvollkommenheit und Gewalt in der Natur gesehen. Die existentielle Bedrohung der Menschheit und des Dichters durch den Krieg erscheint in der Konkretheit von geschichtlicher Situation sowie geschichtlichem Ort und in der realischtisch-distanzierten, kühlen Darstellung von Natur. Die Sorge des Dichters um die Menschheit, sich selbst und seine Familie äußert sich in seiner Sorge um die Natur (Aprikosenbäumchen).

Im Gedicht *Schlechte Zeit für Lyrik* schreibt er: "In mir streiten sich/ Die Begeisterung über den blühenden Apfelbaum/ Und das Entsetzen über die Reden des Anstreichers./ Aber nur das zweite/ Drängt mich zum Schreibtisch." Er setzt sich mit sich selbst über die Naturbegeisterung auseinander. Allerdings fällt seine Entscheidung zeitbedingt. Sich mit der Natur zu beschäftigen, wird für Brecht geradezu unmoralisch, weil man dadurch Kraft und Aufmerksamkeit dem antifaschistischen Kampf und der Solidarität mit der Arbeiterklasse entzieht. Er sieht nicht "die lustigen Segel des Sundes", stattdessen nur den "verkrüppelten Baum im Hof". Entsprechend sieht er die Armut der dänischen "Fischer" mit riesigen Garnnetzen oder eine "gekrümmt" gehende Häuslerin. Die Armut der Fischer und der vierzigjärigen gekrümmten Häuslerin liegt in der kapitalistischen Gesellschaft.

Brecht beteuert, "der Kapitalismus hat uns zum Kampf gezwungen. Er hat unsere Umgebung verwüstet. Ich gehe nicht mehr 'im Walde so für mich hin', sondern unter Polizisten." Der Kapitalismus ist die ökonomische Basis für den Faschismus. Für Brecht ist der Antifaschismus gleich Antikapitalismus. Er ruft "zur Verteidigung der Kultur" auf dem internationalen Schriftsteller-Kongreß 1935 in Paris auf: "Genossen, sprechen wir von den Eingetumsverhältnissen!" Er behauptet, daß die Wurzel des Übels die Eigentumsverhältnisse seien. Der Klassenkampf müsse die notwendige Antwort sein auf die "zunehmende Unordnung in unseren Städten". Untendenziöse lyrische Darstellung allein macht aber die Widersprüchlichleit der Gesellschaft zum Normalfall, ist also verlogen. So versucht er die "Sprache der Ökonomie" in der Lyrik, d.h. die Verengung der Ausdrucksmittel und des Blickwinkels. Die Schönheit der Natur und des Menschen darf erst wieder Thema der Dichtung sein, wenn der Mensch wieder ganz "Mensch" ist.

Trotz enger Bindung an die Schönheit des natürlichen Sujets, erfolgt die Entscheidung des Dichters zum Engegement im Klassenkampf und im Faschismus. Naturlyrik hat die Aufgabe, die Widersprüchlichkeit der Klassengesellschaft im Naturbereich transparent zu machen. Naturstimmung soll tendenziell zum Abbild der Klassenverhältnisse umgedeutet werden. Daher wird Natur distanziert, sachlich, kühl und in Unvollkommenheit gezeigt.

Zusammenfassung

Brecht und seine Gedichte im frühen amerikanischen Exil

Brecht, der, von den Nationalsozialisten ins Exil getrieben, Deutschland verlassen mußte, wäre gerne in einem Nachbarland von Deutschland "wartend des Tages der Rückkehr" geblieben. Er mußte jedoch sein Aufenthaltsland mehrmals wechseln, um den vorrückenden Truppen Hitlers entgehen und wenigstens seine physische Existenz retten zu können. Am 21.07.41 traf er schließlich mit der Familie und seiner Mitarbeiterin Ruth Berlau im letzten Hort Amerika ein, in Santa Monica, einem Vorort von Los Angeles, fünf Meilen von Hollywood entfernt. Hollywood war damals "ein bevorzugter Sammelpunkt" der deutschen Exilierten, die wie Brecht versuchten, mit dem Schreiben von Drehbüchern ihr Brot zu verdienen. Entgegen seinen Hoffnungen konnte er allerdings weder am kommerzialisierten amerikanischen Theater noch in der 'prostituierten' Hollywoodfilmgesellschaft vorerst Fuß fassen. In seinem Arbeitsjournal und seinen Briefen des ersten Jahres tauchen oft Klagen über Depressionen und Unproduktivität auf. Zunächst litt er unter dem "Kulturschock". Das Leben im Hochkapitalismus enthielt genügend neue Erfahungen, um den Kulturschock in beißende Gesellschaftskritik zu verwandeln. Er bezeichnete Amerikaner als "Nomaden" und haßte die Oberflächlichkeit und die Wurzellosigkeit, die zu einer völlig stillosen Lebensform führte. Außerdem konnte er sich kaum an das kalifornische Klima gewöhnen:

die fehlenden Jahreszeiten, die geruchlose Luft, die morgens und abends gleich ist. Er schimpfte auf die Künstlichkeit eines Lebens in üppigstem Grün, das ohne Bewässerung sofort wieder zur Wüste würde. Noch verstärkte der Tod von Brechts engsten Freunden Margarette Steffin und Walter Benjamin seine materiellen und psychischen Leiden in der amerikanischen hochkapitalisierten Gesellschaft. Brecht stellte im Gedicht *Die Verlustliste* (1941) die Namen derer zusammen, die die Flucht nicht überstanden hatten. Er bezeichnete seine Geliebte und eine seiner wichtigsten Mitarbeiterinnen Margarette Steffin wiederholt als seine "Schülerin" und "Lehrerin". Seit ihrer Emigration an Lungentuberkulose erkrankt, starb sie 1941 auf der Flucht nach Amerika in einem Moskauer Krankenhaus. Brecht hat ihr noch im gleichen Jahr die sechs Variationen des lyrischen Requiems zum Gedenken Margarette Steffins geschrieben. Gerade ihre geschickte Art und Weise wäre sehr nützlich und hilfreich, Brechts künstlerisch ungewöhnliche Werke und Ideen sehr praktisch zu vermitteln. An zweiter Stelle der "Verlustliste" nennt Brecht Walter Benjamin, der sich an der spanischen Grenze nach der jahrelangen Verfolgung das Leben genommen hatte. Er verlor in ihm nicht nur "einen genialen Kommentator" seiner Gedichte, sondern auch "den literarhistorisch gebildeten und dialektisch geschulten Diskussionspartner".

Brecht sucht die Klage über den persönlichen Verlust meist im Stil des scheinbar bloßen nüchternen Berichts zu verstecken. Er klagt über die unerträgliche Trauer mit einem minimalen Aufwand rhetorischer Mittel, der dennoch großes Betroffensein anzeigt. Das Gedicht *Nach dem Tod meiner Mitarbeiterin M.S.* (1941)ist das fast persönlichste Requiem. Er versucht trotzdem, die sujektive Klage zu einer objektiven Aussage von allgemeinem Interesse zu konkretisieren.

So verbirgt er das Gefühl des unersetzlichen Verlusts in der Vorstellung der Scham, "Ohne Beschäftigung wie ein Entlassener" zu sein. Brecht behauptet, daß Gedichte nicht reine Gefühlssache seien, sondern "Gefühl und Verstand völlig im Einklang". Er verdichtet also seine Gedichte immer nüchtern und klar mit konkreten Wörtern in einer eigenrhythmischen Prosaform, um die Wirklichkeit darzustellen. Er nimmt diesen Standpunkt in Gedichten über die Kritik an den Kunstmarkt Hollywoods ein, "wo immer Lügen gekauft werden", wie z.B. in *Nachdenkend über die Hölle* (1941), *Hollywood* (1942), *Hollywood-Elegien* (1942). Es ist nicht zuletzt die Scham des europäischen Künstlers, der seinen Geist an die amerikanische "big-business-Gesellschaft" verkaufen muß, die sich hinter der grotesken, von Wut und Selbstverachtung geprägten Metaphorik der "Hollywood-Elegien" verbirgt. Prostitution der Kunst sowie des Geistes und Erfolglosigkeit der exilierten Künstler bilden die Hauptthemen der Elegien.

Das Leben im amerikanischen Exil war für Brecht am schwersten. Brecht hatte weder als Lyriker noch als Stückeschriber in den USA Erfolg. Erst nach dem Verlassen des 'entsetzlichen Landes' ist er zum geachteten Dramatrugen und Theoretiker des Theaters aufgestiegen und gilt als Lyriker in dem Band "Selected Poems" im Verlag Reynal & Hitchcock. Auch die internationale Brecht Society hat einen festen Platz in den USA. Bedeutenderweise nimmt O'Neill, einer der wichtigsten amerikanischen Dramatiker, in der von der University of Chicago redigierten repräsentativen Encyclopedia Britannica nur vier Spalten ein. Dagegen gewinnt Brecht darin sechs, indem Thomas Mann, seinerzeit ungekrönter König der deutschen Exilkolonie, fünf Seiten umfaßt.

Zusammenfassung

Die Not und Elend in der Nachkriegsgesellschaft im Werk Heinrich Bölls

Heinrich Böll ist ein repräsentativer Autor in der deutschen Nachkriegsliteratur. In seinen Werken erscheinen Züge der Nachkriegsgesellschaft: Staatsmonopolkapitalismus, großer Klassenunterschied durch die kapitalistische Ordnung, Not und Verzweiflung der ärmsten Schichten.

Ein Heimkehrer in *Geschäft ist Geschäft* ist durch den Krieg seelisch tief verletzt und hat materiell fast alles verloren. Er empfindet seine Ohnmacht als drückend, doch er erträgt seinen Zorn und kann seinen Haß nicht in eine zielgerichtete Aktion umsetzen. Allerdings hat er immerhin einen scharfen Blick auf die unmenschliche und verdinglichte Welt. Überhaupt will er sich nicht diesen Wirtschaftssystem anpassen, "das sich auf skrupellose Selbstsucht und auf das Prinzip aufbaut, daß man seinen Vorteil auf Kosten anderer sucht." Die meisten Menschen versuchen jedoch, durch besonderen Fleiß und fortwährende Arbeitsamkeit im täglichen Konkurrenzkampf zu bestehen, und machen sich damit zu Gefangenen dieser verdinglichten Welt. Das, was der Mensch nicht kann, kann sein Geld in der verdinglichten Welt. Böll wendet sich gegen die spießbürgerlich verdinglichte Welt, in der sich alle menschlichen Werte verkehren.

Böll zielt auf die humane Welt, in der man sein Gewissen nicht verkaufen muß und seine Identität bewahren kann. Nach Fromm äußert sich der Humanismus in den Protesten gegen die Unterdrückung des freien und nonkonformistischen Denkens, gegen das wachsende materielle Elend der Armen, gegen den Ungeist der Dehumanisierung, die den Menschen einer Produktionsmaschinerie unterwirft und ihn zu einem Ding macht. Die Distanzierung von der Umwelt und damit von Konformismus ist für Böll eine Voraussetzung dafür, sich vor der Entmenschlichung des Menschen durch den Menschen, durch System, Ordnung und Dogma zu schützen. Seine harsche Kritik an der Welt, in der das Menschliche zurückgedrängt wird, wurzelt also in seiner Menschenliebe, die durch Solidarität mit den verletzbaren 'kleinen' Menschen verwirklicht werden soll.

Zusammenfassung

Christa Wolfs *Kassandra* und Ökofeminismus

Christa Wolfs Roman *Kassandra* befaßt sich mit den Themen Frauen und Frieden, mit denen sie sich seit Ende der 70er Jahre beschäftigt. In den 80er Jahren gab es die Friedenbewegung der Autoren gegen die militärische Verstärkung durch die Raketen mit dem Atomköpfen von den USA und den UdSSR. Christa Wolf hat sich auch daran beteiligt. Damals sagt sie, daß "in rasender Eile, die etwa der Geschwindigkeit der Raketenproduktion beider Seiten entspricht, verfällt die Schreibmotivation, jede Hoffnung, 'etwas zu bewirken'." Zugleich bekräftigt sie, "Literautur heute muß Friedensforschung sein" und einen utopischen Weg aus der Kriesensituation der heutigen atomaren Zeit zeigen. Ein Modell dafür ist die Erzählung *Kassadra*. Christa Wolf erklärt den Grund für die Aufnahme des Stoffes wie *Kassandra* folgend: "Der eigentliche Grund war (……) die Gefahr der möglichen Vernichtung und Selbstvernichtung unserer Kultur: wie kommen wir da heraus? (……) Man müsste die Möglichkeit entwickeln zu empfinden, zu lieben und geliebt zu werden, nicht abgelehnt zu werden und nicht ablehnen zu müssen. Ein utopischer Weg." In *Kassandra* stellt Wolf eine utopische Gemeinschaft dar, in der alle Menschen konfliktslos und harmonisch zusammenleben. Dort leben Frauen, Alte und Verwundete beider kriegführenden Partei frei von Angst und Mord in einer Höhlen am Skamader auf dem Idaberg.

In diesem Sinn kann *Kassandra* Wolfs unter der Perspektive des Ökofeminismus betrachtet werden. Ökofeministen sehen die Ursache der ökologischen Krise und der Problme der Industriegesellschaft als die Resultat der Unterdrückung und Ausbeutung der Frauen und der Natur in der von Männer dominierenden Gesellschaft an. Daher richten sie sich darauf, eine Gesellschaft zu bilden, in der die Menschen und die Natur friedlich zusammenleben.

Der zeitliche Hintergrund der Erzählung *Kassadra* ist die Übergangszeit vom Matriachat zum Patriarchat. Die trojanische Königin Hekabe wird von ihrem Mann Priamos und dessen männlicher Partei vertrieben. Die Macht der Männer um den König werden durch die Manipulation der Sprache und Täuschung der Wahrheit immer stärker. Durch die Lüge der Partei des Königs halten Troer Griechen für den Feind. Daher brach der Krieg zwischen Troern und Griechen aus. Die Titelfigur und Seherin Kassandra steht unter der Verantwortung, die Wahrheit verkünden zu müssen, um den Krieg zu verhindern. Aber niemand vom trojanischen Volk glaubt ihr. So lebt Kassandra dauernd in der Daseinsangst vor der patriarchalischen Gesellschaft. Als einen Ausweg aus dieser Gesellschaft stellt sich Wolf die autonome Ordnung einer friedlichen Frauengemeinschaft vor, in der Göttin verehrt wird. Das ist ein utopischer Höhlendorf am Skamander. Dort siedelt sich Kassandra an und befreit von der panischen Angst, die die trojanische Männergesellschaft verbreitet. So zeigt sich dieser Höhlendorf am Skamader als eine ideale Gemeinschaft, die "jetzt und hier" verwirklicht werden muß.

Es ist eindeutig, was Wolf in *Kassandra* darstellen wollte. Sie versucht in der Erzählung, uns durch den Rückgriff auf den Mythos

Selbstverständliches, aber Verdrängtes über die Wurzeln unserer modernen Industriegesellschaft bewußt zu machen. Zugleich verlangt sie, daß die Empfindlichkeit und Lebenskraft der Frauen ebenso wie die Vernunft und Rationalität gleichgestellt werden sollen, da die Sinnlichkeit auch ein wichtiger Teil der menschlichen Geist wie die Vernunft ist.

So wünschen sich Wolf und der Ökofeminismus, daß alle Menschen miteinander friedlich ohne die Diskriminierung in der Erde zusammenleben können und die Umwelt für den Fortschritt nicht unterdrückt und zerstört wird. D.h. sollen alle sich um die Belebung der Liebe bemühen, denn die Zerstörung der Liebe bedeutet nicht nur die Zerstörung der Unwelt, sondern auch die der Menschheit.

Zusammenfassung

Zur Verfilmung der Bölls Erzählung *Die verlorene Ehre der Katharina Blum*

Bölls Erzählung *Die verlorene Ehre der Kathrina Blum oder: Wie Gewalt entstehen und wohin sie führen kann*, die 1974 erschien, realisierten Volker Schlödorff und Margarethe von Trotta 1975 als Kinoproduktion. Die Regisseure wollten einen "kommerziellen Film" schaffen, "der nicht an westdeutschen Durchschnittsproduktionen gemessen werden will, sondern an interantionalen Großproduktionen". Wie sich der Anspruch der Filmemacher mit der literarischen Vorlage Heinrich Bölls vereinbaren läßt, soll in dieser Arbeit untersucht werden. Dabei werden keine Detailanalysen etwa der schauspielerischen Leistungen vornehmen, sondern in erster Linie die Intention und Herangehensweise Bölls und Schlöndorffs und die jeweilige Umsetzung verglichen.

Meisterhaft manipuliert Schlöndorff die filmische Mittel, so daß die Identifikation zwischen Zuschauer und gepeinigter Protagonistin geradezu unvermeidbar wird. In streng chronologischem Ablauf wird Katharina Blum Verfolgung durch die Polizei sowie ihre Verketzerung durch die ZEITUNG erzählt, bis Katharinas Mord an Tötges schließlich als verständlich, als gerecht erscheint. Der Film trägt den Chrakter eines Krimis, da sich der Zuschauer immer auf der Höhe des Geschehens befindet, wohingegen Böll absichtlich jede Spannung aus der Geschichte heraushält, indem er die Ereignisse einleitend vorwegnimmt. Zunächst geht es Böll um die Haltung des Erzählers und des Lesers ihrer Geschichte gegenüber. Somit lenkt er die Aufmerksamkeit vom WAS auf das WIE der Handlung, auf die Frage "Wie Gewalt entstehen und wohin sie führen kann" und vereitelt Spekulationen über mögliche Ausgänge der Geschichte. Ein auktorialer Erzähler gibt sich anfangs den Anspruch, aufgrund gründlich recherchierter Tatsachen einen objektiven Bericht der Ereignisse um die zentrale Figur Katharina Blumm geben zu wollen. Von diesem angekündigten Arbeitsvorgang des nüchternen, objektiven Berichtens, auf den der Erzähler so großen Wert legte, weicht er jedoch im Verlauf mehr und mehr ab und greift immer stärker Partei für die Hauptfigur. Der Versuch des Erzählers, objektiv von der Vorgeschichte Katharina Blums und ihrer Tat zu berichten, ist also von Anfang an zum Scheitern verurteilt, was sich in zunehmenden Wiedersprüchen und Diskrepanzen zwischen betonter Intention und der stark subjektiv geprägten Erzählhaltung widerspiegelt. Es gelingt jedoch dem Erzähler, die Tat Katharinas als richtige und in keiner Hinsicht verwerfliche Reaktion auf die ihr zugemutete Behandlung durch die ZEITUNG darzustellen. Das ist wohl nicht zuletzt eine Folge der zunehmenden Parteinahme des Erzählers für die Hauptfigur. An seiner Aufgabe des „Ordnungsvorgangs„ und des objektiven Berichtens scheitert er zwar, aber das Ziel aufzuzeigen "Wie Gewalt entstehen und wohin sie führen kann" erreicht er dennoch bzw. – und das ist ein Verdienst der eingesetzten Ironie Bölls – gerade durch seine sich schon zu Beginn abzeichnende und im Verlauf der Handlung immer stärker zutage tretende Sympatie für Katharina. Der Leser kann sich somit gemeinsam mit dem Erzähler auf die Motivation der Tat und die Recherchierung einzelner Details konzentrieren, um so am Ende den Mord der Blum als plausibles und konsequentes Ergebnis der analysierten Kette der Ereignisse zu verstehen.

Da bei der Erzählung die Handlung mit der Figur des Erzählers steht und fällt, soll das Hauptaugenmerk bei der Analyse des Films und dem Vergleich mit der literarischen Vorlage auf der Auflösung der Rolle dieses Erzählers liegen. Ob und wenn ja wie die feine sprachliche Ironie, das Hauptmerkmal der Erzählung Bölls im Film Schlöndorffs umgesetzt wurde. Schlöndorff verzichtet auf eine direkte Gestalung des Erzählers und versucht, ihre Funktionen durch filmische Mittel zu erfüllen. Um wenigstens einige dieser sprachlichen Ironie bzw. die Grundstimmung anzudeuten, arbeitet der Film mit Situationskomik, setzt die sprachlichen Elemente in Handlung um. So die überspitzte, bis ins Groteske gehende Darstellung einzelner Szenen, die in bezug auf das eigentliche Geschehen als nebensächlich gelten können.

Schlöndorff aktualisiert die im Fasching 1974 spielende Geschichte um ein Jahr und läßt dies durch die Einblendung des jeweiligen Datums der streng chronologisch wiedergegebenen Handlung wissen. Dies entspricht dem von Bölls Erzähler angestrebten minutiös recherchierten Bericht. Schlöndorff malt schwarz-weiß, zeichnet einheitliche, in sich geschlossene Figuren, zwischen, nicht in denen sich die Konflikte anspielen. So gerät Kathrina unweigerlich in eine Opferrolle, die sie bei Böll nicht in dieser Eindeutigkeit einnimmt. Dazu setzt Schlöndorff die unheimliche Begleitmusik dort ein, wo das Bild eine vom Staat, der Presse verübte Gewalttat veranschaulicht oder die Auswirkungen dieser Gewalt auf Katharina zeigt.

Böll gelingt, die Tat als Antwort auf die Frage "Wie Gewalt entstehen und wohin sie führen kann" darzubieten. Das mag unter Umständen aber auch daran liegen, daß bei ihm Katharinas Reaktion von Anfang an klar ist und man jedes Detail, das man mehr erfährt als weiteren Schritt auf den Mord versteht. In der Mordszene gelingt es Schlöndorff das Sprachspiel Bölls, Tötges Vorschlag zu "bumsen" von Katharina mit dem Bumsen der Pistole beantworten zu lassen in Form des von Tötges mehrmals geforderten "Nachschießens" an Informationen für die Presse umzusetzen. In dieser Schlüsselszene taucht also die von Schlöndorff ansonsten stark vernachlässigte sprchliche Ironie Bölls auf.

Insgesamt ist der Film als eigenständiges Werk sehr gelungen, an der Intention der Böllschen Erzählung allerdings vorbeigehend. Es handelt sich um zwei grundverschiedene Herangehensweisen an ein und denselben Stoff, deren jeweilige Möglichkeiten, Vorzüge und Nachteile in der vorliegenden Arbeit aufgezeigt werden sollten. Was meiner Absicht nach sowohl Böll als auch Schlöndorff gelungen ist, ist die Umsetzug und Vermittlung ihrer jeweiligen Intention, wenn diese auch völlig verschieden gelagert sind.

· 저자 ·

사순옥(사지원)　　**·약　력·**

　　서울교육대학교 및 건국대학교 문과대학 독어독문학과 졸업
　　독일 레겐스부르크 대학교 독어독문학과 졸업 (Ph.D)
　　독일정부 (하인리히-뵐-장학재단) 장학생
　　중앙대 한양대 강원대 출강 및 서울여대 연구교수 역임
　　현재 건국대학교 문과대학 EU문화정보학전공 강의교수

·주요논저·

　　「한독생태문학연구」
　　「베티나 폰 아르님의 서간소설과 생태학적 세계관」
　　「독일 새 여성운동과 통일 이후의 여성운동」
　　「통일 이후 독일 여성정책의 발전과정과 현황」
　　「유럽연합의 환경정책」
　　「유럽연합의 문화정책과 문화프로그램」
　　「유럽연합의 여성정책의 어제와 오늘」
　　「유럽연합의 문화수도 구상과 독일의 도시」
　　『Entfremdung. Untersuchung zum Frühwerk Heinrich Bölls』
　　『유로·게르만·독일 문화나들이』
　　『독일을 움직인 48인』
　　『알프스지역의 전설과 요들송』
　　『하인리히 뵐』
　　『하인리히 뵐의 희망과 저항의 미학』
　　『짜라투스트라는 이렇게 말했다』(역)
　　『쇼펜하우어 인생론』(역)
　　『정의로운 세 명의 빗 제조공』(역)
　　등 다수

본 도서는 한국학술정보(주)와 저작자 간에 전송권 및 출판권 계약이 체결된 도서로서, 당사
와의 계약에 의해 이 도서를 구매한 도서관은 대학(동일 캠퍼스) 내에서 정당한 이용권자(재
적학생 및 교직원)에게 전송할 수 있는 권리를 보유하게 됩니다. 그러나 다른 지역으로의 전
송과 정당한 이용권자 이외의 이용은 금지되어 있습니다.

독일문학과 독일문화 읽기

• 초판 인쇄	2007년 2월 27일
• 초판 발행	2007년 2월 27일
• 지 은 이	사순옥
• 펴 낸 이	채종준
• 펴 낸 곳	한국학술정보㈜
	경기도 파주시 교하읍 문발리 526-2
	파주출판문화정보산업단지
	전화 031) 908-3181(대표) · 팩스 031) 908-3189
	홈페이지 http://www.kstudy.com
	e-mail(출판사업부) publish@kstudy.com
• 등 록	제일산-115호(2000. 6. 19)
• 가 격	28,000원

ISBN 978-89-534-6244-1 93850 (Paper Book)
      978-89-534-6245-8 98850 (e-Book)